妄劫歌
下部
灵机
琉玄·著

蜉蝣·繪
琉玄·著

ZUI
Zestful Unique Ideal

最世文化
Shanghai ZUI co.,Ltd

妄劫歌

下部

灵机

琉玄 著

苍孤寒烟风成曲，暮萧清寡云作席。
尘露湿花雨中欢，霾噎泠泠雪诵吟。

闲看傲骨玉碎落，漠闻素魄淡霜凝。
对饮流霆峥嵘血，飞沙弄弦剑断笛。

黛墨酩酊道真意，多情只惜无人语。
胭脂浅醉佯无心，坐对青冥笑焚琴。

《啸世》
/
琉玄

【目　录】

第一章【棘仇 · 009】

第二章【風散 · 027】

第三章【途迷 · 045】

第四章【刺红 · 065】

第五章【流砂 · 081】

第六章【璃珠 · 103】

第七章【碎宝 · 119】

第八章【狂饕 · 139】

第九章【新燎 · 157】

第十章【远愿 · 177】

第十一章【云軌 · 193】

第十二章【华彩 · 205】

【终曲 · 225】

【弦外 · 241】

第一章

棘仇

【一】

东方劫说东莲本该是任凭他在掌间把玩倾覆的一座名为东方帝国的玩物，在这片壮阔国土上，从他此刻站在山巅尽收眼底的花草树木，到目力不及的江河湖海，无论是遍布城村或藏匿野外，砖瓦金银乃至男女老少，死的活的，都是他的。

“你要那么多东西做什么？”琴无琴不明白他的心有多大，她的头枕在他宽厚的胸膛上，仰着脸对他说，“人活着，有床睡觉，有屋遮雨，有桌吃饭，再有个能日日夜夜陪着你说话的人，就已是足够了。”

“因为这些东西本来就属于我——”东方劫以食指轻挑琴无琴的下巴，答非所问地笑道，“本王只是要拿回来。”

那是近千年前的事——如今几乎已无人知晓——开国皇帝本是东方家的祖上。

东莲第一王患病驾崩后，他的众多血脉兄弟罔顾他亲生子嗣之继位资格，纷纷站出来扬言自己才是王道正统，引发了一场为夺皇座而同族血亲自相残杀的惨剧。

为期并不冗长的腥风血雨结束后，在屠杀中站到最后的一个人便是平定夺位之乱的新王。

第二代东莲王为抹消第一代王留下的印记，将皇族姓氏由“东方”改作“莲皇”，原东方一姓作为皇族旁支，即是说承认第一王其子孙后代的皇室血脉，世世代代享有尊贵身份却不再具有王位继承资格，亦不可封官、拥兵、赏城，就像是拔去了老虎的牙与爪，未免后患，不予第一王之后世造反逼宫的机会。

“哇，好几百年前被人抢走的东西，你也惦记着要拿回来啊！为什么？”琴无琴追问。

“因为，我、想、要。我乐意要。”东方劫接过琴无琴手中的酒壶，仰起脖子灌一口，又递上她的唇边别有意味地说，“没人能抢走本王的东西。”

东方劫想要军队，他原本打算与明威将军之女成亲后获得官衔，再逐步拥有兵权以积攒实力，只可惜此路不通，他只好将视野移向国外以寻契机，正与本国交战的南雕恰是首选。

他取了杜宏飞的头就是为了讨好南雕以获得合作，却一时意气地为了哄琴无琴，放弃了如此重要的筹码，这实在不似他以往严谨慎重的冷漠性格，但东方劫是决不许自己后悔的，为一时错失在原地哀叹跺脚那是多么愚蠢的行为，事已至此，他再寻个筹码继续前进便是。

自从第一次在琴无琴的主张下，俩人解救了一群正要被奴隶贩子押运去南雕国的落难女子后，她似乎对行侠仗义这件事上了瘾，每日闹着要来国境线巡视，还真又给她救了几批人。

对除强扶弱自然没有琴无琴上心的东方劫只因为还没想好下一步的行动，才在无所事事的日子里任由她胡闹，顺便拿那些全副武装、孔武有力的南国人练练手，精进自己的武艺。

此时他们同骑着世间难能一见的高头黝黑、肢体健硕的骏马，在矮山上慢腾腾地游走。

眼尖的琴无琴率先发现一队人影由远及近，她眼笑眉飞地“啊哈！”一声叫，甩下手中的酒壶给东方劫，拿起一大捆麻绳飞了出去，不忘在风中回头冲他兴奋地挑衅：“这次我赢你。”

“哈哈哈！”东方劫放声大笑，自顾自喝酒，脚下一踢马肚，被琴无琴擅自唤作“毛毛”的神驹便悠闲地缓步跟上前面那道火红色的轻盈身影。

【二】

一列百人队伍井然有序地穿行在旷野中，其中过半数是骑着马的魁梧男人，余下的都是五六人一组被关在粗糙木笼中的瘦弱女人，她们衣衫褴褛，憔悴虚弱，绝望眼神中充满幽深恨意。

队伍最前骑在马上的是一个包着靛蓝头巾的男人，他手中持着大刀，一直疑神疑鬼地四处张望，抹了把额上不断冒出的汗水对身边骑着红马的男人提议：“老大，咱们还是走林子吧？”

“呸！”老大啐了他一口，“干啥绕那么大弯子！”

头巾男用刀比画着四周说：“您看看，这无遮无掩的，咱们全暴露了，小的怕……”

“怕个屁！”老大生着一双浓而杂的乱眉，说话间嘴中参差的龅牙好像山猪利齿，看起来非常凶狠，“那些乡民胡诌的谣言你还真信！要真撞见了，女的卖啰，男的喂狗。”

“小心驶得万年船……”头巾男话未说完，所有人都被矮山上突然飞来的人引去了视线。

起伏如浪的青翠山头上是蓝白扎染的天空，像是一幅静默无声的画，而琴无琴的一抹猩红身姿则是撕开画布的一道长痕，这沁出的一道血迹使美则美矣却无声的画，活了起来，源源不断的生命力涌动了起来。

在场人无不为之惊艳，一时以为是天降仙子而没有反应，直到琴无琴逼近了，头巾男指着她冲老大惊呼："是她！就是她！绯玉沥！"

他话一出口，众人才恍然大悟般慌忙端起了兵器。

"嚯，好俊的娘儿们！"老大提起手中还沾着血痂的连环刀指着琴无琴狂笑。

"哈！好大一个猪头！"琴无琴也笑，手中的麻绳甩出去好像一条对主人百般乖顺对敌人无比狡诈的蛇，一圈圈飞快地绕紧了男人握刀的右手，在他一惊之间，她猛力一拽，笑喝一声，"滚下来！"

众目睽睽之下，老大竟狼狈地被一个娇弱女子隔着长绳发力拖下马去。

目睹这一幕的人贩子们终于承认了眼前的红衣少女就是传说中的绯玉沥，据说她武功招式奇特古怪、毫无章法，身形小巧似雀却力大无穷，而她的男伴——被民间唤作黯银倏的男子，更是武艺高强莫测，实力堪比一支训练有素的小规模军队——这一对美若天神的人儿不分白天黑夜地神出鬼没、浑身酒气，在刀剑碰撞、血肉厮杀间也谈笑打闹，有时他们会仁慈地赐予手下败将们一条生路，但又有传言说曾有一整队人马被他们赶尽杀绝，性情很是难以捉摸。

"快抓住她，不！杀了，直接杀了！"身为二把手的头巾男对手下们喝令，"黯银倏一定就在附近！"他想，一定要赶在那个危险人物出现前速战速决，尽快撤离。

见面目狰狞的男人们毫不怜香惜玉地端着刀枪杀来，琴无琴胸有成竹地轻轻一笑。她抽离缠住老大胳膊的粗绳，好像长鞭般朝扑过来的人噼里啪啦地抽过去，打得他们吱哇乱叫，而她却像起舞般在上空飞来飞去，因为动作迅捷轻巧，叫人看得眼花缭乱，摸不到她的裙角。

随着琴无琴手中一大捆麻绳一段段离轴飞出，只会胡砍乱吼的人贩子们在混乱中渐渐被聚拢，等他们发觉肢体活动受到限制时，才发现大部分人手已被琴无琴的绳子捆在了一起，虽乱糟糟松垮垮的，却一时也难以挣开，难怪她在乱斗中一直在大声数数：“一个！两个！三四五个——”

不消一会儿，琴无琴便对拿下这场小型战役感到十拿九稳，就在她松懈下来的一瞬，因为被小小少女撂倒在地而脸上无光的老大，领着还未参与缠斗的数人将一坛坛烈酒砸碎在与干柴无异的木质囚车上。

女人们受惊的尖叫声把琴无琴的视线吸引过来。

“绯玉沥！”粗声粗气的老大耀武扬威地站在湿答答的囚车边，手中掐着一支火折子威胁她，“再不住手——老子烧死这些臭娘儿们！”

见了这一幕，琴无琴也不再无所谓地戏耍了，她从空中落下来以脚尖踏在了被自己用绳子收拾出来的一座人堆人的“小山头”上，怒目圆睁地叉腰瞪着他。

男人见琴无琴不再有动作言辞，认定自己已经靠人质收服了她，便有机会细细打量那张无可挑剔的脸庞。

他是做女奴买卖的贩子，早已四处搜虏过许多美人，却不曾见过琴无琴这样气质难以形容的出世少女，心中竟有些浮想联翩，嘴上不干不净地调戏起来：“瞧这小脸给气得粉扑扑的真叫一个好看！都说绯玉沥美若天仙，老子看你又骚又妖，不是狐狸就是蛇，想必早已不是什么良善纯洁之躯，天下有哪样的男人能驾驭得了，跟老子这样的铁骨汉子正好般配！不如随了我，吃好喝好——”

“掌嘴。”

“什——”突然从头顶上方传来的声音惊得老大半截话哽在喉头，他猛地转过肩去，仰起头见到一袭黑衣的男子站在囚车上，他正想发问来者何人，就因为视线扫到他手中的酒壶而反应过来，“你是——黯银倏！”

轮廓深得使双眼陷在阴影中的东方劫，牵动嘴角冷笑时眉宇间邪气横生。他不置可否地“咕咚”一声喝了一大口酒，“哈……”地长出口气后对肢体紧绷的老大说，“你，自打百个巴掌，或是本王卸了你的脑袋。”

“你以为老子怕你？”老大扯破嗓子吼出一句“装腔作势！”的同时，手一抖把囚车点着了。

火苗蹿得很快，木笼子里的女人们惨叫着抱在一起。点火的老大和他的手下们未免引火上身，狂笑着飞出几步远的距离，等着看好戏。

见火烧起来了，东方劫还不忙不慌地又喝一口酒，琴无琴急得一跺脚底下人的后背，冲他叫：“嗨！”

直到东方劫倒过来酒壶晃了晃不见酒滴，他才皱眉吸了吸鼻子，似乎对空气中浓烈的酒香很是叹息：“浪费……”

此时火舌已经舔舐了每一根木头。

面对东方劫的举止，人贩子们正在大惑不解时，却见他突然脚底运劲一踏，随着他整个人飞出去的同时，带着火焰的整座囚车散成了一截截木棍，唰唰唰地也四散飞了出去，像一柄柄出鞘的烈焰长剑，径直朝着不及躲闪的他们砸过来。

霎时间数个活人成了火人在地上挣扎滚动。鬼哭狼嚎声中，东方劫落到琴无琴身边，搂着她的腰揽过来。

“你自个儿数，这次也是我赢。”他满意地瞟一眼自己的战果后，凑近她的耳边坏笑，“奖赏是什么？”

琴无琴见自己忙活了好一阵子，竟然不及东方劫一瞬间降伏的人多，心中不满地推开他，嘴中叫着“救人啦！”就朝惊魂未定的女人们飞去。

东方劫懒洋洋地双手背在身后，嘴中“呵”地轻笑出声，脚跟一转，以气劲使得琴无琴靠人堆人砌起的小山七零八落地散开去，在满地“哎哟”“嗯”“啊”的哀叹声中，他好像下台阶般一步步慢慢走下来，心中想着，是时候结束这一场漫长的游戏了。

【三】

是东方劫教会琴无琴喝酒和骑马的，他还教她武功，以及怎样亲吻一个人。

琴无琴坐在干草硬木铺成的屋顶上，喝着白日里从人贩子的货车上扒下来的一坛烈酒。因为这黑漆漆的圆肚酒坛子的坛口比她的脸大上两圈，所以她每仰头喝一口就像洗过一遍脸似的，脖颈胸口处的衣领全沾湿了。

她早已不是当初滴酒不沾的琴无琴，如今轻易喝不醉，一坛酒下肚也不过是晕乎乎而已，似在梦中、亦真亦幻，她喜欢这种感觉，好像是被东方劫抱着、吻着，一时清醒一时醉。

“你还在生气？”东方劫悄无声息地来到她身边坐下，伸手去拿琴无琴怀里抱着的酒坛，被她像护食的猫一样龇牙凶开，他微微一笑也不计较，转而探身去拿她身边放着的数坛还未拆封的酒。

“因为你——”琴无琴挺身阻拦，刚张嘴就被东方劫以吻堵上话语。

“哈。”东方劫松开她，以拇指抹了抹下唇上的水珠道，“好酒。”

既然亲吻似酒，那吻得多了，就不易醉了。所以琴无琴也不如当初那般能叫他以一个吻就哄得服服帖帖，她面红心不惊地继续瞪眼追问：“你为何杀他？”

日落之前，待琴无琴放走了所有对她和东方劫千恩万谢的女人后，那个被烧伤的人贩头子迫于东方劫的威逼，只能跪在地上当着手下兄弟的面打了自己七八十个耳光，求东方劫饶他一命。

就在所有人都以为东方劫会就此罢休的时候，他笑里藏刀地走上前去，俯身对脸肿得紫红的头子道：“你这下手太轻了，莫要耍诈，至少也得如此力道才是——”

说罢，他旋即抓起对方的手臂猛力往人家脸上一抽，只听得脖颈处“咔嚓”一声响，人贩头子那张凶神恶煞的脸就转了个方向。

“哎哟……”东方劫故作大感意外的神色，直起身子摊开手叹气，“真糟糕，不小心使的劲过了。”

其他人见到黯银倏对缴械投降的敌人竟如此凶残，通通吓得魂飞魄散，也不顾危险就屁滚尿流地狼狈奔逃。东方劫看得好笑，倒也不追。

琴无琴却笑不出来，在回程路上始终沉默，与他置气。

她和他都是随性而为的人，但却不是同一种人，她是明，他是暗，她的一切心思摆在岸上，而他潜藏深海。

因为意见分歧而吵架也不是第一次了，说是吵，其实都是琴无琴单方面为与他怄气而刻意冷落，东方劫也不哄她，就晾着她一人喝闷酒，等她气消了大半，才若无其事地过来搭话。

本来就快言快语的琴无琴也再憋不住满腔情绪，嘴中怨言就像洪水决堤般冲出来："不是一早就说好不杀人？每个人都该有改过自新的机会。"

东方劫坐在她的身边，抬头看着竹林上悬挂的一轮月亮，淡淡地回道："恶人啊，一时作恶一生是罪。他不会好的。"

"人是会变的，你杀了他，就是剥夺了他变好的机会。"

"你又怎么如此确信呢？"他抬手轻搂她的纤弱肩膀，像是看着一个天真无邪的孩子般柔声细语地说，"我若是放了他，而他又再一次作恶，那些将死于他手中的人，本可以不死——却因为我们一时心软——那些从未作恶过的好人却死在了早已罪孽滔天的坏人手中。谁来给这些好人第二次机会？"

他这一席话叫她无言以对，但她还是张了张嘴想说点儿什么，虽然最终哑口无言。

她想起了花昭锦，玄荆说过，他是背负了许多人命的颠世狐妖，但她却固执地认为他自有苦衷，他不是个坏妖怪，她想为他辩护。

东方劫轻抚琴无琴的头发，视线穿过层层叠叠的竹林望向幽深漆黑的远方，语气意味深长地说："我的傻琴儿，人是不会变的。"

即使是粗枝大叶的琴无琴此刻也能察觉到东方劫散发出一丝忧色，她边往他怀里蹭边嘴中轻哼："你什么样儿，我都无所谓，是你就行。"见他只是含笑又饮一口酒，她急切地以手肘撞他胸口大声道，"嘿！说真的！我是决不会离开你——"

“我要去南雕。”东方劫打断她的话，在她愣住时，他继续道，“有位从西方叛逃的金国异人正隐居在当地，传说他培养了一批批狼虎般勇猛强悍的战士，又以法术蛊惑人心，使军队忠心耿耿、临危不惧，随时随地为主荣耀，即使刀山火海也视死如归……”

“我跟你去！”

对于琴无琴的抢话，东方劫先是一怔继而一笑置之。她不悦地转过身双手捧住他的脸，盯着他的眼睛一字一顿地说：“我、说、真、的。”

“不怕我再卖了你？”

“你不会——”

“我会。”东方劫双手从琴无琴身后猛力勒紧她的腰，使她的小腹贴紧自己的胸膛，仰着脸阴狠地笑起来，“如果卖了你，能给本王换一座城池或是一支军队、一车军资、一批战马，我会。”

琴无琴的双手从他的脸滑落到他的双肩，下意识推了推，推不动。

他继续说：“我从来不是个好人，你或许有了错误的期待。”

“真是说笑！我从没期待过你，也从没觉得你是个好人。”琴无琴扭着身子想挣脱，嘴上不依不饶，“但你如果多少有点在意我，至少可以骗我，骗我说你不会背叛我，骗我说我对你很重要！”

东方劫收敛了笑意，一双结实手臂不顾琴无琴的死命挣扎，像是铁打的牢笼般圈紧了她。他纹丝不动地凝视着她，声线平缓地说：“我不是个好人，但我至少不会骗你，我不会骗你说，你不离我不弃，我不会骗你说，我这一生有你足矣。我要的很多，很多很多，我是东方劫，我要你，我也要江山，若是非得择一不可——要舍弃你，就给我江山——我会的。”话及此，他的声线突然上扬，语气笃定，“但我不会作出选择，因为我是东方劫，本王想要的东西，跑不了，在我生前在我死后，都是我的。”

不知是否方才豪饮的烈酒后劲上来，还是向来口才了得的他这番话把她绕晕了。琴无琴只觉得天旋地转，漫天星河倒映在东方劫深不见底的黯眸里，她盯得久了，感到有遍布光尘的河流逐渐没过头顶，快要窒息的同时心脏里被揉进了一捧捧棱角分明的砂砾，又痒又疼。

他是她爱上的第一个男人。没有人教过她怎样去爱，是要趋利避害、明哲保身，还是赴汤蹈火、倾尽所有，她不知道。

她是不谙俗世的琴无琴，她眼中的人间景色从未有薄雾迷蒙，她当一切必然非爱即恨、黑白分明，哪儿有那么多小心翼翼、步步为营。她爱人的方式，便是用自己的血肉之躯去飞蛾扑火、以命豪赌，最终迎来的会是相依相偎，还是烈焰焚身，她不知道，现在的她也无心去猜。

她只觉得东方劫哪儿都好，她想和他就这么相拥亲吻，一夜老去。

【四】

他们现在暂居的山腰木屋曾是猎户的居所，东方劫的腹部受伤后，因为琴无琴强烈要求有个休憩处养伤，他便从猎人手中买下来。

这座小屋虽小但五脏俱全，一进一出的结构有卧有厨，以一座小桥连接河岸，筑在碧莹莹的河面上，四周是密林环绕，清甜的空气吸进屋中人的肺里凉丝丝的，睡在临窗的床榻上，耳边有忽远忽近的风声鸟鸣为伴，像是大自然率性而为的哼唱浅吟。

这与世隔绝的短短时日，叫颠沛流离、东奔西跑的琴无琴终于得空喘气。曾经多么向往红尘的她，此刻竟在难能可贵的平静中怀念起了在庶红山上百无聊赖的日子。

但她是不会回去的，因为那里没有东方劫。

东方劫的一道微小伤口要不了数日便完全好了，琴无琴想不到再有什么理由留他。心那么大的一个人，她怎么可能叫他陪她住在这儿，每天在山里骑马狩猎，由她就地取材做出一桌好菜；去跟踪几个山匪，捣毁他们的老窝；从人贩手里救几个无辜百姓，拖走他们的货物好酒……总不能一辈子这么过——但是真快活啊——

“真快活啊！”琴无琴坐在东方劫身前，俩人骑马在平原上信马由缰。当她抢过缰绳策马狂奔时，迎面的劲风吹得她听不清身后的他带着酒香的谑浪笑傲，她回过脸去大声问他：“你说什么？”

他又喝一口酒，眯起眼瞧她道：“同我在一起，自然快活啊。”

她想，他和她在一起，那些放声大笑是发自真心的吧？

一天之中，她最高兴能打到野味回家为他烧肉。她挽起袖子，用沉甸甸的菜刀剁得砧板铛铛铛几声响，肥瘦相间的带皮肉连着骨分成方大而厚实的几块。先将大量的葱段扔进烧热的大黑锅中，倒入姜汁料酒炒出香味，再一股脑把大肉块与山中摘的野菜蘑菇毫不吝啬地全放进去，以大火煸炒到油脂叽叽作响、肉香四溢，最后撒上一把盐就能起锅盛盘，端上桌后就着酒吃，喉头里又醉又香，吃得浑身暖烘烘的。

他喜欢吃她烧的菜，她爱看他吃她烧的菜。他与她一起大口吃肉大口喝酒时，曾有一次醉醺醺地说过：“若从今往后能每日吃上你做的菜，我这一生倒也不算浪费。”

可是昨夜，他却说要走。他说他要去南雕，他要一个人去。

半睡半醒间的琴无琴迷迷糊糊地忆及此，再摸了摸空空如也的半边床，赫然惊醒的她旋即弹起来。他一声不吭就走了？性急的她正要发作，却因为听到悠长琴声而熄火。

他没走。她长舒口气，拢了拢自己睡乱的头发，嘴角又翘起来为自己感到好笑。

原本是在大风大浪里也能指天骂地无所畏惧的琴无琴，如今和他在一起，日子竟过得有些心惊肉跳。

她会弹琴了，亦是东方劫教的，虽然弹得不及他万分之一好，但比起从前的磕磕巴巴到如今，也终于算能行云流水地弹完一曲。

【五】

简单地梳理了一番后，琴无琴飞上屋顶，果然看见东方劫坐在那儿漫无目的地拨弄琴弦。

他修长手指下正抚着的那台灵机琴，还是当初花昭锦送她的，陪她千里迢迢地进了皇宫后又鬼使神差地来到了这片密林里，使她觉得这台琴仿若有着隐隐的自我意识。

虽然只是清晨，但明晃晃的日头已经老高地悬在空中，只是被枝繁叶茂的树群好像宽阔无边又细密紧凑的渔网般兜了起来，只有几缕光线如漏网之鱼般小心翼翼地投射下来，洒在身处树荫中的东方劫身上像是被撕碎的金箔纸。

她在他身边蹲下后像缩成一团的猫，“今天做什么呀？”——问出这句话，她是有些许忐忑的——怕他回一句，今日就此别过。

好在东方劫没那么急着告别，他手下不停地侧眼看她，淡淡一笑问：“你想呢？”

“再教我如何隔空与人打架吧。”她指的是东方劫那套不动刀剑，以气劲伤人的内功。

东方劫说天下武功分门别类，笼统来说只分阴、阳。虽然琴无琴的招式看起来乱糟糟的不知师出何门，但能断定属于阳功，而他自己所学武功来历从本国到异邦，虽杂而繁多但也全是阳道，所以并不拒绝琴无琴的请教，毫无保留地教了她几手。

无论研习多少武学，只要皆属阳功便可融会贯通，即可免于阴阳混学自毁心神的惨剧。

“学起来太费时了。”东方劫摇头。他是不介意做她的师父的，琴无琴也算很有些天赋慧根，只可惜时日短暂，他没能教给她许多复杂套路，至多在她本身拳脚功夫上作些指点，助她精深，但已足够她在寻常对手前耀武扬威一番。

“我有的是大把时光。”琴无琴见他拒绝，情急道，“一生够不够？”

“你是想说你这一生都要跟着我？”

面对东方劫的揭穿，她毫不脸红地直视他说：“有何不可？”

东方劫不再答话，他转过脸去垂眼专心拨琴，散漫无序的琴音逐渐变得紧锣密鼓、强劲有力，像是在夕阳下信步闲游的野马终于在乌云聚集后扬蹄疾奔，随着哐哐轰鸣的雷声和急骤暴雨来临，通体银白的马在旷野上犹似一道飞驰的闪电，四蹄间飞溅的泥土是每一个浑厚音节肆无忌惮的绽放。

这一首《啸世》是东方劫教琴无琴弹奏的数首东莲闻名遐迩的名曲之一，指法最难却也是她的最爱，比起凄婉绵绵的《许风叹》，她更喜欢气吞山河的豪迈风格。

在琴无琴听得入迷时，一段急促追赶东方劫所奏音节的琴声突然从不远处的林中响起。

同样是《啸世》，这隐匿于林中的神秘演奏者所展现的风格与东方劫雄赳赳气昂昂的风格很是迥异，比起原曲千军万马、全面压境的音效，此人演绎出来的更像是不按牌理出牌的前锋刺客，他们一支敢死小队以锥形流星状的阵容如利剑般直插入严阵以待的军队，舍生忘死、盲目屠杀。

摆明了就是来斗琴！东方劫知道自己遇到了高手，但他并不动声色，只是面无表情地追上了对方的节奏，更在几个音阶之后远远将之甩在后面。

他的琴艺，之所以名扬四海，在众多皇室琴师面前也能一览众山小的得东莲王刮目相看，是因为他是习武之人，随手弹拨之间灌以了气劲鼓动琴弦。

此时此刻，他知道与他斗琴的并非凡人，内功不单了得，甚至可能在他之上。

果然，只是转瞬对方就追上了东方劫。俩人都不让步，音符节节攀升犹似万箭齐发，其音色洪亮到了难以置信的地步。

明明只是乐声，琴无琴却感到自己“看”得眼花缭乱，好像烽烟四起、势均力敌的宏大战场近在眼前。

这番不见刀光剑影的恶斗，最终以东方劫的琴弦承受不住压力而崩断告终。

胜负已定，他脸色阴沉地站起来眺望重归寂静的树林，心中猜测对方究竟是哪位世外高人，其内力之精深，即使一般人类苦修百年恐怕也难以匹敌。

在他高声喝问“何方神圣？”的同时，琴无琴心中竟已有了答案。

“花昭锦！”她凭直觉叫出来。

栖身林中的鸟儿乌泱泱一片，好像展开的水墨画卷般从树端处朝空中猛地抖出来，身着红衣的花昭锦在画布下像一只烈焰花色的鸟王般飞出来，他手中抱着红褐色柏木琴在空中幅度极大却动作优雅地翻了几圈后轻飘飘地落在屋顶上，冲琴无琴挤眼一笑，还是那副与她分别前全无二致的红唇少年模样，骄傲地昂首道：“小蛮牛，想不想本大少爷？”

“臭狐狸！”惊喜万分的琴无琴尖叫着就要扑上去，却被身侧的东方劫一手卷上她的手臂，像是圈住一只小鸡崽般毫不费力地捞回到自己怀里。

他眯眼看向花昭锦，语气冰凉刺骨地轻哼：“原来是你。”

“嘻嘻，正是在下呀。”花昭锦故意如女人般笑得巧笑倩兮地称呼东方劫为，“御王爷大人。”这话里的挑衅意味再分明不过。

琴无琴知道此时的东方劫面上虽带笑，杀气却已从每个毛孔里无声地钻出来。她忙插话打圆场问花昭锦：“你不是要待在宫里？”

“我的计划失败了，等会儿与你细说。欸——”他轻佻地朝东方劫努努嘴，将手中的轻雷琴扔过去道，“这是你落在宫里的琴，是一台音色极正的名物，顺手替你带出来了。”

接了自己惯用了许多年的琴，东方劫竟看也不看，面不改色地随手扔进了一旁水流湍急的河里，面对大惑不解的花昭锦，他冷笑一声：“脏了。”

被他拐弯抹角羞辱的花昭锦旋即黑脸，露出獠牙，好在琴无琴挡在二人之间才免去一场武斗，她冲他热情招呼：“屋内有上佳好酒，醇厚香浓，你必定喜欢。”

“哦？”听说有酒，花昭锦的妖性随即收敛，兴奋地伸出藏在袖子里的左手，原来他提着一块不知从哪儿买来或偷来的荷叶包着的大豆腐，“那你快炸了这豆腐给我下酒！”

【六】

当琴无琴在灶台前忙着炸豆腐时，花昭锦像是嗅着香气不肯离去的小狗一样在她身后踱步，嘴中唠唠叨叨，似乎好长时间没能痛快说话。

他说，最开始宫中生活精彩纷呈，但是再新鲜好玩的日子一旦久了，渐渐就开始感到奢靡无聊。琴无琴忙着烧菜，所以心不在焉地点头应和着，像是没有在听，但是不碍花昭锦越说越多，竟将他策划谋杀皇后一事给说漏了嘴。

“什么？”琴无琴反应虽慢了一拍但也算有了反应，她边无意识地起锅边转身冲他惊呼，“你说你杀了皇后？”

“没有——没杀成！”花昭锦双眼直勾勾地盯着炸豆腐，完全没觉得自己正说着血腥话题，“皇后离开皇宫去什么破庙里烧香，我便用狐媚劝诱引导原本就对她嫉恨十足的妃子们，指使她们派人前去暗杀，结果那些草包却杀错了人！死了的是与皇后相好的一个叫雪纤的妃子，倒也算那个好色皇帝的爱妃啦。”

“你、你为何要杀皇后？”

花昭锦眨眨眼，理所当然地说：“因为她是东莲王的心爱之人呀。”

完全没有明白其中前因后果的琴无琴哑然失色地瞪着他，半晌不知说什么。

“震怒的皇帝令人彻夜排查，要将与此事但凡稍有牵连的人通通满门抄斩，一时间又有宫里的妃子是中了邪的谣言四起——我便在除妖大师入宫前偷偷溜了出来——”他咽下口水，伸手去夺琴无琴手中那一碟热气腾腾的豆腐，“总之我就循着气味来找你啦！快给我尝尝！”

“不给！”琴无琴高高端起盘子，愤慨地追问，“你得把话给我好好说清楚了！为什么要杀人？为什么是皇后？”

“又不是你熟人，你操什么心？拿来！”花昭锦趁其不备抢了过来，转身“呼呼哈哈”地试图吹凉滚热冒油的豆腐，迫不及待要吃。

“还我！”

琴无琴立即伸手去夺，俩人竟在小小厨房里如猫狗打架般扭打纠缠起来，锅碗瓢盆被碰撞得七零八落哗哗作响。

飞上灶台的花昭锦一脚踏在张牙舞爪扑过来的琴无琴额头上，在她怒吼“死狐狸你敢踩老娘的脸！”时，他已经用手指夹起一块猛地塞进嘴里，顿时一阵安静。

“烫死你！”琴无琴双手搓着额头恶狠狠地说完，见他神色凝重地鼓着腮帮子慢慢咀嚼，她奇怪地问，“真烫着了？”

他依旧沉默不语，只有喉头肌肉因为吞咽动作而上下颤动。

“莫非……”琴无琴皱起眉来，心不甘情不愿地探头询问，“不好吃吗？”

窗外的河面倒映着支离破碎的粼粼光芒，这些似小鸟儿般调皮的碎光沿着窗沿无声溜进来，一只只一片片爬上了花昭锦的身体，像是发出了叽叽喳喳的声音般热热闹闹地站上了他的肩头。

有些事物是一千年过后也不会改变的，好比光的温度，水流的声音，风的触感，花昭锦忘不了，而叫他最难忘的是一个人烧出来的菜的味道，他想即使再过千年，他也忘不了。

“你……”花昭锦双眼一眨不眨地凝视着琴无琴，他犹如遭了晴天霹雳般，情绪激动得双瞳都在发抖，声音更是宛若摔碎的瓷碗，“竟是你。是你。”

第二章

風散

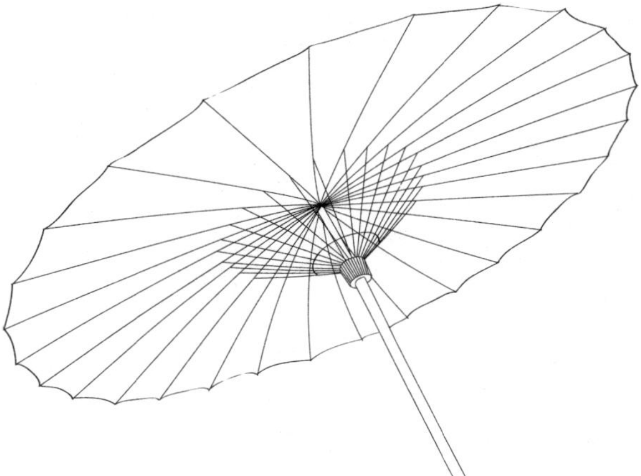

【一】

静若止水的日子终于戛然而止。

琴无琴知道风流云散的这一天迟早要来，只是没猜到是以这样的方式。

她与东方劫只是暂居了些许时日，却叫她感觉消耗了自己一辈子那么久的林中木屋，朝南一整面墙完全消失了。

清风似舞般踮着脚轻沾过翡翠色的河面，携着水珠迎面抚向还在发怔的琴无琴。

方才是东方劫撞见了花昭锦痴情紧拥琴无琴的一幕，顿时盛怒的他也不问缘由地一侧身一扬手，就将自己眼皮子底下的一张实木桌子杀气汹涌地朝花昭锦拍了过去。

反应及时的花昭锦护着琴无琴闪避后，见东方劫沉着脸又是挥下几掌把身边大小物什当飞镖般唰唰飞向自己，他敏捷地挥袖一一挡开后也不退让地将琴无琴晾在一边，发出低吼声扑过去。

屋内空间狭小，两个长手长脚的男人动作施展不开，双方都红了眼，一心想置对方于死地。不顾琴无琴的高声劝阻，东方劫发了狠，以裹着强气的一拳正中花昭锦，打得他撞向敞着窗的一面墙时，竟连墙带人整个飞了出去，霎时间，断木碎屑飞扬。

如此仍不罢手的东方劫杀气腾腾地追了出去，独留琴无琴站在原地看着满地狼藉发傻。

花昭锦吃了一口她炸的豆腐后，他面上那一层轻浮傲慢脸色像是被敲碎的薄冰，哗哗脱落后露出严肃深情的一面，他说她是他的慕遥。他抱紧她，在她耳边不断自问："怎会的？怎会？"他语无伦次中透出无尽的慌乱无措，似乎他正陷入一片迷乱流沙，"你是慕遥吗？琴无琴，你是怎么回事儿？你究竟是谁？"

"慕遥？你是说秦慕遥？"琴无琴迷糊了，"喂，你昏头了！蠢狐狸，我是琴无琴啊。不是你家那位秦家大小姐！"

"闭嘴！"花昭锦更用力地抱紧她，亦更心慌意乱，"我知道，我知——可是、可——"

他需要更多时间整理紊乱不堪的思绪和线索，只是却被东方劫打断。

没了碍手碍脚的范围限制，来到广阔天地之间的花昭锦和东方劫拳脚相向、斗得凶狠，因为俩人一个妖气冲天，一个内力无边，缠斗起来自然难分难解、飞上飞下，不一会儿工夫就一路缠斗远去，转瞬就要消失在琴无琴的视野里。

琴无琴终于回过神来意欲追出去前，见到地面残积中躺着的那台断了弦的金色灵机琴，她心头微动，想到东方劫将他的琴扔进了河里，她便也捡起来同样扔进河里。

她看不分明自己与东方劫之间的将来会是什么模样，但她知道这深居林中的逍遥日子是再也回不来了，所以她想把两人的琴都沉在这无名河底，若干年后，或许还能假想她和他还在这里，从未走远。

【二】

琴无琴见到冰雀向自己跑来时，竟有种恍如隔世的感觉。

当她再见到当年在秦府中对自己百般照顾的老厨子和秦慕遥的弟弟秦雪筝时，更是有一种上辈子相遇的人竟凭空来到这一世与她重逢的错觉。

所以在泪如泉涌的秦雪筝叫她“姐姐！”并指着东方劫向她痛哭控诉，“姐姐！东方劫就是灭我秦府上下的杀人凶手！”时，她恍恍惚惚地想，是在说上辈子的事吗？

她心烦意乱，迫使自己振作精神将眼下这混乱局面快速整理起来，她追出好远才来到东方劫与花昭锦正激烈搏斗的一片浓艳壮阔的花海。她见到所向无敌的东方劫已处于劣势，毕竟花昭锦是有千年妖力的狐妖，他已经完全暴露出了嗜血妖兽的面容，尖利的獠牙刺眼地暴露在咧开的嘴角外。

“住手！”她担心人与妖斗，东方劫恐将吃亏，边叫着“别打啦！”边扑上去。便是此时，她听见熟悉的女声激动地叫她名字——“无琴！”——她转脸一看，“冰雀？”

为何会在这里？琴无琴见她身边还有百里玄荆，以及那一老一少两个沧桑男人莫不是秦府的元治苦与秦雪筝？她不解，这全无关系的两组人为何会现身于此？

花昭锦见到自己的宿敌玄荆提剑杀来，只得暂缓与东方劫之间的决斗，转身朝远处飞去。

玄荆深深又匆匆地望了一眼冰雀后，便追上去履行自己斩妖除魔的使命了。

琴无琴来不及担心花昭锦的安危，却也来不及扑到东方劫身前察看他的伤势，因为曾经拿她当亲姐姐信任关爱的“弟弟”告诉她，就是东方劫火烧秦府、残忍灭口。

秦雪筝悲愤交加地指着东方劫对琴无琴一声声嘶吼："杀了他！杀！了！他！"

天空烟灰色的乌云结伴滚滚而来，它们排山倒海、遮天蔽日，狂傲地吞没了太阳，使灿烂白昼化作不见一粒星光的冷夜。

苍白肤色的东方劫在阴云下好似被洗去一层薄墨，逐渐脱去色泽的肖像画，而他站在只距离琴无琴几步之遥的地方，沉静地看着她，一动不动的又仿佛一座脚底埋进地面的雕塑。

他不像个活着的人。与他在一起这么久，琴无琴在今日此时才了解到她一点也不懂他，原以为那个会对酒当歌又狂放不羁的男人才是活生生的东方劫，却原来，这才是他吗？这个面若寒霜、冷酷无情的活死人，完美皮囊下并没有裹着一颗有活血搏动的心脏。

她僵硬地问他："真、的、吗？"

他只轻描淡写一个字："是。"

伴着电闪雷鸣，终于大雨如注。

"我不懂——"雨水一注注泼在琴无琴的脸上，她张嘴质问他时喝了好几口，呛出泪来，"为什么？"

身后乍现的闪电使得东方劫的面容一瞬明亮一瞬阴郁，他只淡淡道："我不骗你。"

此时仍当琴无琴就是自己的姐姐秦慕遥的秦雪筝，从来知道姐姐一往情深地爱着她的这位未婚夫，到了如痴如狂的地步。他见她在雨中垂首屹立，忐忑不安地猜她会不会得知了真相后，仍为爱盲目地选择站在东方劫的身边。

为动摇她的意志，他忙上前动手拉她，在耳边冲她歇斯底里地描述爹娘悲惨死状，恳求她与他一同复仇：“姐姐，你爱错了人！我们全都看错了人，他不是人，他是没有心的鬼！”

总算回神的琴无琴猛然一旋身夺走了秦雪筝手中的长剑，直指着他道：“我不是你的姐姐。”

【三】

冰冷的雨滴大珠串小珠地敲打在更冷的剑身上。

握着剑柄这端的琴无琴对剑尖那端的秦雪筝说：“我叫琴无琴，与你、与秦家没有丝毫血缘关系，但秦家人于我有恩，琴无琴不欠人情，以前不，现在不，今后也不——”说罢，她出人意料地回身一剑刺穿了东方劫右肩，事出突然，叫在场人都不禁倒吸口气。

然而东方劫却无动于衷，他看也不看一眼那埋入身体的剑，只是无声又柔和地看着琴无琴，似乎胸口处汩汩流出的鲜血使他冰凉身体逐渐升温，他又是她熟识的东方劫了。

琴无琴竟以为他此刻的眼里是在微笑的，就像他平日里喝酒时半张脸被酒坛遮住，她却从他露出的狭长眸子斜睨自己的眼神看得出，他在笑，笑得酒香四溢、沁人肺腑。

“你杀了人，你欠了债。”她咬着牙说，“我刺你这一剑——”她手一用力，将剑从他的肌肉里抽出来，又在众人反应不及时，猛地刺入自己右肩。

这回东方劫总算有了反应，他惯性地伸出双手要去抱她，却被琴无琴轻轻侧身躲开。

她终于与他一样鲜血淋漓，她百味陈杂地笑起来，碧眼盈波地对他轻声道：“我不欠你。”

雨势减缓，却只是滂沱大雨作倾盆的变化。

琴无琴忍痛拔出剑来还给秦雪筝，轻飘飘地说：“你去杀了他吧。而我与你，两不相欠。”

此时，在琴无琴与东方劫离开木屋后，就立即追了过来的毛毛一早已候在一边，它乖顺地垂头走向斜着肩膀虚弱站立的琴无琴身边，等她翻身上来趴在背上后，便昂首扬蹄跑远。

“无琴！无琴——”是冰雀在原地一声声唤她，但已经麻木的琴无琴听不见。

她现在五感不由自主地完全封闭，对砸在皮肤上的雨，对由天幕而来的轰鸣，对洞开伤口的炙热痛楚，全部感受不到。

她只想驾马奔逃，逃、逃、逃，飞也似的逃。

逃开这里，逃离一切。

逃出这个噩梦。

【四】

骑马跑了不知多远，或许并不远，因为琴无琴躺在泥泞草地上，闭上眼还能听见河流的声音，就像睡在她的小木屋中临窗的床上，窗外河水潺湲声温柔得像能将她轻轻托起的羽毛。

可是她睁开眼，这一切不复存在。

她骑马穿过老树林时被埋伏旅人的山匪用绊马索掀翻在地。

“他奶奶的，老大，这真是匹好马啊！”好几个男人争抢着马绳以控制黑马，其中一人“啪啪”作响地用力拍着毛毛结实粗壮的脖子，口沫横飞地粗声感叹，“比牛都要壮，比象都要高，瞧这四条腿好大的力气！哎哟，那蹄子上的毛啊还是火红火红的色儿，太稀罕太好看啦！这马绝对能卖上一个够我们吃喝三辈子的好价钱哪！”

——“别哇哇乱叫了！老子这里可是看到了比那马更好的玩意儿！”

老大的话吸引了所有人的目光，他们看见老大正蹲在摔倒在地的驾马者身前，一双贼眉鼠眼中精光四射地搓着双手，纷纷好奇地围了上去。

他们见到地上被老大翻过身来的琴无琴，情不自禁地发出呼声。

“这才是真的好东西啊，瞧瞧这张小脸蛋儿。”老大用他关节粗大的手指，好像掸去瓷器上的细灰般的轻柔动作捋开琴无琴凌乱的刘海，握着她巴掌大的脸啧啧赞叹，“这才是价值连城的宝贝儿。”

其余人狂笑起来，顿时淫声秽语一片，“卖出去前让我先尝尝鲜！”“老子先来！老子！”“滚蛋，这回该轮到我了。”“得了吧，上次被你玩死个农妇，你休想碰这件好货！”

“呸！都给老子闭嘴！”老大暴喝一声，边动手剥琴无琴的衣服，“你们当老子死了！吵屁吵！”

众人见到了琴无琴暴露的如雪白皙、似桃粉嫩的肌肤，竟顾不上老大，饿狼扑食般一拥而上。

这座由相互拥挤推搡的山匪们聚集而成的“小山包”，在下一瞬间，伴随着凄厉悲鸣，化作了向四面八方喷涌飞溅的血注，没能挤上前去的男人们没能反应过来发生何事，他们被漫天飞旋的残肢头颅吓破了胆，一个个膝盖之下顿失知觉地跌坐在地。

带着热气的血液像一阵聚拢的红雨，噼里啪啦地落下来，浑身被血雨灌溉的琴无琴摇摇晃晃地站起来，她哪里还是刚才那个秀眉微颦的昏迷仙女，她是来自地府的鬼女。

她黑洞洞的失神双眼中没有眼白，微张的红唇里一双獠牙狰狞显目，在一双薄纱长袖下正滴着鲜血的手有着又长又硬宛如刀刃般的指甲。

“鬼、鬼、鬼啊……”暂且还活着的几个人见了这噩梦中才有的场景，一个个吓到尿失禁地趴在地上因为浑身剧烈颤抖而站不起来，只能嘴巴开开合合地重复几个词，“妖……怪……妖……”

他们逃不了，而女鬼正缓慢靠近，他们只能眼睁睁看着同伙被残忍屠杀，然后期望轮到自己时死得痛快一点。

【五】

冰雀找到琴无琴时，她一时间竟不敢相认，那个站在横飞血肉中正徒手将健硕男人撕成碎片的怪物……是琴无琴？

“无琴！”她叫她，而她不应，仍旧浴于血中，像一头丧心病狂的野兽。

眼见最后一个大活人也要化作地上的一摊血肉，冰雀不管不顾地扑过去要阻拦琴无琴的杀戮，却被已经六亲不认的她一挥手甩开。

她的力道远远超出人类的极限。

以后背狠狠撞在树干上的冰雀立刻吐出一口血来。

终于四下再无人声，琴无琴头顶上密织如网的枝叶遮挡了大部分的雨和全部的光，她站在阴暗的树影中垂首弓背，发出沉重的喘息。

“无琴……”冰雀语气虚弱地又叫了她一声。她有些怕了，下唇在不受控制地颤抖，但她嘴中到底还是大声叫了她的名字，“无琴！”

却只换来她一声凶狠而尖锐，又低沉短促的嘶叫。

“是我……”冰雀嘴角含着血，张开了双手慢慢地靠近她，像是接近一头敏感易狂的疯兽，她双眼中波光涌动，温柔地说，“无琴，我是冰雀。”

琴无琴面对昔日姐妹却只是嘶叫，一声比一声嘹亮，像是拔地而起的荆棘直通天际，穿过蓬厚叠加的密林直达天际，在上空久久盘旋，若是给山中猎人听到，只会以为有一头重伤的猛兽在发出垂死的哀号。

见到妖性勃发的琴无琴，她的坐骑毛毛早已跑得不见踪影，毕竟在它眼前的人已不再是它熟识的主人。

眼下除了冰雀，再没活物能接近琴无琴了，她咽下口水，抱着可能暴尸荒野的赴死心态，终于走到了她的跟前。

她盯着她还在淌血的伤口以哄婴孩的口气轻声说："乖一点好吗？让我看看你的伤，你需要包扎上药。"

戒备的琴无琴见吼叫不能阻止冰雀靠近，倒也没猛扑上去，似乎是对她还残念一丝印象。

首先要控制她那双危险的双手，冰雀小心谨慎地去抓她的手腕。警惕的琴无琴立即沿着她的手往下滑落时猛力一抓，好在冰雀反应及时，她马上以十指交握的方式止住了她能把自己皮肤撕裂的动作，但没能防止她的指尖深深抠进自己的手背里。

"无琴……你不认识我了？"虽然双手几乎被琴无琴刺穿，但却是不知源自何处的疼痛感挤压着冰雀的胸腔，她一双瞳仁泡在涌动泪光里像是倒映水中的皓月，"我是你的冰雀啊。"

琴无琴像是完全听不见她的话，张嘴以尖牙利齿咬上了冰雀暴露在领口处的皮肤，只听"咕唧"一声，血珠子冒出来。

疼得倒吸口气的冰雀很快使自己镇定下来，她忍痛在琴无琴耳边断断续续地轻轻哼唱："婵娟佳人芳心暗许，纤云有情风无意……倦怠苍茫不敢怨。唯惜了对君痴心妄念久……溺愁残阳叹。"

终于，咬在脖颈上的尖牙犹犹豫豫地松动了。

"冰……雀？"待琴无琴面对冰雀口齿不清地叫出这个名字时，她眼里的黑雾逐步散去，渐渐恢复了正常模样，"我……"她有些意识不清地软绵绵倒在她怀里。

松了口气的冰雀顾不上自己的伤势，扶着她席地坐下来说："快让我替你止血。"

琴无琴低头看自己浑身污迹，疑惑自问："血？我流了这么多血？"

不知如何告知她实情的冰雀沉默地脱去琴无琴的衣服，因为在岛上的时候向百里玄荆学习了简单的医术，所以她现在动作利落地撕下一截自己的衣服布料，边说着“先这样，等会儿我们去附近的村子镇上找药……”边在琴无琴的剑伤处结实地打了个漂亮的结。

任冰雀摆布的琴无琴像是没有魂的人偶般垂着眼，对着满地血迹斑斑似乎想起了什么，喃喃低语，“不……是……我的血……”

在她将要慌乱前，冰雀倾身抱住她，轻抚她的后背。“嘘，嘘。”她轻柔如羽的口气好像在哄孩子入睡，就仿佛这一切只是琴无琴做了一个噩梦，“没事了，没事了……”

身上沾的血已凉透，琴无琴贴到了冰雀软而温的身体后嗅到了她身上曾经那么熟悉的体香，意志瞬间瓦解，她哭起来——无论是东方劫或是花昭锦，甚至她的母亲闻人有琴——没人见过她哭成如此崩溃的模样。

“冰雀，我好难受……我很疼，我身上疼，心口疼，脑袋也疼，哪儿都疼……我不知道该怎么办。”她上气不接下气地哭，“他——咳咳……”被自己的眼泪呛到咳嗽，等不及换气也要继续语无轮次地哭诉，“男人，没一个好东西。全部都死了就好了，都不存在就好了……”

“嗯，嗯，没事了，乖，乖。”冰雀也跟着哭，但她没发出声音，只是更紧又柔地抱着她，她难过的是，那个自在又无忧、满心是欢喜的小傻妞再也不见了。

等琴无琴的情绪稍稍平复后，冰雀循着马鸣声找到了山贼拴在树边的几匹杂种马，她卸下它们身上的包裹一一查看，找到了一些外伤用和止痛的药。

将有用的东西都收在一个包里系在最强壮的棕毛马身上后，她取出一件长外套披在琴无琴身上，首先助她上马，而她坐在她身前，将那外套的两条袖子在自己腰间狠狠扎紧了，以使心不在焉又气息奄奄的琴无琴被紧紧缚在她背上，不会因为马背颠簸而摔下去。

“我们走，离开这里。”冰雀说完“再也不回来”后一甩马绳道，“驾！”

琴无琴听了这话似有动容，却也只是微微睁大了眼，最后还是合上眼，枕在冰雀背上昏沉沉地睡过去。

梦里有酒醉人，味儿却是苦的。

【六】

她们到了镇上后，首先换下一身惹人注目的血衣。

想到路途遥远，未免两个女人同行惹来的麻烦，琴无琴和冰雀都换上了男装。

在客栈中，穿着低调灰湖绿的冰雀却替琴无琴找了一套显目的海螺红裤装，只因为她打心底认为她是世上最与赤色合衬的人。

因为琴无琴魂不守舍，所以冰雀像是照顾孩子般帮她用热水擦洗身体，上药、包扎，然后换上干净的衣服，又仔细地替她系好油亮的橄榄黑皮革腰带，穿上袜子与崭新的羊皮靴子，再将乌发高高梳起，以金棕色素绫发带简单束成一条马尾。

她端详她这番模样打扮，想起曾经那段被百里玄荆的小驴车载着，风悠悠云也悠悠的日子。

穿着男装的琴无琴总是咋咋呼呼、风风火火的，她嗓门清脆嘹亮，喜欢挽着她的手开口闭口一声声润凉的"冰雀！"叫着，带她上山打鸟、用陷阱捉兔子、下山去偷菜、进塘里摸鱼，没点儿女孩子的样子，所以才会被一对农家老夫妇将她俩误认成小夫妻。

虽然现在的氛围不合适，但冰雀还是"噗——"地笑了出来。她想起了更多事，像曾经在西鳞楼内见到又闯祸的琴无琴从头到脚沾了满身面粉闯进自己的门，然后关上门表情夸张地双手合十做出"拜托不要出声！"的请求手势，接着就是门外一阵鸡飞狗跳，有人喊着"是谁毁了厨房？"的骂骂咧咧声。

她这明亮的笑颜驱散了一丝笼罩在琴无琴眼前的阴霾，她歪头看她许久，渐渐意识到是有多久了呢？——被一个男人占满了视野——仔细想想，没有他的日子，她眼中的风景要更为开阔。

她也微微无力地笑了，意味深长地长出口气叹道：“以前的日子其实也很快活的。”

随后她们下了楼去大厅吃饭。没什么食欲的琴无琴喝了几口老鸭汤，感受到鲜美滋味从喉咙里反向齿缝间扩散，她又禁不住想，酒虽好喝但论不上天下第一，这世上好吃好喝的东西多得去了，没人会傻到只抱着一坛醉生梦死，至少她不会。

胃口大开的琴无琴又加了许多菜，吃欢了以后甚至整个人像猴儿一样团在大木椅子里，嘴中咀嚼不停时向冰雀打听与她分别后，日子过得如何。大家都还好吗。

冰雀便详细地描述起无琴岛上的日子——当她提到出于对琴无琴的无限思念，大家决定把玉岛改名无琴岛时——琴无琴笑得前仰后合，“好夸张，我还活着呢，你们这样好像在树碑纪念似的。”

能笑会吃自然是好的。但是冰雀有些担心琴无琴现在的表现有些过于亢奋，尤其她面上虽笑，眼神却时不时有些涣散。

最令人在意的是，冰雀注意到当大厅中有男人们在高声喧哗时，琴无琴会一瞬沉下脸，隐忍的杀气从箍紧的拳头和绷直的后背等肢体动作中弥漫出来。

不愿再失去她的冰雀，发誓自己要寸步不离地守着她。

【七】

七日七夜过去。

一叶轻舟静静漂行在翡翠般碧油油的清澈江面上，远处怪石嶙峋、峰峦叠嶂的山体高而阔地形成了一座天然的翠绿屏风，一缕缕飘带状的碎云被风载着松散地列队穿过山头。

坐在轻轻摇摆的船上，冰雀担忧地望着坐在对面的琴无琴，她脸色很差，整个人缩在一块浓黑斗篷里。

冰雀是突然决定她们走水路回玉岛的，因为前两天琴无琴突然失常。

起初还好好的，俩人在镇上瞎逛时，琴无琴挺开心地这摊看看那摊挑挑。有几个胆大的姑娘在路过她俩身边时，以为她们是两位俊俏清秀的少年公子，免不了多看几眼。琴无琴还冲她们抛去几个媚眼，逗得姑娘家以袖遮面羞答答的，她更是得意坏笑，拿把扇子冲着冰雀更有模有样地摇头晃脑，问她："冰公子，要论到讨人喜欢，还是在下更胜一筹哇。"

一路笑闹着来到一座湖上小石桥前，琴无琴见到有几个流氓围困了一名少女正欲调戏，她二话不说就飞身上去，三拳两脚把人踹进了湖里，若不是冰雀阻拦，她差点没揪着其中一人的领子打烂他的脸。

出了镇后，她们骑马穿越一个村庄时，见到许多人围聚在一起吵吵嚷嚷。

坐在马上的她们从高处见到人群中，有个满头是血的妇人正坐在土房前的门槛上，怀里抱着一个已经没了气的小童，神色麻木的脸上挂着两道已经干涸的泪痕。

一个腆着肚子的中年男人持着菜刀，捋起袖子与义愤填膺的村民们对骂。

从村民的声讨中，冰雀听明白了是这个做丈夫的，常年酗酒又好赌嫖妓，平日都是妻子挣钱持家，还要忍受他百般辱骂殴打。今日，这男子与往常一般醉醺醺地归家，又找碴儿动手，竟将自己的亲骨肉活活打死。

"老子打自己生养的儿子，关你们屁事！打死那小王八羔子又怎样？！"被愤怒的村民包围起来的男人完全没有悔恨之意，他满口粗坯脏话地以菜刀指着木然的妻子发狠赌咒，"老子不单单要打死他，还要打死这个扫把星死婆娘！有种你们来打死我啊——"

"如你所愿！"

被眼前闹剧吸引了注意力的冰雀，只是稍有片刻没关注身边的琴无琴，岂料她就发生了变化，怒吼一声后从马背上翻身飞了出去，那四字话音才将将落地，前一刻还气焰嚣张的男人就被妖兽化的琴无琴以双手将其四分五裂。

原本吵吵闹闹的周遭顿时陷入死寂，随着第一个人爆发出惨叫后，在场人如受惊的鸟群般各自四散逃开，慌不择路地嚷着：“杀人了！”“杀人了——”“有怪物——”

“无琴！”冰雀焦急地扑上去抓住琴无琴的手腕，“你这是做什么！”

“该杀！”和在林中杀人时一样，琴无琴此时双眼漆黑，獠牙咬破了嘴唇，话语间“呼呼”喘息声短而促，“呼——该杀！”

“清醒！”冰雀一着急抬手连扇她几巴掌，倒是用的巧劲，不疼，“快醒过来！振作！”

终于如梦初醒的琴无琴迷茫地问：“怎么了？”她低头见到自己满手血，声音立刻颤抖起来，“我、又、杀了人？”

冰雀无言以对，只是转身将一小袋钱币匆匆塞进那位坐在门前的妇女手中，紧紧握了握她的手，真挚恳切地说：“你要活下去。我们是人，是人就可以重新来过。”

似乎对一切已漠不关心的女人听了这话，面部肌肉微颤，两行泪涌出来，但已经不全是因为悲伤了。

为避更多事端，冰雀带着还发蒙的琴无琴重新上了马，扬蹄远离此地。

关于自己的行为失常与外在的变化，琴无琴作不出任何解释。

她坐在船上，双手死死箍紧了斗篷，飘忽的眼神使她像是个心怀恐惧的孩子。“我……想杀人。血的气味很好闻，很甜，像是被火煮热的酒。”她嘴上虽说着直白残忍的话语，却是求救地望着冰雀，“我能听见心脏的声音，藏在人体中的那东西，咚咚咚地响，好吵，好烦，尤其是男人，太响了、太乱了——”

这时，戴着大斗笠正划船的年轻船夫装作不经意地往这边瞟了一眼，他在岸上接到这两位美貌的少年客人时，就忍不住一次次偷看观察以猜测其真实性别。

船夫的视线使琴无琴愈发神经质地皱眉低吟："咚、咚、咚的——太吵了——"她抬手指着已经回过身去的男人背影，食指的指甲就在冰雀眼前看着一点点增长。她的獠牙又露了出来，阴狠地说："男人这种东西。"

"无琴，看着我。"冰雀伸手轻搭在琴无琴的手背上，以拇指亲昵地按摩着她绷紧的皮肤，微笑看她道，"你没事的，冷静下来好吗？"

见到琴无琴为了自己很努力地压抑情绪，冰雀满意地坐到她身边去搂着她，使她的头枕在自己肩上，轻抚着她的头发以哼曲儿般好听的声音说："我们马上就要离开这里了，我们要去的是远离红尘的世外桃源，岛上全是姐妹、是家人，不再有怨恨纷争、儿女情仇……"她的手顺着她的脖颈一路轻柔地滑到她凸起的肩胛骨，轻轻拍着，感受到琴无琴的气息逐渐平稳。她话里含笑地继续哄她，"你这个贪吃鬼呀，我们有一间特别敞亮的大厨房，里面有一排方正大肚的灶台，日日夜夜以干燥的果木烧着大锅饭，柴火与大米饭的香气混在一起飘出老远，绝对能把贪睡的你从床上勾起来。还有糖水和点心，怎能少了我们家无琴的呢？赤豆酒酿小圆子、绿豆汤、枣泥糕、糖蒸酥酪、莲子小粽……你要什么有什么，我们早早买好备着，不，咱们会做，待你睡前待你兴起，咱们都有人新鲜现做好来给你吃。"

船桨划出一趟赶着一趟的水波声，上空列阵高飞的大雁振翅声，听在琴无琴的耳朵里都像是给冰雀那清灵嗓音的伴奏，她渐渐感到有些困意袭来，浓密的睫毛变得沉重。

"你的房间也一早准备好了，是比当初在西鳞楼内更大更好的顶层，衣橱里也备好了一水的鲜亮衣裙……相信我，无琴，一切都会变得简单，再也不会有不安、难过、背弃和痛楚。我会与你在一起，守着你，护着你……"见到琴无琴安心地睡着了，冰雀小心地整了整她身上的斗篷。对于一直叫她提心吊胆的无琴如今总算完好无损地窝在自己身边，她百感交集地叹口气，浅声自语，"无论你变成什么样子，我也不会放弃你，就像当初你没有抛下我。"

好静啊。

她抬眼，远眺山水一色的壮美绝丽风光，听水波荡漾、风声呜呜，怀里的人那面上的体温贴着她的颈子，均匀的呼吸像是鸟儿的翼尖轻扫着她的锁骨。

她想回不去岛上也罢了。

就这么漂漂荡荡，无忧无惧。

将这一生耗在这条永不靠岸的船上，多么好。

【八】

一段由远及近、愈渐嘈杂的响闹声使得琴无琴并没能睡上多久，就警觉地惊醒过来。

原来是一座有两层楼高，装饰豪华的大船正要经过她们乘坐的轻舟。大船的船身是乌色木底，以金漆描边绘有乘风破浪的变形体水花图案，在甲板下方的船舱部分敞开的几十扇精致雕花小窗，使这艘大船看来更像一座水上移动的客栈，而上层建筑则是一座与筑于地面上无异的宝塔顶小楼，其中可见到烛光闪烁、人影晃动，好不热闹。

而惹恼琴无琴的笙歌鼎沸声来自灯火辉煌的甲板。

至少有三四百号人正在甲板上载歌载舞，其中过半是红飞翠舞的年轻女人，环肥燕瘦的她们一个个鲜眉亮眼、粉妆玉琢，在乐师们的鸾吟凤唱的合奏声中轻歌曼舞、语笑喧阗。

衣不蔽体的男人们在婀娜多姿的女人们斟酒伺候下喝得东倒西歪，但酩酊大醉的他们仍有力气挥金如土、左拥右抱。

整个场面其乐融融、欢声雷动，一派穷奢极欲、酒池肉林的桃色人间景象，叫为琴无琴她们划船的小船夫也直望得双眼发直、呆若木鸡。

眼见琴无琴的呼吸开始急促，冰雀忙用双手捂住她的耳朵，还是来不及阻止她发狂。

琴无琴纠结地闭上眼，嘴中碎碎有声：“好烦，好吵，好多滚热的心脏……在咚咚咚——呼——”再一睁眼，从漆黑眼球可见她放弃了与自己的挣扎。

低吼一声后，她一脚踏上船沿，一跃而起轻松踏水而去飞上大船甲板。

“无琴！”冰雀焦急地扒在船沿，距离太远了，不然她也可以追上去。

她重新审视眼前还留有一波波水纹的江面想，纵使琴无琴轻功了得，这一连串踏水而行所需要的内力修为也远超她所能啊——即使是顶尖高手也最多踏出四五步落脚点而已！——她想起琴无琴徒手撕人的血腥场面，猜想她身上存在的问题恐怕已远非人类所能干预了……

即便如此，她也是断然不会离她而去的。

“快靠上去！”冰雀对看傻眼的船夫急吼。

不等小船接近，一连串震耳欲聋的凄惨惊呼已经响彻云霄，划破了湛蓝如水的天幕。

第三章

途迷

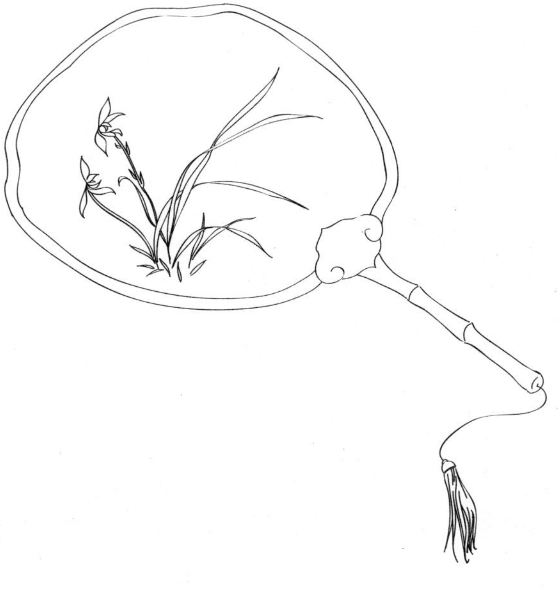

【一】

东方祈嵘被迫在找寻东方劫的路途中半路折回，他骑着枣红快马将随从远远抛在身后，涤月城的高大城门近在咫尺了，心急火燎的他仍旧不住策马加速。

留守在东方府中的东方焕传信来说他们的父亲大人东方辰要回来了。

鉴于最近发生了许多事，大哥又不在家，祈嵘担心向来严厉的父亲恐怕要为难焕，收了信后便日夜不停地快马加鞭往回赶，结果还是没来得及——

"焕！"风尘仆仆的他骑着马直闯进家宅大门，穿过了曲折复杂的庭院到了焕的居所门外才下马，顾不上洗把脸就破门而入，"焕！你在吗？"边粗暴地推开一扇扇门边一声声喊弟弟的名字，"焕！焕！"

直到下人过来告诉他，是老爷叫走了焕少爷后，他才勉强自己冷静下来，凭直觉猜到焕可能身处何地又正遭受如何严苛的拷问——

祈嵘满身大汗来到书房前时就听到里面传来一阵阵打在肉上的噼啪作响声，他推门动作顿了一下，首先抹去脸上的汗水再稍稍整理了仪容，才昂首阔步走进去，果然在小厅中看见一丝不挂的焕正趴在一张木头长椅上，后背上皮开肉绽全是鞭痕。

他一双细皮嫩肉的手腕被皮绳狠狠与椅腿绑在一起。祈嵘见到焕的衣服整齐地叠在一块放在旁边的地上，就能想象到在东方辰的命令下，被当作犯错幼儿般对待的焕屈辱地自行脱下衣裤接受处罚。

因为不想激怒父亲，所以从头到尾不哭不喊的焕在抬起涨红的脸见了祈嵘时，终于忍不住眼泛泪光地叫他："祈嵘！"但也只叫了一声就死死咬住嘴。

见了要强的焕这副难堪模样感到心如刀割的祈嵘，由于手中持着短鞭的东方辰就屹立眼前而不敢造次，只是站在原地双手抱拳恭敬地对父亲道："孩儿回来了。"

东方辰身材颀长，剑眉长眼，精心打理的胡须修饰了他轮廓分明但略显瘦削的脸，满头乌发梳得一丝不苟以黄金发冠束起，修身的深紫灰长袍衬托得他挺拔身姿更英气勃发，由于面上皱纹不多，他看来与其说是祈嵘的父亲，更像是比他年长许多的兄长。

"祈嵘……"他瞥了他一眼，踱步到桌前圆凳坐下，喝了一口茶后才慢悠悠抬起眼直视祈嵘问，"你大哥人呢？"

"他正忙私事。"

"私事？秦家人死得不明不白，他的未婚妻至今渺无音讯，他能忙什么去？他该忙什么去？呵！"见祈嵘沉默不语，东方辰轻蔑哼道，"看来你们也不知道他疯到哪里去了。"他紧皱眉头，意有所指地继续发问，"我远游的这段时间里，你们兄弟联手做了不少事呀？"

听了这旁敲侧击的话，祈嵘偷瞄一眼焕，见他对自己羞惭地闭紧了眼，就知道在父亲威逼下，又惊又怕的弟弟已泄露了一些信息。

他们都怕他，只有东方劫敢皮笑肉不笑地与东方辰对峙。

比起祈嵘和焕，东方劫才是与父亲无论相貌气质都最接近的儿子。本应相互欣赏的父子之间却是水火不容，就像是一山不容二虎，东方辰最看不顺眼的就是与自己最相似的大儿子。

“你们的兄长简直无法无天，你们不但不加以阻拦还陪他发疯，真有辱我堂堂东方大家门楣。”东方辰说话间猛一拍桌面，震得影青釉茶杯与杯垫一阵咯咯碰响。他怒不可遏道，“过去那般小打小闹也就罢了！如今真是胆大包天，竟——”话及此，谨言慎行的他为防隔墙有耳便压低了声音，但朝前倾身的肢体动作还是透露着他的愤然作色，“竟杀了杜宏飞的夫人！”

云秀蓉在赴皇后大寿宴会时，居住在皇宫中为她特设的豪华居所中，被发现全裸淹死在浴盆里，同一天，与她有私情谣言的御王爷东方劫亦于宫中消失踪迹。

有关东方劫与云秀蓉如何因情爱纠葛产生争执，最后勃然大怒将她溺死的画面，都被人凭空想象了再由好事之人的闲嘴描述得绘声绘色，御王爷谋杀了明威将军之妻的传言便愈演愈烈。

祈嵘忙为兄长辩解：“只不过是风言风语，没有证据表明是大哥做的——”却被怒气冲天的东方辰严词打断。

“有嫌疑——这还不够？不够？”

他怒目指着祈嵘，仿佛站在眼前的他就是叫自己最不省心的长子似的：“我们皇族大姓东方家的长子，竟背负了私通又谋杀明威将军夫人的嫌疑！”

见祈嵘不再吭声，东方辰才放缓了语速，身体后仰冷哼道：“风言风语！哼。现在还有更为棘手的风言风语……你们的好大哥，可能千里迢迢跑去前线残杀了杜宏飞也不一定！”

“……”祈嵘大惑不解。

东方辰以手握拳撑在桌面上托着头端详自己的次子，他直白的反应告诉他，这件事并没有他与焕的参与。他这才有些放松地叹了口气，缓和了语气继续说：“东方劫这逆子倒是有一点做得足够聪明，就是凡事不留人证物证，谣言就是谣言——说什么一个神似御王爷的江湖刀客叫杜宏飞身首分离——不过是有人胡说八道！这世上容貌相似的人何其多……再说了，他要他的脑袋能干什么用？”

看来父亲对兄长要夺天下的大计还是不知情的，祈嵘垂眼不语。

“但是他那目空一切、妄自尊大的狂妄性子，迟早捅出大娄子。这些不入流的夸张谣言，为父只好想方设法去尽力平息，而你们……”东方辰指了指还趴在椅子上的焕下了赦令，祈嵘忙不迭跪下去解开绳子。他喝了口茶继续说：“你们倒是有一件事还能尽早去弥补。”

东方辰指的是火烧西鳞楼、北杏园一事——这便是他用鞭子向小儿子逼供出来的全部——他说：“不知道你们这么做是出于什么目的，为父也不想再操心，但是有个在皇城里当差的男人……名叫霍踪的，也葬身火海。宫里人要顺藤摸瓜查起来难免不联想到东方劫，因为还有许多幸存者——那些青楼女子——传说她们群聚在一座岛上生活，她们都是活生生的人证。为免后患，你们尽速前去斩草除根，销毁一切能将矛头引向东方家的祸根。”

【二】

琴无琴从朦胧不清的梦境中昏沉沉醒转时，她已经身在无琴岛上。

她疲乏地转了转眼珠子，见到自己睡在床檐和挂落上雕有牡丹图案的四柱床上，盖着缎面绣有凤凰的软被，吸吸鼻子能嗅到青草混着流水的腥甜气味。

神思迷离间，她有了时日倒流的错觉，仿佛等会儿就会有个叫桃红的小丫头发出一声惊喜欢呼，接着领进来一对慈眉善目的夫妻说自己是他们失踪已久的宝贝女儿……

但这里不是秦府，等多久也不等不来一个一身白衣站在紫丁香花丛中，还未与她结下深仇大恨的东方劫。

她用力眨眨眼以使自己清醒地回到现实，转过头来就看见趴在床边小憩的冰雀。一时贪玩心起的她小心地将手从被子里钻出来，轻轻捏住她的鼻子。半张脸埋在胳膊里的她一会儿就因为呼吸不畅而被弄醒了。

“无琴！”冰雀佯装生气，扬手要打回来。

琴无琴嬉皮笑脸地往被子里钻，引得她也整个人钻进去时，她突然盖着被子弹起来，“嗷呜”一声叫，好像扑人狗熊般压下来，惹得冰雀咯咯直笑还要配合地叫：“救命！”

最后俩人玩累了倒在床上，冰雀喘过气来后复杂地看着琴无琴，以食指指尖像怕划伤她似的边为她整理乱了的刘海边问：“你好了吗？”

她没明白她问话的意思，握住她的手使她的手心贴着自己的面颊，没心没肺地笑起来：“我好得很。”

她全不记得了？冰雀轻咬嘴唇，犹豫着要不要问她，或许不要提及更好，忘了更好——

但是琴无琴却似乎想起了什么——

一些血沫横飞的破碎景象在她眼前快速乱换着闪烁出现，还有惨绝人寰的尖叫声在脑中如一把绣花针般时隐时现地扎着头皮。

“嗯。”她呻吟着猛地坐起来，眼珠子剧烈颤动地盯着空茫茫的前方，双手无意识地朝前抓挠着似乎想摸到一幅并不存在的画面，“这……这是什么？我做了什么……”

“无琴，已经没事了，真的。”冰雀握住她一双手，心绪焦灼但表面故作平静地安抚她，“你想吃什么？你一定饿了吧——”

“吃什么？她醒了？本少爷要吃炸豆腐！”

欸？琴无琴以为自己不单产生了幻觉还有幻听，花昭锦怎么在这儿？

结果那只狐妖竟然真在这儿！

花昭锦从窗外的屋檐上跳进屋里来，虽然这儿是高达六层的塔楼，但对于他来说要从一层层屋檐飞上来是轻而易举的事。

他当然还是那副老样子，琴无琴想就是再过千年，他还会是这副样子，乌亮如鬃毛的长发在起风时像是一匹小跑的黝黑幼马，叫女子也自叹不如只能捧心相向的玉貌花容，冰肌玉骨上留不下一丝岁月痕迹，白齿红唇笑起来全是自命不凡的神气，却不令人讨厌，反倒叫人为之神魂颠倒。

他吐吐舌头冲琴无琴大摇大摆地命令道："野妞儿，你快赶紧再做了炸豆腐来给我吃，让我搞搞清楚，你究竟是谁。"

【三】

那日琴无琴在富家男人与青楼女子聚众欢愉的游船上大开杀戒。

等冰雀费力上了甲板一看，已经是一幅地狱景象，一个个成年的男男女女如幼儿般哭声震天地四下奔逃，一袭红衣双手是血的琴无琴对他们来说就是天降噩运，是从地府里来的收命炎魔，好端端的湖光山水中一道夺人性命的燃烧雷电。

她的长发散开了，浴血身姿站在甲板中央的小塔顶层从高处俯瞰众人，明明手中还提着不知是来自哪个男人身体的残肢，却因为其仙姿佚貌而显得不那么恐怖了，甚至能从那如画眉目中看出妖媚惑人——"记住老娘的话，我绯玉沥，从此与黯银倏不共戴天！"

她将手中血肉模糊的断肢由高空掷于地面，"咚"的一声竟叫所有人都安静下来，抬头仔细凝望她时一个个好像着魔般不再大呼小叫，整艘船犹似沉入江底般静谧无声。

冰雀也开始察觉到现场氛围变得古怪，琴无琴是生得美但也不该具有如此魔力，她与其他人一样盯她盯得久了也开始意乱神迷。

为了保持思绪清晰，她摇了摇头又连拍自己脸颊，思索着怎样妥当地带走琴无琴。

见她外形已然妖化，冰雀不明了她现在究竟是迷糊还是清醒——如果无节制地发狂屠杀说明失常，那她为何只杀男性？又能说出如此语无伦次但口齿清晰的话语——

"他要不死，我杀光天下男人。他若死了，我叫天下男人陪葬！"

在她说话时，冰雀上了屋顶要悄悄从身后扑倒以控制住狂乱的她，因为没有十足把握，正在她紧张地靠近时，一阵翅膀扑腾声夹携着劲风卷乱了万里无云的天空，警戒性极高的琴无琴立即回过身去冲来者号叫以示警告。

"哎呀呀，小野人，你玩够了没？"双手端在胸前，坐在他的大雕坐骑"花载花"上的花昭锦惯性地调侃琴无琴后又有些神色复杂地低语，"你还是被我的妖性吞噬了……"

对花昭锦似乎仍残留着印象的琴无琴停止了叫嚣，尖牙咬着下唇露出犹疑的表情歪了脑袋，动作神情与其说是人类……看起来更像是狐狸。

"是你……"冰雀与花昭锦只有一面之缘——只隐约知道他是百里玄荆要捉拿的妖物——再看琴无琴的样子，她联系花昭锦进行一番联想猜测就得出结论，指着他喝问，"是你把无琴害成这样？"

"什么态度，我好歹也算是你的救命恩人……之一。冰雀。"花昭锦不满地皱起眉，但确有些心虚，的确琴无琴变成这样与他脱不了干系。

花昭锦那熟络得好像旧相识的态度叫冰雀一时摸不着头脑，她自问，曾几何时和他见过面吗？熟悉感倒还真是有几分……

"好了，不闹了。"花昭锦跳下坐骑，走向琴无琴道，"我还有话要问你呢。"

见他靠近的琴无琴立即龇牙咧嘴地扑咬过来，但不出几招后就被花昭锦轻松压制，毕竟说到狐妖的兽性蛮力与行动模式，他这千年本尊要比她这个“半妖”熟悉得多。

他将她双手别到她的身后再一手按住，另一手捏住她的半张脸迫使她张开嘴，接着嘴对嘴从她体内吸出一股会发出吱吱叫声的黑雾，在一旁的冰雀眼里看来很像是一条扭动挣扎的兽尾。

在琴无琴双眼恢复人类瞳仁时，她看了一眼花昭锦，来不及说什么就因为疲累昏睡了过去。

“我们走吧。”花昭锦打横抱起琴无琴对冰雀说。

她指着还在半梦半醒间的那些人问他：“他们怎么办？”

“是受到了琴无琴无意中散发的狐媚影响，过一阵子就会恢复神智了。”

“那她呢？无琴会恢复如常吗？”冰雀瞪着他问。

花昭锦回过脸沉默地看了她一会儿。他身后的花载花那巨大羽翼扇出的一阵阵浑厚风响使他的声音有些含糊：“我不知道……”

【四】

听花昭锦道明前因后果的琴无琴坐在床沿不可思议地看着。

半晌后，她似乎艰难地理清了头绪，犹豫地问他：“你是说……我现在算是半妖了？”

“我也不清楚，以前没发生过这样的事。”花昭锦耸耸肩，那轻松的态度似乎眼下这一切的祸都不是由他闯的，“我寄宿在你体内时间太长了，脱离时遗下的那些妖力可能使你获得了一些人类没有的本事……”说着说着，他倒开始自吹自擂起来了，“瞧瞧爷有多大能耐呀！单单是遗留在你体内的那丁点儿妖气就足够叫你徒手将人五马分尸——”

他这话刺激到了琴无琴脑子里那碎不成形的记忆，使她为那些恶心的画面“哇！”的一声吐了出来。冰雀忙去一边洗脸架上的水盆中拧出一块毛巾来，边替她擦拭边满腹怨言地死瞪着花昭锦。

“做什么！”不擅长与冰雀这样严肃个性的女子相处的花昭锦缩了缩脖子，但还是挺起胸膛为自己辩驳了几句，“你们凡人难道不就爱追求这些吗？论武功，这小猴子指不定就成为了天下第一呢！”他指着琴无琴。

“我不要成为滥杀无辜的天下第一。”她冲他毫不感激地翻翻白眼，“快把你那些引以为傲的妖气都拿回去……”

花昭锦遗憾地说：“我只取走了一部分，因为妖气只会在你怒意鼎盛或情意激昂时钻出来侵蚀你的心智，所以你当时才会不能自制，甚至在事后失去记忆。而你之所以丧心病狂地渴求鲜血……这是妖的特性。”

“所以我只要不发怒就行了？”琴无琴夸张地露出假笑，“这好办，本姑娘天性活泼开朗。”

“毕竟你是人，驾驭不了的妖性会使你极易发怒……”花昭锦托着下巴很严肃地说，“我是狐妖，我能感受到人们的情欲涌动，你继承了这一点。而诱发你妖性的，根据这几次的表现来看，我猜可能是男人——当他们对女人产生好感时或说欲火焚身时——你会清楚地听见他们鲜活心脏的搏动声，那就像是一个诱你发狂的引子，对你来说是一颗鲜血淋漓、饱满滚烫的可口果实。”

听了他对心脏的美味描述，琴无琴竟无意识地咽了口口水。

顿时，花昭锦和冰雀的呼吸声都硬生生截断了。

感到万分尴尬的她马上一拍大腿，正气凛然地喝道：“男人就是太容易发春！”

冰雀无奈地笑笑，看琴无琴那细胳膊细腿的样子却在这么些天里接连遭了许多罪，还要装作若无其事。她不禁怜爱地摸了摸她的头说：“我去给你弄一些吃的来吧。”

当她经过花昭锦身边朝门外走去时，终于还是忍不住停下来问了一件她在见到他那刻就开始有些在意的事——

长江文艺出版社有限公司北京图书中心·上海最世文化发展有限公司出品

北京长江新世纪文化传媒有限公司总发行

青春文学

悲伤逆流成河（新版）	郭敬明	25.00元	南方旅店	林培源	22.80元
幻城	郭敬明	23.00元	花与灼眼之爱	琉玄	22.80元
夏至未至	郭敬明	26.80元	光与专属少年	琉玄	22.80元
小时代1.0折纸时代	郭敬明	29.80元	你可以爱我	琉玄	26.80元
小时代2.0虚铜时代	郭敬明	26.80元	秘境之匣	陈奕潞	22.80元
小时代3.0刺金时代	郭敬明	32.80元	2037化学笔记	陈奕潞	26.80元
临界·爵迹 I	郭敬明	19.80元	杀手婚礼之路	冯天	22.80元
临界·爵迹 II	郭敬明	22.80元	职业规划局	冯源	24.80元
爵迹·燃魂书	郭敬明	18.80元	没有死亡的命案	雷文科	24.80元
最后我们留给世界的	郭敬明	39.80元	我在你遥远的身旁	雷文科	24.80元
这些都是你给我的爱	安东尼	24.80元	宅不宅之暴走香港	琉玄	22.80元
这些都是你给我的爱2，云治	安东尼	32.80元	宅不宅之玩转东京	琉玄	22.80元
红-陪安东尼度过漫长岁月 I	安东尼	28.80元	直到最后一句	卢丽莉	24.80元
橙—陪安东尼度过漫长岁月 II	安东尼	28.80元	蔷薇求救讯号	卢丽莉	26.80元
西决	笛安	22.80元	封神	罗浩森	22.80元
东霓	笛安	26.80元	被窝是青春的坟墓	七堇年	22.00元
南音（上）	笛安	24.80元	澜本嫁衣	七堇年	19.80元
南音（下）	笛安	24.80元	大地之灯（新版）	七堇年	24.80元
告别天堂	笛安	22.00元	全世爱	苏小懒	18.80元
芙蓉如面柳如眉	笛安	24.80元	全世爱 II·丝婚四年	苏小懒	22.80元
妩媚航班	笛安	28.80元	鸵鸟座	孙晓迪	22.80元
不朽	落落	22.00元	荒潮		24.80元
须臾	落落	24.80元	恋爱习题与假面舞会	爱礼丝	22.80元
尘埃星球（新版）	落落	22.80元	阴阳	包晓琳	24.80元
年华是无效信	落落	24.80元	浮世德	陈晨	24.80元
千秋	落落	28.80元	燃烧的男孩	李枫	24.80元
万象	落落	39.00元	召唤喀纳斯水怪	李枫	24.80元
剩者为王 I	落落	25.00元	没有故乡的我，和我们	李茜	26.80元
剩者为王 II	落落	25.00元	出永安记	李田	22.80元
迷鸟守则	天宫雁	22.80元	蒹葭往事	林汐	22.80元
依存免疫变态	天宫雁	22.80元	东倾记·神启	琉玄	24.80元
鲸鱼星之夏	天宫雁	22.80元	东倾记·啸世	琉玄	24.80元
下一站·济州岛	郭敬明	29.80元	冬至线	天宫雁	22.80元
下一站·神奈川	郭敬明等	26.80元	任凭这空虚沸腾	王小立	22.80元
下一站·台北	郭敬明等	29.80元	又冷又明亮	王小立	24.80元
下一站·吉隆坡	郭敬明等	29.80元	有声默片	吴忠全	24.80元
下一站·伦敦	郭敬明萧凯茵等	26.80元	昔夏杉树镇	肖以默	24.80元
天鹅·光源	恒殊	24.80元	时雨记	肖以默	24.80元
天鹅·闪耀	恒殊	24.80元	楼上的女儿	颜东	22.80元
天鹅·余辉	恒殊	29.80元	午时风	野象小姐	24.80元
小祖宗1.0魔术师	自由鸟	24.80元	白夜森林	野象小姐 舞小仙	38.80元
小祖宗2.0命运之轮	自由鸟	24.80元	北城以北	余慧迪	24.80元
小祖宗3.0世界	自由鸟	24.80元	万能胶片	余慧迪	24.80元
往事	·	24.80元	最后一只猫	张喵喵	24.89元
南法航线	Pano	28.80元	遗迹·凝红	自由鸟	24.80元
160 170 180	陈晨	26.80元			

原创漫画

青春白恼会(1)/（6）	千魇,爱礼丝,阿敏	10.00元	《诡迹》上/下	郭敬明	14.80元
青春白恼会(7)	阿敏	12.80元	健身D日记/VOL.2	腐滢	19.80元
小时代1.5青木时代(1)/（4）	郭敬明 猫某人 陌一飞	14.80元	下垂眼	王小立	10.00元
小时代2.5锋银时代 VOL.2/VOL.4	郭敬明	14.80元	下垂眼.VOL2	王小立	14.80元
受不了RELOAD·1/RELOAD·3	丁东	10.00元	爵迹图格	郭敬明	22.80元
小祖宗Volume 01/03	自由鸟 夏俊	10.00元	收纳空白	年年	36.00元
《艾莎的森林》上/下	张晶	16.80元	N.世界	年年/郭敬明	38.00元
梅兰芳卷一梅之卷	林莹	16.80元	爵	王浣	58.80元
梅兰芳卷二兰之卷	林莹	16.80元	纯禽史：辞职前我都干了些什么	叶阐	24.80元
梅兰芳卷三竹之卷	郭敬明	14.80元	二秃子！不许笑！		29,80元
梅兰芳外传-再见梅兰芳	林莹	16.80元	妖精的尾巴(1)/（16）	真岛浩	10.00元

期刊

最小说	郭敬明	15.00元
文艺风象	落落	16.80元
文艺风赏	笛安	16.80元
最漫画	郭敬明	10.00元

“请问……”她张了张嘴，实在有些欲言又止的犹豫，“百里公子……如何了？”

花昭锦看她一眼后别过头去，双手抱在脑后大大方方地说：“我逃得快，把他甩了，这会儿不知道他人在何方。”

【五】

等冰雀出了门后，花昭锦立刻蜷成一团跳上琴无琴的床，像猫又像狗似的蹲坐着逼近她的脸细细端详，直叫她心里发毛，双手捧住他的脸瞪回去道：“许久没见，才发现老娘特别好看？”

“我在南雕国界线附近嗅到秦慕遥的气味了。”

他与玄荆决斗时察觉到了秦慕遥的存在，但他乘着花载花循着气息追去南雕的国土上空时却追丢了，就像原本静静漂在海上的小船突然沉到海底消失了踪迹。

琴无琴奇怪地问：“没找到继续找啊，你回头来找我干吗？”

“因为我怀疑你也是慕遥。”

琴无琴做炸豆腐的味道和千年前慕遥做出来给他吃的一模一样，震惊过后，他冥思苦想得出一个结论——“灵魂一分为二转世的可能也是有的。”

对于他的一口咬定，琴无琴迷茫地眨眨眼道：“这位狐妖大人，能说人话吗？我没听懂……”

“尽量长话短说吧……”花昭锦向她解释自己为何执着于秦慕遥。

他从他还是一只未成妖的幼狐说起，到被一位名叫慕遥的巫女所救，然后在同一屋檐下生活，直到她惨遭暴民杀害，他在她尸体边守了五百年幻化成妖，接下来的五百年中，他极尽所能地追杀与她惨死事件有但凡一丝一毫关系的罪人之后代，孤独嗜血的三十六万多个日夜之后，他遇到与慕遥名字、相貌都相似无异的秦家大小姐秦慕遥。

听他将这样一件坎坷多舛的悲伤往事以淡漠语气平铺直叙出来，琴无琴半晌没缓过气来。

正午的阳光是比花昭锦身上衣裳更鲜亮的火红色，这些暖红光芒像是被风吹起来的绸缎，在室内缓缓卷动着，将琴无琴和花昭锦像两只刚孵化的毛绒小鸡般温柔包裹。

她看着泡在一片片流涌暖光中的他，忍不住抬手摸摸他表情无辜的脸，怜惜地说："你一定很寂寞。"

花昭锦镏金般熠熠生辉的眸子动了动，突然抓住她的手宣布："你得跟我在一起。以后我在哪儿你在哪儿。"

"哈？"他这反应吓得琴无琴下意识抽回手来问，"凭什么？"

"凭我找了你千年，等了你千年。"他又抓回她的手。

"你没证据说我就是你那个女主人——"

"你不是我的女主人，你——"他嘴快要辩，却半途停顿了，"你……你是——"

是什么？他没想过。找到了慕遥的转世后要做什么？她对于他来说，是什么？他只是想找到她，然后抱紧她，再也不放手——他还不明白这是一种什么感情——活了这么久，活了凡人的许多个一生一世，他到底不是人，他始终没活明白，他这个狐妖对眼前这个人类少女是抱持着怎样的情感。

但他想要她。这一点，他清清楚楚，在这么多个日日夜夜里日思夜想，他要她。

"总而言之，叫你待在本大少爷身边就对了，你就哪儿也别乱跑。"他倾身过去抱住她，又软又柔的身体像是一朵沾了熏香的云——就是这样了——他想，终于抱在了怀里，不分离了。他觉得自己长久以来绷紧的神经似乎松弛了一些，所以松了口气地对她认真说："从今往后，你须寸步不离地和我在一起。"

完全处于走神状态的琴无琴还在想关于自己妖化的事，她下巴搁在花昭锦的肩上提出疑问："既然我距离遥远也能听见男人的心跳，为什么听不见你的？"

"说笑！本少爷是千年大妖怪，哪可能叫你这半妖就轻易——你干吗？"

琴无琴往他胸口钻，贴在胸膛上冲他"嘘！"要求他噤声。

一时静谧犹似潮涨，将整间楼阁托了起来，托上了万物无声的云端。

"啊。"她笑出声，"这样能听见。"

"这不是废话吗？"花昭锦不屑地轻哼。

"很快……很有力。是不是——"她仰头看他，微热的鼻息正巧停留在他精致的下巴，她大大咧咧坏笑起来，"你喜欢我啊？"

被她这样一逗，花昭锦梗着脖子一把推开她，嘴上急吼吼地撇清："怎可能！你可是天下第一野蛮女大蠢货。若不是因为你体内的灵魂，是我的慕遥转世——"

"左一口慕遥右一口慕遥的！我是琴无琴。"琴无琴打断他说，不悦地给了他胸口一掌道，"你要不喜欢我，那你叫我和你在一起？还把话说那么动听。"她转过身去欲起身边吐着舌头做出恶心状说，"死狐狸，你跟人类学坏了。"

他抓住她的手将她拽回来说："你和我一道去南雕找秦慕遥吧，让我们把问题弄清楚。"

"哦？"琴无琴冷冷地挑起一边眉毛，斜眼看他问，"你这话有趣，如果你发现她也是你要找的那个人……那什么另一半灵魂，你也要叫她和我一样，一辈子待在你身边？"

花昭锦理直气壮地反问："为何不可？"

"好哇，天下第一烂狐狸，你还学起下三烂男人那一套想玩三妻四妾了？"

琴无琴一脚把花昭锦踹到床下，猝不及防的他滚出去两圈后，一跃起身飞回来骑在她身上发出嗷嗷叫唤："胆肥了你，敢踢本少爷！"

就在俩人扭打时，和灵栩一起端着饭菜的冰雀推门进来，她面无表情地冷声对花昭锦道："你在干什么？"

因为她那眼神叫还保留着兽性的花昭锦感到自己就像一只被猎人逮到的狐狸——她随时可能把他扒了皮后做成一锅汤——他即刻条件反射地放开了琴无琴，脖颈发凉地从她身上跳下来。

将饭菜和点心铺了一桌，方才冷声冷气的冰雀转脸面对琴无琴旋即笑得春暖花开地招手："快来吃吧，要是不够，你再说说想吃什么。"

翻脸比翻书都快！花昭锦眨巴着眼在心底叹服，人类——尤其是女性——搞不懂，真是个谜。

直到琴无琴在冰雀的宠溺目光下吃饱喝足直摸着肚子打饱嗝了，冰雀才怕吓着她似的轻声告知："元治苦带着秦雪筝回来了。"

【六】

东方劫分开一双大长腿以委屈的姿势坐在铁打的小囚车里，看着眼前摇摇晃晃的山脉景象竟也不觉恼，只是想笑。

他哪里料得到自己堂堂一个御王爷也会落到这般田地，给人五花大绑关在腿也伸不直的小铁笼里，当然他更料不到，比起自己眼下狼狈的现状，他更在乎的是一个恨不得他去死的少女。

他想琴无琴了。

他还记得她骑上毛毛远离自己而去的单薄背影，那一抹起舞又缥缈的火焰，她才刚刚离开自己的视线，他就开始想她了。

他想她发丝滑过自己指间好像冰凉的泉，想她皮肤上的香好像刚揭封口的果酒，想她在他耳边叽喳不停好像亢奋敏感的娇小鸟儿，想她唇的触感好像吹弹可破的晨露——东方劫动了动被黑铁镣铐锁得死死的双手——想她的脖子、手臂、蜂腰、细腿，他想如往常一般伸长手臂像是去捞起水中轻盈微凉的月亮般，将她一把揉进自己怀里，感受她柔软的心跳像小猫的爪子挠着自己的胸膛。

他好想她。

他不曾这么思念过谁。不该放她走的——他垂眼看着自己身上沉甸甸的铁链想——应该把她狠狠捆起来，哪怕毁掉她手脚，也该把她锁在自己身边的，恨又怎样，叫她留在身边恨我一世咒我一生吧，岂不是两全其美。

他决定回头去找她了："请问，左芷清姑娘。"他侧过脸去对骑在马上的紫衣少女道，"你打算何时放了我？"

坐在白马上亭亭玉立的左芷清生着一张长脸，有些硬朗的五官因为上了浓妆再配以合衬她的发型，倒使这不够完美的脸形很是美得大气周正，有些异域酒楼客栈的女主子那豪迈风采，只可惜愁容怒目的气质又给她添了几分苦相，这就变成了女主子还是女主子，但是个死了老公的寡妇。

她脑后以精美珠玉簪子盘着发，两条耳前垂鬓尾端亦有金饰装点，无论穿着容姿都像大户人家的千金，违和的是她身上不嫌多地挂配了许多兵器，一长一短两柄剑，背上是短弓，腰上是两把匕首和储有暗器的腰带，这使人看了不免联想她要么是怕死，要么是去寻仇。

怕死和寻仇，她两样都占着了。

听说人间险恶，她在与世隔绝的星脉堂出生长大，在被自己做堂主的爹赶出来捉拿东方劫之前，是完全没见识过的。初入传说中的江湖难免谨慎有余，武艺不高的她恨不能将自己装在正关着东方劫的铁笼子里，再罩上密不透风的麻布伪装成一件货物来赶路。

她一路上都在紧地盯着东方劫，仿佛一眨眼他就会不翼而飞似的。此刻见他竟好像将俩人间的过节抛去九霄云外般来语气自然地搭话，顿时火气上涌地啐他道："易鸣——哦、呸——我忘了，你的真名叫东方劫，是吧？御王爷大人，趁早打消逃跑的念头吧，你身上的北斗七星困仙锁任凭你武功再高靠你自己也是绝解不开的，洗干净你的脖子，乖乖跟我们回去星脉堂向堂主大人请罪！等着受死吧！”

东方劫淡定一笑，摊开上着锁的双手问她：“我怎么洗脖子？”

“死到临头还有心情嘴上犯贱！”

“小清，你什么时候变得这么不可爱了？”

“闭嘴！”耳根也气红了的左芷清拔剑指着东方劫，“吃一堑长一智，本姑娘再不会信你油嘴滑舌那一套。”

“是吧？你姐姐好凶。”东方劫对她的气急败坏完全不予理会，转而仰起头来闲话家常般对正拉车的高大背影笑起来，“小豆子，还是你最可爱了。”

那人发出老鸦嗓音般嘎嘎作响的笑声，正欲回头示好时被左芷清厉声喝止：“籽冬，别搭理他！”

左籽冬只有听姐姐的话，闷声耷拉着脑袋继续拉车疾走，她的脚程比马还要快，却也只是用走的而已，如果跑起来，恐怕能赶上飞鸟的速度。

不单单比东方劫高出一大截，恐怕比世上所有男人几乎都要更虎背熊腰的左籽冬是个地地道道、不容辩驳的丑女。

她一出生就是一副奇人异相，方头大耳、浓眉细眼、前额下唇尤为凸出，长到两岁时就已经是十岁娃娃的体格，如今十五岁了还是不开窍的幼小儿童智商。

成日为了遮掩体型穿着要么黑如煤球要么灰如尘土的衣服，使得魁梧的她就像直立行走的狗熊，常常吓哭小孩、吓傻大人。生性善良的她以为自己长相凶恶，便用头巾把脸包得严严实实只露出一双细长眼睛，远远看就像一块移动中的巨岩。

或许老天爷也感到对她亏欠，便赐予了她极高的武学天赋。东方劫想，若不是因为她的心智缺陷，就凭她这样百年不出一个的武学奇才，天下武功无论是正道邪道、阴阳两极，莫不是被她玩转于股掌之间，一登天下，傲视武林。

他当然想过能否利用，只是百般尝试还是因为左籽冬的智商问题，使他没有十足控制的把握。

没想到在和秦雪筝决斗之后，竟然会遇到这对星脉堂的左家姐妹，东方劫也不知道是幸或不幸，只是这一遭遇令他想起一段往事，不禁莞尔。

当初，他就是在躲避星脉堂弟子们的追杀时，在庶红山下遇到了琴无琴。

他当时身负重伤，想要用水清洗伤口，见到湖中有位妙龄少女正在裸泳，放浪天性使然，嘴上不正经地调戏了几句想将其吓跑，结果体力不支昏了过去，醒来时见伤口已被包扎。

他那会儿哪里知道自己的救命恩人，会成为今后叫自己又头疼又迷恋的存在呢？真是命运弄人。说起来，他倒该谢谢星脉堂这无形中的一次成全了——

念及此，他感激地望一眼左芷清，使得不明就里的她禁不住打了一个寒战。

【七】

星脉堂是习武之人人所共知的悠久名门，以研习内功为主，上下五代祖师爷们耗费心血联合著有众所向往的修内秘籍《入星鉴》——虽是星脉堂的镇门之宝——但也不是入了门拜了师就能学，若没有三十年以上的门龄，就只有赢得堂主的青睐成为其堂前左右副手才可能一睹传世秘籍之真容。

东方劫自幼就对天下名门的武功很有兴趣，他的父亲东方辰也有意使膝下子嗣文武双全、光宗耀祖，自然而然地请了好些位各门各派的老师上门教授，在三兄弟中，东方劫学得最勤最快，渐渐不再满足请上门来的师父，他想天下之大，数不过来的、无人得知的好东西应有尽有，他都想要。

于是他就在独游江湖时以各种手段从各种人身上学习刀剑棍棒拳脚功夫，直到看上了星脉堂鼎鼎有名的内功。

颇费了一番周折后，他化名“易鸣”入门，才了解到想学《入星鉴》起码得二三十年后，原本习武也不过是为了让自己取得天下更为便利的东方劫，哪儿有那么多年岁去耗！

凡事讲究快、准、狠，杀人也讲一击必杀的他不需要多少琢磨，就找到了像是为自己专辟的捷径。

这一代的堂主有九个子女，左芷清与左籽冬是最小的两个女儿，她们上面有七个哥哥，要论到按资排辈，左芷清是没可能继承堂主之位了，更毋论她性子浮躁习武不精，其修为远远不及哥哥们十分之一。

东方劫决定从左芷清这儿入手，之所以不挑左籽冬并不是因为她的容貌，毕竟他也没真想要在星脉堂里搅出一段好情缘来，只因为她智商不过堪比幼儿——话说回来，若不是因此缺憾——她便是她父亲心中独一无二的继承人了。

左芷清本就对东方劫怀有好感，在他有意勾引下，一来二去就芳心暗许，更在他信誓旦旦要与她拜堂成亲时昏了头，替他偷了被父亲藏在密窖中的《入星鉴》。

秘籍既已到手，早已没耐心陪人玩过家家的东方劫当然没理由再逗留，连夜就消失得无影无踪。

知悉此事后的堂主大发雷霆也不顾父女情深了，立即将左芷清逐出门去断绝了父女关系——其实看似冷酷的父亲也已算留情——换作别人，他身为星脉堂堂主早已将其一掌打死。

左芷清收拾了行李落寞离去时，与她关系最亲密的左籽冬悄悄跟在身后，怎么赶也不肯回去，深感自己牵连了妹妹的她便发誓一定要找到易鸣，取回秘籍后和妹妹一起回家。

俩人遍访东莲一路打探易鸣的消息，直到临近边疆时听到有关黯银倏的传说，这名男子无论外形或是招式——尤其是招式——听起来很像是易鸣，他那对付恶人时使出来的绝顶内劲莫不是源自《入星鉴》么！

虽然一切只是猜测，但是无路可走的左芷清还是决定带着左籽冬去国境线一带碰碰运气。

所谓天无绝人之路，竟真给她们找着了他！

只是当时在场人多又气氛紧张而紊乱，她们躲在隐蔽处偷偷观察，起初东方劫正与一红衣男子缠斗，接着又来了一群人，似乎每个人之间都有着说不清道不明的恩怨纠缠，名唤无琴的女子刺了他一剑后骑马远去，最后就剩下一老一少两个男人合力围攻东方劫。

那少年的剑法对于东方劫来说就是个不足挂齿的笑话，但那个老人家却出乎意料是个不显山露水的高手，好几剑都险些要了东方劫的性命。

第四章

刺红

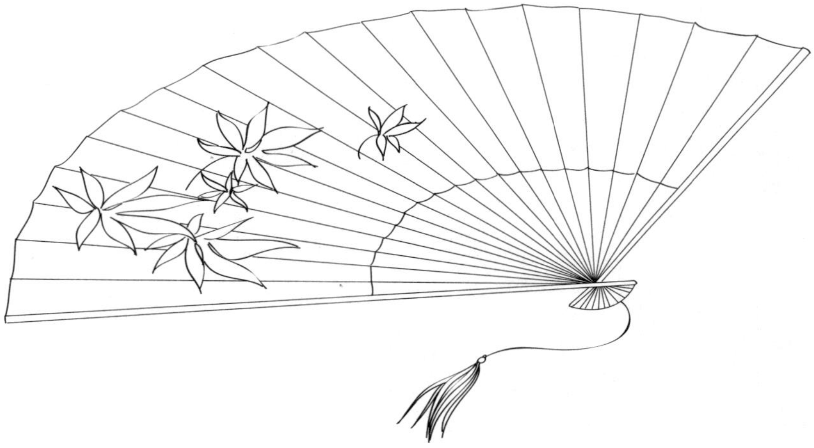

【一】

不想杀人。

这个念头竟然会在东方劫的脑海里闪过，他自己也觉得惊讶。

或许是因为琴无琴使得他今天没有杀人的心情。他以单手持剑忙着闪避抵挡左右挥来的利刃，面对杀气蓬勃红了眼的一老一少两个对手——这两个摆明了想置他于死地的人——他竟不想杀了他们。

杀了他们的话，她会更伤心吧？东方劫边接招边想如何尽速结束战斗又不至于夺人性命。

没料到元治苦竟意外地难缠——东方劫在秦府里只匆匆见过这个老厨子一两次面而已——他对他有印象。因为他身为一个整日埋首做菜的人却有着精瘦结实的体形，最使人过目不忘的是他那沧桑面庞上心如止水的神色，很有淡出俗世、波澜不惊的大家风范，实在不像是一个大户家的下人。

此刻与他交上手后，东方劫不难看出来，原来元治苦师出怀悲寺——显然他在成为秦家厨师前，是个和尚——且应该是位资历不浅的大师。

既然知道对手的招式是出自哪家的套路，那就好对付了，东方劫转而主攻秦雪筝。

对于东方劫来说，秦雪筝像只被惹急的兔子只晓得胡乱扑腾，虽微不足道但也足够添乱的，尤其在元治苦的精妙配合下，这俩人有些叫他招架不住了。

他决定先将碍事的人废了，抡起手臂一剑挥过去，只听“哧啦”一声鲜血飞溅——他夺去了他一双眼睛——随后是秦雪筝反应过来后不敢置信的惨叫，他捂着眼立即退出了战场，发疯般狂叫：“我的眼睛！我的眼睛——”

元治苦见状为了能及时去照顾少爷，更奋起发力来袭，这叫处处手下留情的东方劫苦不堪言。他被琴无琴刺穿的右肩又凉又热，像是一团幽蓝色的火在这一处剑洞中被点燃，顺势烧遍整个右侧身体，灼得他四肢滚烫麻木，脑内混乱不堪。

最要命是时而混沌不清的双眼，叫他在战斗中好几次差点栽在元治苦的剑上一命呜呼。

意识愈加迷离的东方劫知道自己撑不了多久了，已到了千钧一发的关键时刻，不可再多犹豫，只稍一恍神就会决定你死我活。他不再动摇——杀！

剑锋碰撞声逐渐拔高与加剧，元治苦的皮肤毛孔才刚察觉到东方劫的剑风骤然凛冽，他就感到脖子处的皮肤被剑气划破，随着他心下一凉，耳边能听到轻轻的细微的撕裂声，他知道对方的剑已经如咬住他咽喉的毒蛇般贴上了他的脖子，下一瞬间，他就要身首分离了。

元治苦闭眼咬牙迫使自己不要发出声音，在最后时刻至少要死得利落干脆也算维系了尊严。

寂静。

生死决斗中的人，自身感官扩张到了最大，甚至每一根头发丝都能感受到空气中微尘的轻微颤动。处于生死一线的元治苦，仍能听到不远处已失明的秦雪筝在嘶吼，“怎么了？——元治苦！怎么了——你杀了他吗？”夹杂在风雨狂啸声中，他却感到四周好静。

他没死，虽然他能感受到一条滚热的鲜血在遍布皮肤的冰凉雨水中淌下来。

方才随着利剑而来在空气中震颤汹涌的杀气亦已消失无踪，元治苦睁开眼，看见满面雨水的东方劫无言地凝视自己，而他手中的剑还悬在他的脖颈边。

沉默无言地一阵四目相对后，东方劫垂下手，背过身去走远。

眼看着他毫无防备地背冲着自己离去，此时正是下手时机，但元治苦心里清楚——就如同东方劫心里清楚一般——胜负已定。身为手下败将又在胜者的剑下侥幸逃生，他的自尊不会允许自己再向他举剑。

【二】

没走出多远，东方劫就见到他与琴无琴的坐骑毛毛小步跑到跟前来，乖顺地垂首蹭着他的身体，他忙四下张望，却不见琴无琴身影——可她的确是骑着毛毛离去的，此刻马还在，人却不见了——

她出事了？东方劫翻身上马，不顾自己还在汩汩流血的伤口，弯腰轻拍被乌黑鬃毛覆盖的马脖子说：“走，带男主子去找你家女主子。”

但是还未等毛毛跑起来，他就因为失血过多而滑落马下。

等东方劫清醒过来后，他身上的伤已经被包扎好了，而身体也被五花大绑起来。当坐在铁囚车中的他见到身边的左芷清、左籽冬两姐妹时，就明了了一切——世上的事大抵如此了，有果就有因，都是自己造的孽——他不禁哈哈笑起来，扯得伤口一阵阵火辣辣地疼。

骑在马上的左芷清奇怪地瞪着他问：“笑什么，知道自己死期将至，所以疯了？”

东方劫摇头轻笑：“左姑娘若是想叫我死，何必多这一道手替我疗伤。”

“那是因为你还未把《入星鉴》吐出来！”

“早告诉你，已经毁了，我留着一本书有何用？多占地方，记在脑子里就行。”东方劫对左芷清做出真挚表情道，“令尊若也好好牢记于心，也不用留着一本书来给我盗了去。”

“你——”

左芷清刚要为他的戏言发怒，就见他突然一本正经地叫她：“左姑娘！”

“做……什么？”

他严肃地向她动了动自己被束缚的手腕说：“请松绑……”

“为什么？”被他的态度搞得莫名其妙的左芷清几乎是惊呼出来。

东方劫故作为难地长长叹了一口气后说：“多少天了？你们倒是记得给吃给水不叫我饿死，但有没有想过我是一个大活人，还有别的需求？”

“啊？”左芷清纯真地眨眨眼，与他对视了一会儿后突然醒悟，红了脸，“你、你，你憋着不行吗？又不是什么大事儿。”

“唉，你若不嫌弃……我就这么坐着方便算了。”东方劫扭了扭身子，面露难色地看着她说，“我身上臭一点倒也无所谓，男人嘛。只是苦了一直伴随左右的你，鼻子大约要受委屈了……”

这人竟耍起无赖来了！左芷清哑口无言地瞪着他想，这浑身邪气横生的人哪里像个有皇室血脉的王爷——根本就是——他根本就是那个无拘无束、放浪不羁的易鸣，是那个叫她甘愿为之冒险、为之沉沦的大骗子。

曾经深爱的往事一幕幕仍在眼前，事过境迁后——她对所有人发毒誓说不爱他了——那是她连自己都骗不过的大谎话。

最后，左芷清还是在东方劫那挑逗意味再明显不过的眼神中败下阵来，打开囚车使满身挂满锁链的他走下来，刚想叫他走远点就见他开始解腰带，面红耳赤的她立即大呼小叫起来：“喂！那边去！”

见她指着远处齐腰高的茫茫野草，东方劫很是替她操心地说：“哎呀，你不怕我跑了么？最好跟紧点。”

“别耍流氓！”左芷清对左籽冬道，“籽冬，你跟着他。”

“左姑娘。”东方劫昂首望向一直跟在囚车后面跑的毛毛问她，“能否替我喂一下马？”

“得寸进尺！”

“它好乖，你看它一直忠心耿耿地跟着主人，多可怜。”

“就你事儿多！”左芷清嘴上虽骂骂咧咧，却已开始打开车上的木箱翻找里面用来喂马的野菜。

“呵，你啊，到底还是我认识的左芷清。”

东方劫说完话冲她微微一笑，这一笑，使她盯着他在左籽冬监视下走远的背影半晌没回过神。她不认识东方劫，她只认识易鸣，眼前这个男人就是易鸣，但她觉得他好像比起过去变了一些，具体哪儿变了，她也说不上来。

他身上还是有一股躁动不安的狂气，但这波涛汹涌的寒冷洪流似乎正遭遇热泉渗透。

【三】

耍流氓吗？走进草丛的东方劫想起来自己也对琴无琴耍过流氓，不，倒不如说是她对他耍流氓，那是他和她住在山里的时候，他赤裸上身立于河流中以湍急浪花练功，她就大大方方盘腿坐在岸上看他。

女儿家对男性身体该表现出的那份羞答答的矜持在琴无琴这儿压根没出现也就算了，她那视线坦然得直叫东方劫想笑。他转过身去双手叉腰逗她：“你就这么一直盯着我瞧？”

“觉得你好看才看。”琴无琴双手托着腮，懒洋洋又义正词严地解释，“你该为自己感到骄傲。”

“啊，那还真是荣幸之至。”东方劫先鞠了一躬后，摊开双手坏笑，“那要不要我脱干净了叫你看得更清楚些？”

本意是想调戏她的他哪里料到，在深山里长大的琴无琴，脑子里根本没有“男女授受不亲”那一根筋，她是巴不得看明白男人的身体跟自己有什么区别呢。

琴无琴双眼一亮，飞进水流中来，像是看见了什么新鲜事物似的仰面看他兴奋道：“好哇！”

“哈哈……”东方劫为自己出生以来首次调戏不成反被戏的挫败感发出干笑，果然不能以世俗常理来看待眼前这个拿自己当什么奇珍异兽研究的少女，但他很快发起反击，以湿漉漉的手捧着她的脸问，“我觉得你好看。给我看？”

“你看过。”她想起与他的初遇，不满地咂嘴。

“没看清楚。”

“那你亏大了，那种好运气不是常常有。”

“不能再给我一次机会吗？”他嘴角含笑俯身吻她，以右手手背轻蹭她的脸颊，随着映照在她肌肤上的粼粼波光静静游走，滑过她的耳廓与耳垂，又以指腹抚过她的下巴和脖子的线条，最后停留在琴无琴锁骨间的鸽血红刚玉项链上，他问她，“你整日戴着它，对你很重要？”

“是我母亲的遗物。”她双手随意地环着他的腰，神情肃穆地说，“是她心爱之人交予她的定情信物，她很爱他，他也爱她，但最后他还是伤了她。她恨死他了。”

“哦？”他挑眉，轻叹，“既然一直留着这件信物，她还是爱他的。”

“才不会！”琴无琴先是“哈哈哈”一阵嗤笑，继而又摸着项链坠子怀疑起来，似乎顽石脑袋终于开窍般认真地追问他，“为什么？娘是一定恨她的，她说了无数次她有多恨他……”

“恨得深，是因为爱而不得。”东方劫一手就能捧住琴无琴整张小脸，他凝视她因为沾了许多水珠而在光照下璀璨生辉如珍宝的面容，实在是看得出神了，漫不经心的话语从嘴中哼出来像是呓语："爱与恨，或许有千山万水之隔，又或许只是翻云覆雨之间，昨天爱了，今天恨了，明天又爱了，爱爱恨恨的，究竟是爱还是恨，很多人究其一生也弄不明白，临到终了也只能叹一声，红尘误我。"

琴无琴不以为然地亲一口他的下巴说："所以爱与恨都不是好东西，叫人疯疯癫癫的。"

"哈哈！"他笑她简单，"谁叫我们是有七情六欲的人呢？"

琴无琴从他怀里挣开，一转圈去到一米开外处飞起一脚将扇状水浪扑向东方劫，也"哈哈"笑他复杂，她扬声道："做人有什么好？我想做一只强壮的鸟儿，有双好大的翅膀，能飞得特别高，躲过所有猎人的箭——"她挥了挥双手模拟展翅的样子后，指了指他，又指了指头顶鱼鳞般的淡蓝天空和远处的起伏山群说，"下辈子，跟我一起做鸟儿吧，这样好的山河美景，用一双脚走不完的，多累啊，我们用飞的，天涯海角，尽收眼底。比一辈子都在纠结爱恨的人要来得快活多了！"

小疯子。

东方劫望着眼前茫茫野草出神，天高云阔，镀上浓重金色的野草在大风揉压下一浪浪翻滚卷动着，像奔涌跋扈的火海，骄傲、不屈，又野又烫，疯疯笑笑。

他眯起眼，恍惚间能看见那个小疯子在金色的火浪中奔跑，不是朝向他而来，而是远离他而去。

远离我？不，休想。

他想，她若是一只鸟儿，没有人照看的话，以她那直白冲动的性子，迟早头破血流。那可不行，他会舍不得，他要抓住她，用双手箍着她，用纯金造的精致牢笼囚禁她，除了他的眼前，她哪儿也不能去，他要毁了她的翅膀。

"小豆子。"东方劫转过脸去问身后的左籽冬，"你有喜欢的人吗？"

膀大腰粗的左籽冬如同小儿童般羞涩扭捏地点点头，粗哑的笑声好像迟暮老人的喘息，她指了指远处正在喂马的姐姐，又指了指东方劫，然后思索了一阵子后很肯定地点了点头，比出“两个”的手势，在这世上，她活这么大以来，对她最友善的人就是姐姐和易鸣。

东方劫惋惜地将左籽冬其中一根粗大的手指轻轻压下去，对只立着一根手指的她叹气道：“那你最喜欢的人就要杀死你第二喜欢的人了，这样不太好吧？”

【四】

左芷清正照顾毛毛，她本来奇怪这匹世间罕有的高头宝马，却莫名其妙叫这么个糙名，后来转念一想这巨马是那个易鸣的坐骑就释然发笑。

就他那性子有什么干不出来，她拍着马背自言自语：“你家主子，太随便了。他就是这么个人，像是对什么也不上心，对什么也付之一笑，可是他那颗本该空空荡荡的心看起来却好沉好重……”

她倒向毛毛以脸贴在它温暖厚实的背时，温顺垂首的毛毛突然昂起头来望向东方劫的方向，它猛地扬蹄长啸吓了左芷清一跳。

“出什么事——”她话未说完，忠心耿耿的毛毛朝着野草地奔过去，这叫她立刻意识到出了什么事，她怒吼一声“易鸣！”也跟着追上去，但哪有马跑得快。

等她来到跟前，骑上神驹的东方劫已消失得无影无踪，只剩下手中拿着北斗七星困仙锁的左籽冬，她冲她跺脚大叫：“籽冬！你干了什么？”

见左籽冬一脸无辜又惶恐地看着她，左芷清也知道自己正无异于对一个五六岁幼儿发难，她竟叫她这个弱智妹妹看守那么狡猾的男人，真是一时疏忽！

她懊恼地原地转了数圈后，突然灵机一动地对妹妹说：“我有办法了。”

【五】

东方劫没有杀死秦雪筝和元治苦，这有些大大出乎琴无琴的意料，但也叫她心底深处长长吁出一口气，连绷得笔直的后背肌肉也松懈了一点儿。

但是秦雪筝并没有因此而感激东方劫，他认为他刺瞎他双眼是为了极尽所能地羞辱他，让他一辈子活在有仇不能报的黑暗里生不如死。他更恨他，人也变得沉默，精神尤为颓靡不振，从这少年身上再也找不出一丝曾经明媚无忧的痕迹。

安顿好了秦雪筝后，元治苦说想与琴无琴单独聊一聊。

她以为他要叙旧，当初在秦府时，这位老厨子对她那是相当照顾十分宠溺，使她几乎吃遍了他从南北菜系到宫廷点心那变化多端，既豪迈又细腻的手艺。

身为贪吃鬼的琴无琴自然是对元治苦喜欢得不得了，恨不能用包裹装起来背在背上去走南闯北。

在琴无琴的房间里，她刚绽放笑颜想对他过去的照顾表达谢意，就因为见到元治苦一副欲说还休的纠结模样而收敛了笑容，关心地问："怎么了？"

眼前的元治苦是她不熟悉的样子，他没有站在厨房里穿着那一身沾有葱姜蒜味儿的衣服，没有慈祥爽朗地笑得眯起眼来，他眼神沉静，满面愁容地穿一袭棕褐色长袍站在这里，像是另一个人，像一个满腹心事、忧国忧民的苦修僧人。

他终于下决心张了口："我想告诉你，有关闻人有琴的事……"

听到这个久违的名字从与自己毫不相干的秦府厨师嘴中说出来，琴无琴的身子不自觉地贴着桌沿滑下来，坐在椅子上懵懵懂懂地问："你认识我娘？"

"不只是认识。"元治苦边说着边在琴无琴对面坐下，他说话的语气像是一条久经岁月的河流，"我原本打算将知晓的一切烂在肚子里带进坟墓里去，然而经历过死里逃生后，我才感到后怕，不是为自己，而是为你。你是闻人有琴的女儿……有些事或许只有我知晓，我若是死了，你这么年轻……你还有这漫长的一生，我不想你活在不明不白和孤寂无助中……"

琴无琴屏住呼吸等他下一句话。

"你不孤单，在这世上，你还有一个亲人。秦慕遥，是你的双胞胎姐姐。"

【六】

元治苦是个孤儿，被怀悲寺的僧人从小收养。他少年时独自外出化缘，在路边捡到一个被抛弃的女婴，襁褓中放着一封信，上面写着婴孩的出生年月与名字。

怀中又冷又饿的闻人有琴发出的虚弱啼哭叫他心乱如麻，尚不经世事的元治苦情急之下挑了一座看似富贵的大宅门前放下她，躲在暗处等有人出门来抱走她后才放心离去，此后数日都为自己做了这一件善事而感到心满意足。

或许因为都是孤儿，对闻人有琴怀抱着同病相怜感的元治苦，常常在外出时刻意多次路过那户人家，直到五六年后才再一次见到她。

那是个冬天，穿着棉袄的红脸蛋小丫头坐在门槛前吃饭，盯着远处的麻雀无端发笑，看起来日子过得舒心安逸。

元治苦上前询问名字，她稚声稚气地回答："有琴。"他见她碗里有菜有肉，又问她过得开心吗？孩子不懂事，只顾埋头吃饭。没多久，里面就传来人声叫她："有琴！快进来，屋外冷。唉，这调皮孩子！"

听到有人走过来，内向的元治苦有些慌张地匆匆远去，但心里很是踏实。

那之后，他在她七岁时又见过她两次，八九岁间见过许多次，她这时很调皮了，常常和一群孩子在家附近追逐打闹，有一次还联合小伙伴抢走了他的斗笠。十一二岁的时候已经是个长手长脚的小姑娘，会在见着元治苦时叉腰笑着和他打招呼："喂，治苦哥哥，你们怀悲寺的和尚都会很厉害的武功呀？能不能教教我？"

那是不可以的——明明应该拒绝，但元治苦见了她那张比阳光还要晃眼的笑脸，鬼使神差地就点了点头说："好啊。"

他背着师父师兄们偷偷下山的次数越来越多，他教她功夫，陪她聊天，听她抱怨干活时被管家骂手脚不麻利，她有时候会掉一两滴泪却不是为了自己，一般是身边人出了什么事儿或是她很喜欢的看家狗被宰杀了之类，大部分时候她都是笑眯眯的，好像生活里全是值得高兴的乐事儿。

她消失之前毫无预兆。

闻人有琴十五岁了，正是含苞待放的年纪。

她生日那天，元治苦偷了寺里的香火钱买了一台最便宜的琴，因为她一直说想要学琴。他抱着琴在约好的地方直等到日落西山，月上屋檐，她没有来。

隔日又隔日，许多日过后，他再没见到她。

直到元治苦终于从外出为主子跑腿的老仆人那里得知，闻人有琴被卖去了涤月城的青楼。

来不及震怒、懊悔和悲伤，他几乎没有任何犹豫地连夜收拾了行装，不与任何人招呼就离开了怀悲寺，奔去千里之外那座被称为夜之明珠的繁华城池。

倍日并行赶到涤月城，从未离开过家乡的元治苦为这座硕大无朋的高墙阔城所撼，满满信心立即被眼前楼宇林立的现实削去一半，最要紧的是，此时的他已经身无分文了。

光阴似箭，当元治苦头上长出来的头发足够梳起来时，他已经在客栈里做了三年的厨子。这期间，他挣的所有钱都用以走进一家家青楼里寻人，还没等到遍访全城的青楼，他要找的人便以东莲第一琴姬的名声，成为了泉泾城内第一青楼的花魁。

他终于找到她了，却只能远远仰望。

想要单独与东莲琴姬见面那是得掏出一大笔钱来，他现在没有，今后也不见得有。但他还有一身武艺，当然可以强行突破层层看守带她走。

但是见面后呢？如果她问他，为何这么迟才找到她？为何不在她还是天真少女时来救她？他该怎么回答？这一切是否已经太晚——

现在，她是锦衣玉食、闻名天下的花魁。他是谁？——他是一个给人做饭的穷伙夫，倘若他真能带她走，是救她于水火之中，还是陷她于另一片泥潭之中？

她需要他救吗？自己是否太自以为是？！

在郁郁寡欢的元治苦惶惶不可终日时，他又听说了许多关于闻人有琴的坊间传言，原来她正与一名富家男子相爱，或许将被赎身。

果然没多久她就被在民间有着响当当名声的富豪秦许功低调而匆匆地接去了烨津镇，成了他的妾，没多久就先于他的妻生下了一对双胞胎女婴。

这时只想默默守护在她身边的元治苦也辞工奔赴秦府，成了秦许功家里任期最长的厨子，他见秦家人对她非常亲切友善，当时还未生下秦雪筝的顾喜善尤其对一双孩子呵护有加，视如己出。

可是，那个面上笑意常在的闻人有琴如今却不太笑了，她只有与元治苦独处时，会牵动嘴角微微一笑像以前一样叫他“哥哥”，而面对其他人时，无论秦许功和顾喜善对她多么亲热关爱，她都是一副心不在焉的漠然样子。

因为身份有别，俩人为避嫌，常常躲在没有人烟的僻静处见面，好在秦府大得离奇，从没有人撞破过他们亦无人知道他俩之间的过往交情，她又开始和他学功夫，她说以后要教给自己的女儿防身，她还说，孩子不是秦许功的。

元治苦有些蒙，问：“那孩子的父亲是谁？”

她摸着脖子上呈泪珠形态的红宝石项链，面容麻木地说：“一个客人。我生命中的过客。”半晌后，她面上的血色终于活络起来，水灵剔透的眼珠子直愣愣地紧盯着元治苦，“哥哥，我叫你这一声哥哥，不是随便叫的，我是真心拿你当我的亲哥哥，我的孩子，也请你当她是你的血亲。”

闻人有琴自己带着妹妹住在西边院子里，顾喜善以她一人带俩孩子太辛苦为由，带着姐姐住在东边院子里，当闻人有琴抱着双胞胎中的一个孩子从秦府消失后，元治苦才明白当日她说这番话的用意，她是将秦慕遥托付给他了。

【七】

“可是，我娘这么做是为了什么？”琴无琴听完元治苦的话陷入了迷茫，“她什么也没对我说……”

“她或许有她的苦衷。”元治苦说完了，他站起身来，“秦慕遥的失踪可能与此有关，如果有朝一日你能见到她，也许能得到你想要的答案。”

“我、我有个姐姐……”琴无琴揉了揉头发，难以置信地呢喃，“秦慕遥竟然是我的姐姐。”

眼见她所受冲击之大都写在郁闷无比的脸上，元治苦也不知道自己将这一切告诉她对是不对，又或者只是更加深了她对自我和人生的困惑而已。他很想安慰她几句，却无话可说。

见他要离开，她才突然目光如炬地抬起头，猛地站起身来，追问的却是与自己无关的事：“你亲眼看见的吗？”

他转身看她，不明所以：“什么？”

她问话的声音有些狠，每一个字都咬得用力：“你亲眼看见，是东方劫做的吗？”

元治苦回想起那一日见到琴无琴与东方劫时，在俩人之间弥漫着的幽凉又炙浓的悲伤气氛，当时他就为她与他之间的关系瞠目结舌。

此刻见她的情绪竟还为那个杀人凶手摇摆不定，他沉下脸来很是肯定地说：“是。我亲眼所见。”他垂首盯着自己摊开的手掌，似乎血流成河、火光冲天的那一日仍在眼前，“当时因为寡不敌众，我只能救出秦雪筝。”

见琴无琴黯然无语，他握紧了拳，以饱含风霜的嗓音对她说：“孩子，那个男人，他血债累累，罪恶滔天。”

元治苦的话对琴无琴就像一座巨石压顶，使得她颓败地跌坐回椅子上，久久出神。

等元治苦合上门离开后，一直蹲在窗外偷听的花昭锦一脚跨进来。他的脸任何时候看起来都是神采奕奕的。“我都听见了。”他调皮地一旋身坐上琴无琴眼前的桌子，一手托着腮一手轻拍着她的头顶说，“喂，既然秦慕遥是你的亲姐姐，那么我的判断很可能就是正确的，你和她的确是慕遥的灵魂转世，只不过被一分为二。”

神思恍惚的琴无琴完全没在听他说话，花昭锦不悦地抬手弹了她额头一下。

“嘿！”她捂着额头，终于与他四目相接。

“你反正也想找到秦慕遥把自己的身世弄明白吧？不如你和本少爷一起去南雕找她。”

“去找我姐姐吗？”一想到秦慕遥差点与东方劫成亲，她心中有一丝抵触，对于要不要见这个未曾谋面的亲姐姐很有些犹豫。

花昭锦一拍手掌擅自做主道：“就这么定了，待那个竟会叫你满心期待的愚蠢婚礼结束后，我们便动身。”

要在无琴岛上成婚的是牧贵雄和玺儿，他们俩都是外向多话，没心少肺的人，在岛上相处得久了，从一开始像俩小儿般打打闹闹吵吵嚷嚷发展到打情骂俏谈婚论嫁，都被众人看在眼里，所以对牧贵雄想迎娶玺儿的决定一点也不惊讶。

想使玺儿过上富贵太太日子的牧贵雄，因为已经把无琴岛的大家视作至亲，所以想先在岛上与玺儿成亲后，再领她离岛回家。

为此，接连数日，众人都在张罗着为这天生一对筹备婚礼，难得有这么一件喜事，和乐融融的欢乐气氛暂时驱散了笼罩在人们头顶上的阴云雾霾。

直到整座岛张灯结彩的这大喜日子来临，东方祈嵘与东方焕也带着刀光血影之灾，如在土地之下迅速伸展、壮大，以冷酷杀戮、绝望尖叫为养分滋生的漆黑藤蔓，在灯火辉煌时毫无预警地破土而出，吞噬了煦色韶光。

第五章

流砂

【一】

这一日的天幕是被水洗过后的淡蓝色，无风，丝丝缕缕的云像是还未流逝的水流，静静缓缓地在空中浅游着。呈月牙形漂浮在清澈无瑕的玉湖之上的无琴岛，像是被一位着碧绿裙装的湖泊女神握在手心中的一枚月亮，经由无声又悠悠的岁月一日日一年年抚过之后，更恬淡温柔。

在来来往往、相互招呼着的忙碌人群里，左芷清和左籽冬也在其中帮忙布置婚宴餐桌和装饰。

她俩是一路又靠打听又靠猜测地，在数日前，终于找到了无琴岛。

穿过了戒备森严的桥头后，接见她们的是冰雀和喻雪，左芷清向她们谎称自己是大户人家的女儿，因为轻信了一个贱男人，被他骗婚骗财后又惨遭抛弃，好面子的父亲认为她坏了家族名声，将她与支持她的妹妹一起赶出家门。

这有些夸大的谎言里也算有大半真材实料，由亲身经历过的左芷清描述起来，不知不觉间就显得激动异常，泪光闪闪的神情十分叫人怜悯。

她愁眉锁眼地乞求冰雀："我们姐妹俩实在无处可去了，听说这座岛上全是无依无靠的姐姐妹妹相互扶持，共同生活。我们就想来试试运气……请各位好心肠的姐姐大发慈悲给我们一个能栖身的地方，我们什么活儿都能做的，也还算会一点儿武功，可以替大家守夜、看门。"

虽然左芷清已将她的遭遇说得足够雾惨云愁了，但在青楼里见过太多凄风苦雨的冰雀从始至终都是面无表情，她语气里带着冷飕飕的遗憾说："你们的遭遇确是值得同情。但你们到底还是有亲戚可以投靠的普通人家姑娘，而我们这里却全是真正无处可去、无亲无故的可怜人。若以后更多像你们这般分明还有后路的人想要来此逃避，那这座小小的无琴岛要不了多久便会人满为患。"

完全没料想竟会遭到拒绝的左芷清，愣了一会儿后才匆忙恢复了哭腔继续哀求："这位好姐姐，你不了解我们的家族，实在是……"嘴上叫着"姐姐"，她心里恨不能把这个一看就比自己小，却一副高高在上的老成姿态的冰雀绑起来抽耳光。她这个星脉堂堂主的女儿，如今低声下气求一个曾经的青楼女子收容自己也就算了，竟然还被人冷面冷语拒绝，好屈辱！

她将这一切全算在东方劫头上！

因为窥见了东方劫在众人面前与琴无琴对质那一幕，左芷清认定他会来找这个与他关系匪浅的少女，所以她叫脚程飞奔起来比马都要快的天才妹妹背着自己这个武功草草的姐姐，抢先一步来到这岛上埋伏。

论武功，她当然活捉不了手脚无束的东方劫，挺喜欢他的左籽冬到时候恐怕又要临阵倒戈，所以她改了计划，要先抓住琴无琴来要挟东方劫，把新账旧仇彻底清算！

“你就收了她们嘛。”

正在左芷清苦着脸哀求冰雀时，从头顶上方传来好像青涩苹果般脆而酸甜的嗓音，她抬起头就看见少年打扮的琴无琴单膝曲起，坐在高高的粗壮树杈上，在歪着嘴笑。

她一眼就认出她来，虽然当初只是远远见她一面，可是这种既少年又少女、既纯真又邪魅的独特气质，足以将她与茫茫众生远远区分开来，叫人过目不忘。她觉得她有些像另一个易鸣，身上充斥着天高海阔任我翱翔的那股子无畏无惧的傲气。

“无琴，你啊……”面对左芷清不冷不热的冰雀转过身去，仰面看着琴无琴说话时却是从嗓子里都要冒出暖烘烘的水蒸气来，她宠溺地责备她，“就不能老老实实坐在桌子前吃饭吗？”

“没这里风景好啊。”琴无琴嬉皮笑脸地从放在身边树干上的碟子里堆成山的小豆沙包中拿起一个，边吃边对她说，“被男人欺骗抛弃的女人都是我们的姐妹，你就收留了吧，而且，我喜欢她。”她手中拿着咬了半口的包子指着左籽冬，“这个妹妹很讨人喜欢。”

她这句话叫左芷清心头一动，想起了易鸣。当时她犹豫要怎样向他介绍左籽冬，那个被父亲藏起来羞于叫世人知晓的又丑又傻的女儿，她怕自己看上的男人像寻常人一样对她的妹妹避之不及，好在她多虑了，易鸣见了比他高出一大截的“巨人”左籽冬，只是用食指轻点她的鼻尖，扬眉一笑说：“你很讨人喜欢。”

此刻，她仰望着穿一袭红装笑眯眯俯瞰众人的琴无琴，斑驳树影与碎片日光像是一只网状的小金笼般将这绝色美人轻轻裹住，似乎要将她远远隔离于尘世之外，生怕这只如一簇精致火焰般的小鸟儿受到一丝一毫的伤害。

对琴无琴有求必应的冰雀，在被她“恳求”后半分犹疑也不再有，就干脆地收留了左芷清与左籽冬，甚至还交代大家好好照顾这对新来的姐妹，要当自家人一样对待。

坐在轮椅上的喻雪笑她太宠琴无琴，周遭的姐妹们也起哄说这样下去调皮又捣蛋的贪吃鬼“永远也长不大”，结果人人都被一个包子从天而降打在怀里，树上那个“长不大”的“少年”冲她们叫嚷：“爷还在这儿呢！你们这些小娘儿们要讲我坏话声音可以更大一点吗？”

大家手里拿着包子，你一句我一句地与她七嘴八舌地笑骂起来，方才“审问”左芷清姐妹的那严肃气氛顿时消散无踪。

不止冰雀，这岛上的人都好宠她。

这么一个光脚坐在树上摇头晃脑，又笑又骂还不忘得空咬一口包子的可人儿，她美好得像是一场易碎的梦。只要她轻轻一摊手，就能捞走这世上她想要、她愿意要的一切。

左芷清看在眼里，忽然明白东方劫为何会喜欢她了。

一种输得溃不成军的屈辱感使她脸上火辣辣地烧起来。

【二】

岛上的生活非常惬意，一旦融入进去，左芷清发觉大家都是相当热心友善的人，可能因为这儿没有男人的缘故又或是因为都曾被男人伤害过的关系，姑娘们没有太多算计，相互之间非常坦诚，真真如同一家人般以“姐姐”“妹妹”称呼。

左籽冬尤其喜欢这儿，左芷清看得出来，没有人以异样眼光看待她，知道她智商不似常人，大家自然而然地以对待儿童的态度，很是耐心亲切地与她交流，一句话反复解释三遍也不嫌烦。

但是这座岛上也有森严的等级制度，冰雀自然是不容置疑的权威存在，没有人敢对她的命令说不，而在她的明显推举下，琴无琴便是不容动摇的岛主地位。

这些日子里，渐渐与大家熟络起来后，左芷清才知道，追根溯源，若是没有琴无琴就不会有岛上这样自由自在的生活，说她是所有姐妹们的救世主也全不为过。

了解得越多，她对她的敌意却完全没减少一分，但好奇倒是越来越甚，以左芷清自己的思维方式完全不能理解琴无琴的行为模式。

她和她完全是两样人。

就比如现在，左芷清想趁着场面混乱绑架琴无琴，刀都已经架到她脖子上了，这就是摆明了俩人之间的敌我关系，但是她却在她身后有人举剑刺来时，想也没想地救下她一命，在她发愣时，她还冲她吼："发什么呆！你手里有剑，还不快去帮忙！"

"你……"坐在地上的左芷清目瞪口呆，心想这人是不是脑子转得不够快，没反应过来自己要谋害她呀？

琴无琴见她发呆，急得一跺脚，当年在西鳞楼里学的那一套套粗口又出来了："你这臭娘儿们，如果当真想要杀老娘等这一切结束了再来，现在快滚去帮忙！"

"哦！哦！"为她的魄力所惊的左芷清也不及思索了，爬起来冲正在角落里哭的左籽冬喊，"籽冬，别哭了，快跟我来！"

待姐妹俩冲出门去时，琴无琴已经解决了自己眼前的对手。

琴无琴环顾四周，只是转眼间，原本座无虚席、觥筹交错的热闹场面，变成了眼下杯盆狼藉、桌翻椅倒、遍地血迹的惨况。

耳边是此起彼伏的哭喊声混夹在物品掀、坠、砸的倾倒破碎声中，还有血液飞溅声，兵器清脆又刺耳的碰撞声，她望一眼拥抱在一起，满面惊愕躺倒在血泊中的新郎官和新娘子，他们的身体已经不再有任何起伏。

回想起早晨牧贵雄还在假不正经地和自己开玩笑："你不要我，玺儿可是拿我当宝贝呢，无情姐姐，有人比你眼光好太多了。"

可是，现在，这个在山里被自己救过一命，从西鳞楼一路追到无琴岛，大脸庞上生着一对招风耳的黏人精，好不容易找到了媳妇要离自己而去了，却如此突兀地、急促地，被一刀斩断了未来。

头晕目眩的她只觉得地动山摇。

【三】

婚宴在正午举行，岛上快三百来号人来了几乎一半，最大的宴客厅中熙熙攘攘全是人，红色桌布覆盖的红木桌直排到门外去，占满了整个露天的院子，其余人还得负责各种琐事和巡逻，只能等夜里那一场宴席来换班。

即使是如此众人皆欢的大喜之日，一丝不苟的冰雀也不会允许有任何闪失，她安排日常工作时依旧如平时般严谨小心，但岗亭和各个重要据点的人手还是不及平日一半，这叫她从早上开始就忧心忡忡。

即使大喇喇的琴无琴亲密地挽着她的胳膊，安抚她不会这么巧偏偏在这一日出什么状况，但是她抬头瞅了一眼风平浪静的天色。

命运多舛的她还是出于本能产生了一丝不祥预感。

最初是从院子里传来尖叫，随之原本鼎沸的人声如烛火般被手指轻松掐灭。

在厅里坐在最前面的冰雀最先反应过来，她站起来就往外跑，这时一个浑身是血的姑娘就以她那最后一口气强撑着跑进来，栽倒在她怀里，眼里满是恐惧地颤声说："有、有袭击，很多人……快……"

琴无琴抢上一步，她刚急问"出什么事了？"就听身后一声轰响。

她忙回过身去，就见一时数不过来的黑衣人已然破窗而入，他们首先朝着最明显的目标扑去。牧贵雄搂着正困惑又惊惧的玺儿立于在还坐在位置上的人群中，抱在一起的他们就像是潮水退后被搁置在沙滩上的两尾相濡以沫的鱼，是平原上最显而易见的标靶。

"不——"

当琴无琴边惊呼着边下意识向牧贵雄伸出手时，他正睁着那双圆眼睛慌乱地看着她，并不知道此刻有两柄刀从后背朝他与玺儿刺过来，那是致命一击。

当一左一右两个浑身黑衣包裹的死神将刀从他们胸口里抽出来时，琴无琴眼见他俩身上的喜庆红装被染上了更深的红色，本该在体内静静循环的鲜血像是为了喘最后一口气般，争先恐后地从血窟窿里一道道淌下来。

在牧贵雄和玺儿缓缓倒向地面的过程中，黑衣人已经开始搜寻下一个目标，因为在场的人都没有携带武器，所以刹那间就有一个接一个人毙命。

琴无琴扑向正在抽搐的牧贵雄他们，双手按压在出血口上企图止血，心乱如麻地叫着花昭锦的名字，她还记得他是如何短暂维系冰雀生命的，她现在需要他！但是那只狐狸因为对婚礼没兴趣，此刻还在床上蒙头大睡。

含着满口血的牧贵雄眼珠子来回转动着，最后还是侧过脸去盯着玺儿，握着她的手断了气，半句遗言也没能留下。

“无琴！无琴！”

冰雀一声声的呼唤叫失神丧魄的琴无琴的视线终于从亡命鸳鸯身上抬起来，她见四周人群正在混战，许多人往门外涌去，忽然意识到什么冲冰雀道：“你、你快去看喻雪，快去找她！”

“可是你——”

“我没事，你快去！我等下就去找你。”

冰雀将手中长剑交给她，拾起一具被她刚击倒的黑衣人尸体上的佩剑，重重握了握琴无琴的手后，就焦急地冲出去，心中暗自祈祷正在厨房中与灵栩一起帮忙的姐姐平安无事。

当琴无琴提起剑刚站起身要去救助正受到生命威胁的姐妹们，她就感到冰凉剑身贴在自己肩上紧挨着脖子，耳边率先听到的是左芷清的声音，她说：“别动，我要你乖乖地跟我们走。”

她冷下脸回身看她，眼中戾气像一块寒冰般在左芷清身上滚遍了每一寸皮肤。

“你们是一伙的？”她问。

“什——”左芷清愣了一下才回，“不是！”她有些后悔自己用剑指着她了，只是见如此紊乱场面的机会难得，便突然动了趁乱劫持她的念头，竟忘了评估她的武力，万一琴无琴非常厉害呢？她到底是岛主。

琴无琴瞟了一眼在见到牧贵雄被杀时，就吓得缩在墙角的桌子后边号啕大哭的左籽冬，一双水波盈盈的瞳仁又转回来盯着左芷清叹气：“我看也不是。”

此时一名黑衣杀手从身后偷袭左芷清，更使琴无琴确定了她们与这些人没有关系。她眯起眼来，顺着还贴在她脖颈上的剑身姿态流畅如起舞般轻巧一个转身，就来到左芷清的身后快刀斩乱麻地使人应声倒地。

在左芷清还发怔时，她已经厉声呵斥她快举剑前去应援姐妹。

因为人跑得差不多了，所以琴无琴眼下要收拾的敌人不多，她看着逐步围上来将她困在中间的六个蒙面杀手，雪白的眼球一瞬漆黑一瞬又恢复常态。

“我已经能想到你们的血有多甜。”她将手中剑“哐当”一声丢在地上，舔了舔嘴角被溅上的血液，嘴中话语似乎散发着咝咝作响的冷气，“你们试过心脏被人握在手中的感觉吗？”

她一双手上修剪得短而圆润的指甲前端正朝前延伸拉长，变得坚硬而锋利。

【四】

冰雀一路杀到厨房时，半截裙装上的蓝色鸢尾花已被别人的血浸染成红色。

她气喘吁吁地小步靠近已七零八落地躺着许多尸体的小院，噙满泪花的双眼直愣愣地盯着黑糊糊的门前进，不敢四处看——因为这些穿着各色衣裳倒在地面上一动不动的姑娘，在早晨还与她打过招呼，说今天要打扮得漂漂亮亮去抢玺儿的风头——她们是与她再熟悉不过的亲人，姐妹。

而与冰雀一母同胞的亲姐姐喻雪，此刻正仰面躺在厨房里的青砖地面上，腹部被东方祈嵘的脚恶狠狠地踩着使她不能动弹，即使她能挣扎开也跑不了，因为她的轮椅距离太远，刚才试图帮助她逃脱的灵栩，现在静静地躺在堆积的木柴中不知死活。

她已经被打伤了，血丝从嘴角和鼻子里顺着脸颊流下来，她紧迫地盯着在扭打中被她扯下面罩的男人，他正举着剑以冷酷的目光直视她。

她知道这种眼神，能看着另一个人的眼睛施虐的人，有着一颗岩石般凉寂的心。

她知道自己就要死在他的剑下，刚侧过脸去要绝望地合上眼时看见了冰雀，“不……不要过来，快跑！”

眼泪从临死不惧的她的双眼中如决堤洪流般冲刷下来。

冰雀克制着自己身体的颤抖，但泪水却无视她的意志，从她血丝密布的双眼中夺眶而出。

她站在充满如白雾缭绕般蒸汽的室内，空气里全是好闻的蒸饭香气和噼里啪啦燃烧的柴火声音，一丝丝血腥气味和远处的搏斗声突兀地混合其中，使她觉得如临梦境，太离奇了。

眼前这一切是她多么熟悉的寻常景象，为何她的姐姐却将要死在这里？在她们常常彼此谈笑的地方——

“不要杀她，求你！她是我姐姐。你想要什么？钱吗？什么都可以，都给你。”她握着剑的手垂着，另一只手像是乞求般朝冷血杀手张开。她尽力使自己的声音听起来冷静理智，边小心地靠上前去边不抱一丝希望地尝试说服他：“我和姐姐在还是孩子时就分别，历经数年，吃尽了苦头才相聚，我们没有很多奢望，我们只想平静地在一起过最平凡简单的……”

喻雪感到悬在自己身上的剑锋在冰雀的乞求声中纹丝未动，她已明确知晓自己在劫难逃，声线倒不抖了。她是姐姐，向来都是温柔哄人的那一个，她含泪笑起来：“好妹妹，即使未来路漫长又艰苦，活下去，会好的，和你爱的——”

她的后半截话被东方祈嵘手中的剑硬生生、冷冰冰地阻断。

"不、不。"冰雀眼见剑身埋进喻雪的胸口，她虚弱地捂着嘴半晌只会重复一个"不"字，当东方祈嵘扭转着长剑要从她姐姐身体中拔出来时，她凄厉地叫起来，"住手——"

只听"叽咕"一声，像是行走在万籁俱寂的月下密林中踩断了一根树枝般轻巧的一声，剑拔了出来，而喻雪半睁着眼停止了呼吸，泪痕像是被风刮伤的两道长疤般停驻在她白皙年轻的脸上。

"杀了你！"理智顿失的冰雀好似受伤的母狮般咆哮着，挥剑朝跨过喻雪尸体而来的东方祈嵘砍上去。

【五】

琴无琴赶来时，正好看见被打飞的冰雀，她冲上去一手接住她，虽然冰雀的身体很是轻盈，但因为向她施加攻击的人劲道极大，这使得脚底虽扎稳了步子的琴无琴还是整个人朝后倒退了数米。

她低吼了一句"妈的！"随即察看怀里的冰雀有没有受伤，却见一向倔强的她竟满脸是泪——这显然不是因为疼痛，要知道当初她被某个畜生百般施虐也不见流一滴泪——琴无琴皱起眉，眼中怒意与怜惜交缠。

身上没有刀伤，但被掌力震得有些晕乎的冰雀睁开眼，一双浸在水中的瞳孔还来不及聚焦就认出了抱着自己的人是琴无琴，她嘴角朝下一撇，仿佛五六岁小女孩般哭红了脸，气也喘不匀地断断续续说："无琴，姐姐、姐姐……她、死了，被杀死了。喻雪死了。"

或许是琴无琴的存在使她安心，她弃了手中剑，索性抬手捂着脸哭。

琴无琴睁大了眼，从没见过冰雀这么失措痛哭的样子，原来故作坚强的人卸下武装后的脆弱模样，像是一只红眼兔子被粗糙的大手按着脖子，是要轻揉这团水云般的身体还是要指尖用力折断这柔弱的生命，全是轻而易举、悉听尊便。

因为冰雀，她才好不容易平复的仇恨情绪又起，嘴中獠牙悄悄生长。现在，她只想把扼住这只小白兔命门的大手撕得皮肉分离、挫骨扬灰。

杀人凶手从漫天扬尘中一步步走来，当他高大身形轮廓映入琴无琴的眼帘时，她能听到胸腔里的一声巨响如钟般撞击了一下自己的耳膜，她以为那是东方劫。

近了才知道是东方祈嵘。

转瞬间，她提到嗓子眼的心才下去一半又重新提上来，因为她如遭雷劈般意识到，他是他的兄弟——即是说，这一次突袭与东方劫脱不了干系——眼前视野晃了三晃后，她才勉强镇定下来，口气森冷地发问："怎么会是你？"

见到凶手走过来，冰雀来不及细细琢磨琴无琴这话里的意味，慌张擦了泪从她怀中挣开，捡起剑摆出迎战架势。

琴无琴一手轻搭上她的肩膀，紧盯着东方祈嵘对她说："你不是他的对手。"她的手顺着她的胳膊滑到她的手腕，按下她握着剑柄的手问，"看到灵栩了吗？"

冰雀咬着唇点点头，她的身体还在微微发抖。

"还活着吗？去照看她。"琴无琴以很轻的力道将她推到一边，"这里交给我。"末了，她见冰雀不动，一字一顿地补充道，"你，放，心。"

琴无琴这三字像是一面加建在冰雀心上的铁盾，她终于回身朝还躺着姐姐尸体的厨房跑去。

待冰雀离去，琴无琴一甩长袖，将手中的一团黏稠物体掷向东方祈嵘问："是你大哥叫你来的吗？"

祈嵘接过来投掷物一看，是一颗还有余温的心脏，他面不改色一合掌将其捏碎后扔到一边。

见他不答话，一甩剑上血珠子朝自己杀气腾腾走过来，琴无琴也放弃了对他质问，她耸耸肩边活动双手边冷笑起来，眼中竟有一丝丝隐忍的亢奋，她哼道："不知你与他，谁更强呢？"

"你试试。"祈嵘终于发声，随着他话音刚落，手中利剑已凌空劈下。

"那我尝尝。"琴无琴微微一笑，直挺挺地迎上去。

只是一眨眼之间的事，祈嵘没料想她竟会空手以指尖按住剑身轻巧地拨到一边，接着就感到腹部一辣，好在他反应极快闪开老远，低头一看，四道血淋淋的兽爪捞出的伤痕，再一抬头，见到琴无琴正舔舐指间鲜血，一双妖媚黑瞳好似在打量垂死挣扎的猎物般，嘴里发出甜蜜的喘息。

祈嵘抹去肚子上的血，一张冷若冰霜的面具脸上终于皱起了眉，他想不通一个人类女子的手怎么会像野兽般充满力量，犹似锋利匕首。

有些棘手啊。

他重新挺起胸膛，提剑直指琴无琴，俩人如两座风中静止的雕塑般对望了片刻，最后是性急的琴无琴主动发起了攻势。

了解她动作迅猛远胜凡人后，祈嵘这一次不再与她正面碰撞，待她逼到眼前时，腾空而起翻到她身后，先发制人一脚踢向她强而有力的手臂，直听得骨骼发出轻轻一声“咯嚓”，应该是骨折了，惹得琴无琴像野兽般发出痛苦哀号。

他乘胜追击一抡胳膊，一剑斩过她后背，却因为她躲避及时，只划破了衣料。

祈嵘落地后，见琴无琴转过身来的样子——虽然平心而论，她确有倾国倾城的美貌，但现在看起来实在不像个人——她因为狂怒而弓起了后背，像极了被惹怒的猛兽，一只断了骨头的手耷拉在身体边加剧了她身上使人胆寒的恐怖杀气，她双目里没有眼白，嘴中雪白獠牙像两片在红润果实内部生长，直到穿透果肉从表面凸出的刀刃。

她一扬另一边还健全的左手，只见五道肉眼可见带着血光的爪痕呈一股凛冽气风，“咚！咚！咚！”地擦过地面，直打上远处一棵细身柳树，在树干上才刚刚留下五道裂痕就见柳树像是被无形的巨刀切过般，斜斜地分成两半倾翻在地。

“你……”祈嵘没见过妖物，他有些不可思议地怔怔发问，“究竟是什么东西？”

理智全失的琴无琴根本听不见他说话，只是以吼叫作为对眼前敌人的回应，此时的她甚至已经不知道自己面前的人是谁，只有发痒的牙齿和饥渴的喉咙在蠢蠢欲动，叫嚣着、期待着，她要摧毁掉眼前任何活着的、呼吸的生物。

赢不了。东方祈嵘面对这样的怪物，心里清楚得很。他捏紧了拳头想，恐怕有五分把握？运气好的话，六分？衡量一番后，他记起大哥的教诲，不打无把握之仗，冲动行事者皆是愚人。再退一步想，毕竟这一趟的目的并不是要针对某一个人，只要把西鳞楼和北杏园的幸存者杀个七八成去，也足够向东方辰交差了。

拿定主意后，他转身闪退去找东方焕，认为任务已基本完成，可以撤了。

杀心勃发的琴无琴哪里会放过他，凭兽性本能追上去，半途遇到了被嘈杂乱象吸引而来寻她的花昭锦。

花昭锦见了认不出他来，直冲他龇牙嗥叫的琴无琴，故作惊恐地摇头惊呼："哎哟我的小野牛，你怎的又这番模样出来吓人了？"

他将这一只危险猛兽像一只人畜无害的小猫般随意搂进怀里，一手捏着她尖牙外露的嘴巴，低头嘴对嘴吸走了她体内暴躁嗜血的妖气。

见她双眼恢复澄澈，他打了个哈欠，揉了揉自己头顶有些蓬乱的头发问："出什么事儿了？难得本少爷睡得正香。吵死了。"

琴无琴等不及混乱的大脑完全清醒，就扯着花昭锦的袖子滔滔不绝地飞快说明起来："东方祈嵘带人上岛撒野，他们杀了许多人，牧贵雄和玺儿，还有冰雀的姐姐喻雪都死了！你快同我去杀了他们为大家报仇！"

花昭锦听罢，只是茫然地轻呼一声："啊？"

"为什么会这样，我也还不明白，你快跟我去救人。"琴无琴拽着他朝前走，却感到身后的人懒洋洋不肯动弹，她转过脸去急得挤眉弄眼喝道，"死狐狸！你搞清楚眼下情况有多紧急没？"

"我为什么要听你的？"花昭锦全不在乎地翻个白眼，态度轻浮地斜嘴一笑问，“有谁死了，与我何干？”

【六】

听了琴无琴的话，左芷清领着身手非凡的妹妹左籽冬赶去支援人群最为聚集的混战之处。

这一日，因为许多姑娘手无寸铁，所以才会在遭到毫无预警的这一场天降浩劫时乱了阵脚，给敌人放肆屠杀的机会，现在后知后觉的她们终于纷纷找到了武器，一个个还原了平日骁勇善战的女战士身份，前仆后继地去迎战黑衣杀手们。

尤其在左籽冬、元治苦两位高手强有力的援助下，众人将敌人直打到了入岛口处，但是整体仍处于下风，因为对方人数众多堪比一支小型军队，这也是为什么他们能轻易突破岛沿的防线，将哨塔石坝摧毁殆尽。

赤手空拳的左籽冬正与持有一柄曲蛇状精细长剑的东方焕缠斗，她武功虽高但与人实战经验极少，一时躲闪一时回击地全凭直觉，招式出得凌乱，别说东方焕被搞得晕头转向了，连她自己都摸不着头脑，她不知道该如何降伏对方，眼里全是又怕又慌的泪。

左芷清在一边看着也着急，但她干涉不了这个于她来说太过复杂的战局，她压根儿就进不了这俩人斗阵的圈子，只有挥着剑在旁边去助别人抗敌，时不时趁空隙为妹妹呐喊助威：“籽冬，不怕！想想你和爹爹过招时的步子，一套套打出去，打在他身上！”

这数百人的小型战场中，双目失明的秦雪筝也在，他焦急地扯下蒙在眼上的一块黑布，仿佛这样一来瞪大眼就能看清楚自己仇人所在何方一般。

“元治苦！那小子在哪儿？告诉我在哪儿！我要杀了他！”他干瞪着一双什么也看不见的眼睛直视前方，冲正守护在他身边的元治苦咆哮着发问，当他听说东方焕正混在这些杀手之中，就再也按捺不住地抽出剑来胡乱砍劈着空气，“把他抓过来，我要亲手砍了他的脑袋！”

元治苦分身乏术地大声回应他：“少爷！太危险了。你不要乱走，别离开我身边。”

“闭嘴！你懂个屁！我要杀了他祭奠我爹娘，你只管告诉我他在哪个方向！”秦雪筝的剑虽是空舞，却挥得呼呼作响，他主意已决，“你要胆敢骗我，我连你也杀了！”

秦雪筝已然为复仇陷入魔障，人生再无牵挂，心中再无旁事。元治苦无奈答道：“在你左边，正前方，他手里有剑，正在和一个高手较量！”

“多少步？！”

“一百步！”

“好！”秦雪筝咽下口水，在心中为脚下一步步默数，“我去杀了他。”

他全神贯注于风中捎来的每一丝细微的声响和摩擦过皮肤能留下轻微压痕的杀气，是两个人，一个气息柔软而慌乱，一个杀气汹涌而冷酷，近了，越来越近，他握着剑柄的手上青筋凸起，太阳穴上传来一阵阵因神经绷紧而产生的密密麻麻的疼痛和瘙痒。

东方焕与左籽冬斗得正难分难解，并未注意到身后有一个人在悄然靠近，他只想快些结束战斗好去找东方祈嵘，回家向父亲大人邀功。

“你这个缠人的丑八怪，怎么还不去死呀！”他恼火地尖着嗓子叫唤，手中剑越舞越快，风中全是震颤瘆人的隆隆剑音。眼前明明如黑熊般健壮的女人却像个愁眉苦脸的胆小鬼般一直在呜呜哭泣，这也叫他万般焦躁，他运足气劲要以一剑定胜负了：“去死！”

这一剑虽力道无穷却也破绽百出，叫左籽冬终于钻了空子，她以皮肉擦伤为代价使腋下夹住剑身后一个奋力转身，只听长剑“锵”的一声断成两截，在东方焕来不及抽身时，她一掌击中他胸口使他倒退到几米开外。

在东方焕身后的秦雪筝便是那个守株待兔的猎人，他使出浑身力气狂叫着由上至下斜斜而凶狠地挥出一剑，硬生生直愣愣地劈在东方焕的后背上，其创伤深可见骨。

手中还牢牢握着断剑的东方焕痛苦哀号一声的同时，瞪着血红双眼一转身，将刀刃直插入失明的秦雪筝脖颈，从左到右贯穿而出，使他闷声倒地。

正巧赶来目睹这一幕的东方祈嵘，如雄狮般发出震惊又愤恨的咆哮：“焕——”他动作迅捷地冲过来一把将血流如注的弟弟打横抱起，冲周边黑衣人下令，“撤！所有人掩护我们，撤！”

“跑？！休想！！！”

追上来的琴无琴立于高处，她指着眼皮子下乌泱泱正企图撤离的黑衣杀手们对身旁老不情愿被她拽来的花昭锦说：“快去杀了他们，一个活的也不要！我答应和你去南雕找秦慕遥了！”

正掏着耳朵故作漠不关心姿态的花昭锦听了她这话，双眼立即一亮，狡猾地笑道：“这可是你说的。”说罢，他一晃脑袋进入妖化状态，身手快如电神雷鸣般嘶吼着冲入敌群。

由于千年狐妖的介入，原本胶着的战局立刻就显出一面倒的趋势。在花昭锦的力挽狂澜下，很快这场人类之间的恶战就只需要岛上的姑娘们去收拾残局了，只可惜遍地横尸中没有东方兄弟，他们到底还是逃了。

左籽冬终于可以哭着去找左芷清撒娇，看姐姐为她受的伤心疼地大呼小叫，又露出羞涩而满足的笑容来。

元治苦一早就已退出了战斗，他跪在秦雪筝身边使用了各种方法想要挽留他的生命，却已经回天乏术，他见他饱含鲜血的喉头间发出咕噜咕噜的声音，一只手执着而用力地狠狠抓紧了他的手，直掐得元治苦的手背发青。

他明白他有话想说，若是没弄清楚，他恐怕死不瞑目，于是他大声骗他：“你大仇已报！他死了，你把他杀死了。”

果然秦雪筝少年老成的面容上露出笑意。

元治苦继续语音沉沉地安抚他，像是在咏唱一首经文："待你见到老爷和夫人，可以昂首挺胸地面对他们，你是使他们自豪的儿子，你是秦雪筝少爷，你是秦家的继承人。"

他终于撒了手，与爹爹和娘亲团聚去了。

在如烛火渐熄的黑暗意识里，他看见爹和娘坐在花团锦簇的小庭院中吃着满桌可口小菜，丫鬟桃红手中端着一个细颈蓝玉酒壶，他喉头动了动，因为知道里面满壶的是他最爱的梅子酒，她见了他笑得满面春色招了招手道："少爷，吃饭了，都等你呢。"

他高兴地往前跑两步后又顿住，回身朝站在紫丁香花丛中的姐姐喊："姐姐，你不来吗？"

穿一袭豆青色长裙的秦慕遥回过脸来，她美得像是流水染了绿叶的色泽轻轻淌过画布，纯净而生动。她温润如玉的眼中柔情好似和风细雨，又凉又甜。她遥望着自己百般珍爱的弟弟，轻轻缓缓地摇了摇头。

"那我们不等你了！"穿着一身华服繁饰的秦雪筝就像所有娇生惯养的孩子般，天真无邪地做了个笑眯眯的鬼脸后，大步朝正和蔼慈爱地凝望着自己的父母跑去。

在少年的尸身旁边，琴无琴蹲在元治苦对面握着秦雪筝另一只手，她轻咬颤抖的下唇，嘴中轻声细语地哄着："好弟弟，你安心睡，姐姐一定会替你报仇的。"

【七】

东方祈嵘骑马在野草没过马肚的草原上狂奔，他身前坐着的东方焕已近昏迷，整个皮肉都掀了起来的后背上，露出了叫人触目惊心的粉色肌肉与白森森的骨头。

"祈嵘，祈嵘。"焕的脸埋在马儿的鬃毛中，虚弱地哀求，"别，颠了，我、好痛，放我下去。让我下马。"

祈嵘回头确认已经距离无琴岛很远，也不见追兵，但他还是不能放慢速度，他满额是汗地对他说："不，我们得赶紧给你找大夫。"

“可是我已经快死了……”

“你不要说话！”祈嵘打断他，更用力地一踹马身加速，“不要消耗体力。”

“你这个白痴……”焕使尽浑身力气想对他翻个白眼，话未说完，就整个身体一松滑落马下，滚进了草丛中。

大惊失色的祈嵘不等马停下站稳，就飞身扑过来，单膝跪地抱起他来慌乱地察看伤势，只觉得手心中全是弟弟流出来的血，黏糊又温热。

发起高烧的焕疼得浑身滚烫，但比起身体剧痛，平日里像女孩子般喜爱漂亮衣服，总是打扮得光鲜亮丽的他现在更在意自己的满身血污。他边哭边抬手遮着脸，胡言乱语起来：“我想洗澡，我现在好脏……好难看……”

祈嵘手忙脚乱地要抱起他，却拉扯到焕的伤口使他发出一声声凄厉惨叫，像是马上要痛死过去，这使他不敢乱动了，心急如焚地瞪着怀里的弟弟，绞尽脑汁地想着有什么能延续他性命的法子。

“哥——哥哥！”焕突然地仰起脖子哭号起来，“焕儿要死了！我好痛，哥哥，你来见见我啊！”

“焕！焕——”祈嵘不知所措地冲他大声道，“我在啊，我在！”

可是紧闭双目的焕却像是看不见也听不见他这个人似的，只顾狂叫：“哥——我要哥哥——”

祈嵘这才意识到他是在叫东方劫。

他一直都知道的，比起自己这个木讷寡言又缺乏主见的哥哥，焕仰慕的是心中宏图霸业，面上谈笑风生的东方劫。

天色暗了下来，夜海般体积磅礴的滚滚浓云转瞬淹没了白昼，亦如海底游弋的巨鲸遮蔽了头顶的月光，四下顿时陷入无边黑暗之中。

无风。

焕的身体越来越冷。

他不叫了，还剩一口口叹出来的气，却不见吸气。

祈嵘的脸完全陷没在阴影中，他模仿东方劫的口吻对怀里体凉如水的少年说：“焕，是我。”

本将要陷入深眠的焕挣扎着蠕动了嘴唇问：“哥哥？”

“嗯。”

焕睁开浑浊涣散的眼，只能模模糊糊看见一个人被夜色镶边的轮廓，他勉力牵起嘴角笑笑：“焕儿乖不乖？”

“很乖。”祈嵘学着东方劫平时的动作，以食指轻滑过他面颊。

他又撒娇般微微皱起眉头问：“焕儿丑不丑？”

“不丑，美得很。”祈嵘强压着哭腔，以拇指沾过焕嘴边的鲜血抹在他苍白的唇上。

“焕儿要助哥哥成就大业，要一生一世追随哥哥，做你的左膀右臂，焕儿……”焕说得激动，脸颊上竟回光返照地红润起来，他半是满足半是渴望地颤声说，“哥哥你永远也不要嫌弃我好不好？无论何时何地都要留我在你身边，比起父亲、兄弟、妻子，让焕儿做你生命里最重要的人好不好？我很听话的。”

“好。”祈嵘含泪学他的大哥以鼻音轻哼笑意，语气很是宠溺地说，“本王什么都应你。”

“什么都？那、那我要……”话未说完，焕面上的笑意骤然凝结。

“焕？……焕？”祈嵘轻声唤他，接连数声后也不见他反应。

他轻吻他的额头，俯身搂紧他，弯下腰去，咬紧牙关，闷声哭泣。

自由而茫茫肆意的野草一波波逐浪摇摆，将两人缠绕裹覆。

数公里外，在镇上梳洗换装后精神焕发的东方劫正骑着毛毛朝无琴岛奔去。

这途中，他隐约能见到远处一幅很是可疑的景象，有一匹着皮革装甲的马垂首站在高而密的草丛中，但因为在它周遭并未见到其他人影，所以便不再放在心上。

他抬头望一眼天色，心想即使要摸黑爬一百层楼从窗子里钻进屋去，也要把琴无琴带走。

他已认定了，她必须属于他。

第六章

璃珠

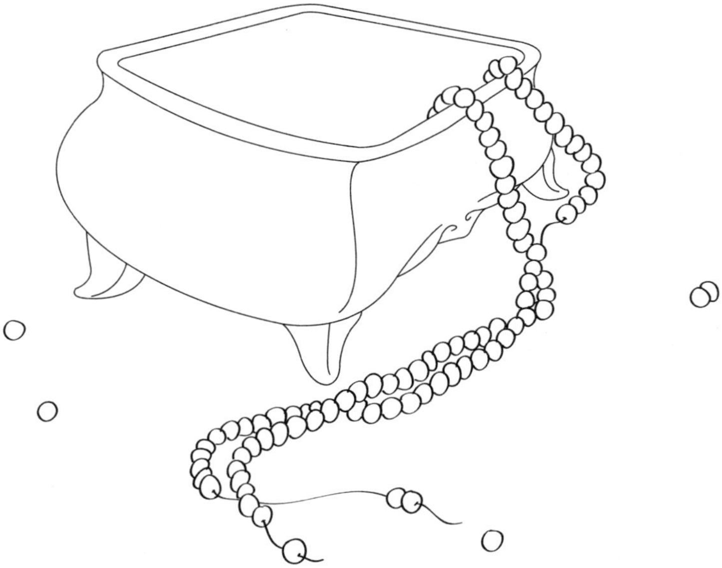

【一】

夜幕低垂，无琴岛上的姑娘们虽已将入侵者尽数驱逐，却注定今夜难以入眠。

这岛上谁人不是经历过风雨颠沛、生离死别的苦命儿，只是再坚强的她们，面对今日这一场突如其来、翻天覆地的巨大变故，终是不能坦然以对。

女人们压抑隐忍的哭泣声在清幽平静的玉湖上此起彼伏，几乎要形成烟灰色雾霾在整座无琴岛上空弥漫扩散，最后化作呜呜咽咽的雨滴落下来。

纷乱平定后，左芷清找到琴无琴主动坦白她与东方劫之间的纠葛往事与她心中对她的算计，本是作好了敢做敢当的准备要领罚，却只见盘腿坐在土垛上的琴无琴露出怀念苦笑呢喃：“的确像是他做的事……”

胭脂色的夕阳将她浑身染上了一层细细绵绵的暖色，她沉静忧愁的模样，像一朵被手掌压碎后残留一地红汁的牡丹，美得悲伤而倔强。

琴无琴从怅然若失的情绪中抬起头来，目光炯炯地对左芷清诚恳道："我很想代他向你道歉，但我似乎没有这个资格。如果你当真见到了我们决裂的那一幕，你心里也该清楚了，现在你抓了我，也威胁不了他，我和他之间，已经结束了。"说着，她又禁不住苦笑了，摊手示意她看看无限凄凉丛生的周遭，"你看，这可是他兄弟干的好事，还不知道是不是他下的令。"

左芷清不能赞同琴无琴前半段话，她相信，琴无琴对东方劫来说仍是不可撼动的重要存在，因为她是见过的，他看她的眼神，他对她的在意全写在其中。

见琴无琴起身要走，左芷清追问："你想怎么处置我们？要赶走吗还是关起来？"

"为什么？"琴无琴奇怪地看着她反问，她指了指自己刚被左芷清帮忙固定的骨折右臂，"谢谢你还来不及。"

"可是……"

"今天若是没有你和冬冬，会很麻烦吧，伤亡结果估计比现在更甚。你不要想太多了，既然无处可去，就老老实实把这儿当你们的家吧，依我看，这家不赖。"琴无琴挥挥手说，"我要去看看灵栩，她重伤昏迷未醒。你和冬冬忙了一天，快去吃些东西。"

左芷清在原地顾虑重重地站了一会儿，环顾四周一圈后长出口气，似乎拿定了主意，才去找左籽冬，原来妹妹因为力气大，正在帮忙运送伤员去集中治疗处。

此刻，她就正背着一个闭眼闷哼的姑娘健步如飞，完全不在意自己身上沾了许多血污。

"籽冬，要帮忙吗？"左芷清跟到她身边，帮忙搭一把手问，"你一定饿了，想吃什么？"

"姐姐，我们还走吗？"左籽冬怯懦地瞟她一眼，话里藏着心虚，"籽冬都听你的。"

妹妹虽然嘴上这么说，做姐姐的左芷清却早已看穿她的心思，左籽冬对这岛上的人喜欢得不得了。她轻叹口气后，露出了恬静知足的浅笑，边摇头边对妹妹语气笃定地说：“不走了，恐怕是命中注定吧。从此往后，这里就是我们的家。”

左籽冬粗声粗气地“嘿嘿”一笑，步伐因高兴而迈得更大，很快就不知不觉地把姐姐甩在身后。

“籽冬！”追不上内力轻功登峰造极的妹妹，左芷清站在原地跺脚喘气，她知道那孩子一旦沉浸在自己的情绪里就对外界充耳不闻了！

正在她琢磨去为籽冬弄些食物时，一阵晚风拂得她长发乱舞，顺手侧身逆风整理时，她见到湖边的杨树林中有人影，走近了看，是冰雀。

冰雀垂首沉默地站在一座新坟前，被风吹得摇摇晃晃的树荫细密如织地铺满了地面，犹似一张花纹繁复的地毯，叫人看得眼晕，左芷清甚至担心冰雀站不站得稳，她会不会陷入这风中蛛网般的虚无脆弱的流沙地面。

好在她后背笔直地站在那里，快与身边的一棵棵杨树化作同伴，双脚深深扎根入土。

左芷清猜那地里埋的是冰雀的姐姐喻雪。她忍不住联想若是躺在里面的是自己的妹妹会如何，感同身受的悲戚感使她开口说话的嗓音都带着微微压抑的哭腔：“冰雀，有什么我帮得上忙的地方吗？”

她没有回话，她也不觉得尴尬，在旁边静静站了一阵子后，她理解此时的冰雀不需要任何人的安慰，现在身边人做再多对她来说也是于事无补，她只想一个人和姐姐待着。

左芷清以几乎被夜风吞没的轻音吐出“节哀”两字后就悄然离去。

冰雀依旧执拗地站在原地，直到脚下的斑驳树影越来越暗，边缘如银盘发亮的月亮爬上树梢，她也未离去，似要静默无言地在姐姐坟前站到天荒地老。

直到远处传来隐隐约约的琴音，一听便知那是琴无琴在弹奏《啸世》，她才微微抬眼，一袭红衣映入眼帘，是花昭锦。

他挑起眉毛，很是不耐烦地说：“你在这儿啊，小蛮牛满天飞找不到你快急死了。”

【二】

整座岛上最高、外观最为复杂华美的建筑其顶层就是琴无琴的居所。这是早在她上岛前，冰雀就为她准备好的独享房间，她力求让她住得舒适，窗外视野景观最为辽远无遮。

而此刻，琴无琴并未待在这间比当年她在西鳞楼内所居住的要更为豪华宽敞的房间里，她正坐在庑殿式黛绿色的屋顶上。

她身边堆满已揭开红纸盖头的小圆肚酒壶，微醺的她迎着晚风只觉得浑身暖得发痒，眼神迷离地环顾四下无人的开阔屋顶想，多适合在这里同大家一起喝酒啊，嘴上便自语胡说起来：“若是婚礼在这屋顶上办该多有意思啊。”

她身子软绵绵地往旁边蹭了蹭，摸到自己带上来的琴，这算是她拥有的第一台琴，在冰雀的精心保养下依旧焕然如新的金黄色杉木玉玲珑。

“在今天这个大喜日子——”她朝空无一物的前方举起酒壶道，“就让我为新郎官儿和新娘子以及在此的诸位，献上一曲……”说罢，她仰头喝完瓶中酒，用力掷到一边将瓶身摔得粉碎。

琴无琴无意识奏出的曲子是东方劫教她的《啸世》，因为以夹板固定的右手有些不太方便，所以调子有些颤，音阶时高时低，虽胜在流畅，但几乎要成为另一支与原曲截然不同的新曲子。

“若是本王没有猜错——你别说，这是我教你的那一曲。”

乐声随着在琴无琴身后出现的这一把戏谑嗓音而生硬停止。

因为他的声音听起来是她熟悉的意气风发，所以不用回头，她就能想见立于月下的东方劫着一袭整洁修身的漆黑窄袖长衫、手腕腰间以蟒纹银饰束紧，乌发一丝不苟地以宝玉金冠固定。他面上神情一定是气定神闲的，两枚比墨更乌亮的眸子在眉骨轮廓投下的阴影中，好像夜行兽般泛着冷光。他下巴微扬，后背笔直，双手一定因为他傲视天下的狂妄个性而毫无防备又带些挑衅意味地背在身后。

明月高悬，亮金色的月光一定在将他那张俊美的脸细细描摹。如丝如缕的金色细线一条条沿着他的发丝，漫过他的额头、鼻梁和唇峰，再蜿蜒地经过脖颈与肩头陷进他领口里露出来的锁骨，最后急转直下地滑过胸膛腰腹，毛茸茸地包裹着他结实修长的双腿。

此时的他有多好看，她必然是知道的。

他一直都是天之骄子，他像个贪婪又霸道的索取魔，将本应均分于许多人的美貌、荣耀、财富与天才全部毫不留情地掠夺来予自己独享。

她想他，想得发狂。

她恨他，恨得发狂。

“你来干什么？”她双手捏紧自己的膝头，克制着自己激烈起伏的情绪。

他显然为她的冷酷发问愣住了。

对方短暂的沉默，使她为他感到心中钝痛。

东方劫迈上一步，久久凝视着自己熟悉的纤瘦背影，终于坚定地说：“来带你走。”

“呵。”琴无琴发出冷笑，她抬起左手猛地下落一击，身旁数片瓦片碎成几瓣，她阴森地警告他，“你走，远远地走，我今日没有心情，而往后，若叫我再见着你，一定会杀了你。”

她这番绝情话语叫本来神色自若的东方劫脸上泛起细密的刺痛感，甚至牵引得他面颊肌肉一阵抽搐，好似有一条暴露毒牙的蛇经由太阳穴直钻入脑。

"真是蛮不讲理的小贱人。"

"什——"没想到这罪魁祸首竟倒打一耙辱骂起自己来，琴无琴刚要回身发作，却见眼前人影一闪，东方劫已经来到身前单膝蹲下，一手掐住了她的下巴迫使她伸长脖子与他四目相对。

他竟是在笑，只是这笑像是一张冷玉打造的假面，美轮美奂，阴气森森。

"正因为你说了什么两不相欠，亏得本王还大发慈悲留下了那两条狗命。当时表现得那么豪迈决绝，现在你倒是后知后觉，跟我计较起来了？"他虽面若冷霜又齿间生寒，却在她面前藏不住他话语里的百味陈杂，那是明白无故的震惊、愤怒和失望等激烈的情绪。

琴无琴奋力拍开他的手，涨红了脸怒喝道："你少装傻充愣！在雪筝他们面前装好人玩什么放人一条生路的花招，转脸就叫你两个好弟弟领着上百个杀手前来屠杀我的姐妹亲朋！绕了一大圈，雪筝吃尽了苦头，结果还不是如你的意去了黄泉。"

东方劫睁大了眼，奇怪地瞪着她问："你在说什么胡话？"

从他茫然的反应看来，琴无琴暗想，莫非他真与此事无关？

若他真是无辜。那就太好了。

她内心深处涌动着一丝宽慰，这无意暗藏的私心使她脸上发烧，备感羞愧。

【三】

东方劫眉头深锁地听琴无琴描述过弟弟们未经他许可便擅自造就的血腥惨剧后，陷入迷思。

她亦皱眉问他："真不是你的命令？"

面对半信半疑的琴无琴，他突然拉起她道："跟我走，去东方府将此事弄个明白。"

“我已经明白了。你还不明白吗？”琴无琴甩开他，“我和你不能在一起。”

“哦？”一度被她甩手推开的东方劫有些恼了，他双手抱在胸前做出一副愿闻其详的态度。

“无论你有意无意，从当初的灭门到今日的屠岛，全与你有千丝万缕脱不开的关系，即便你不知情，你所伤害的，全是我在乎的人！而即便那些人与我全是陌生人，你所伤害的，却也全是无辜的人！”琴无琴说得激动，竟有些泪眼模糊，东方劫那张冷漠而精致的脸浸在她的泪河里有些虚晃，“在我不知道的时候，在我们之间，早已有血海深仇筑成了巨大鸿沟，已经没办法让一切回到当初了！”

又是一阵令人窒息的静默。

由于轮廓太深，东方劫的表情全隐没在他面目的阴影中。只听他低沉沙哑的声音好似嗞嗞作响般从咬紧的牙缝中漏出来：“既如此，你说啊……”

“嗯？”

“你说，你从今往后再也不想见到我。”他抬起头来，眼神像是要与猎人同归于尽的困兽，“我要你亲口告诉我，从今往后，我们天涯陌路，再不相见。”

琴无琴像是被他的话噎住了般一怔后，突然间像打了败仗却不愿服输的倔强儿童般一咧嘴，在眼眶里打转的泪霎时哗哗滚落，也不知在责怪谁地喃喃自语：“我若是做得到，那便好了。”

东方劫感到自己的胸腔里有一把刀在横冲直撞，要把他绞烂了。

她本是他以柔软壁膜轻裹深藏在心脏内的一颗纯美珍宝，冰洁玉润、剔透晶莹，此刻却在眼前碎成一片片尖锐的珠光，以相互碰撞碾磨成末的代价，搅乱、割据着他再无旁物的心房。

东方劫是突然吻上来的，他俯身而来的阴影似毫无预警的暗潮。

琴无琴双手被他拢在胸口，以他宽厚的胸膛紧压着。她使劲挣扎，他如铁牢般的双臂将她箍得更紧，一圈圈往里勒着收缩，快使她喘不上气。“嗯……你干什——嗯……”她企图说的每一个字，都被他追上来的唇吞食干净，他甚至不放过她每一次呼吸。

直到她咬破了他的下唇，他仍不放手，一丝丝带着东方劫浓烈气息的甜腥血味流进了琴无琴的喉咙，或许是之前喝了太多酒，她醉了，身上的力气一瞬间被抽走，变成了一朵轻盈乖柔的云。

东方劫终于舍得离开她的唇齿，顺着下巴的线条一路向下吻去，她没有逃，双手穿过他的肩环住他的脖颈，以如同过去无数次亲吻的姿势迎接他。

她感觉自己这一生都将与这个仇人密不可分了，她想爱他，她也想杀他。

她真恨不能有一把利剑从天而降将俩人一齐贯穿，以此相拥之姿死去，永永远远，再不过问天下巨细，爱恨情仇，来世最好能化作相依相伴的鸟儿，比翼双飞过千山万水，笑看人间儿女痴傻缠绵。

若不在这一刻双双死去，她真不知当他的体温离去时，她该拿他怎么办。

【四】

绚烂夺目的星空是一把被人不慎撒出来的碎钻，在深蓝暗紫色的夜河中呈现出变化多端的色泽光辉，琳琅璀璨、流光溢彩，从南到北铺天卷地，如一条躯体壮阔的醉酒长龙，悠悠游弋的痕迹弯弯曲曲，遗落无数闪烁粉尘，由天上轻飘飘地坠进琴无琴澄澈无瑕的瞳仁里。

但是这漫天星尘却半分也没逗留在东方劫剑眉下的两片深潭中，他如漆黑镜面的双眼内只有怀中少女的影像。

枕在东方劫裸露肩头的琴无琴抚摸着他的右肩，那是被她刺伤的地方，此时仍有鲜血不断从其中浸透雪白的纱布，她忧心地问：“你这伤……”

“不碍事。”他结实的手臂将她更往自己圈紧，舍不得她的皮肤被坚硬的砖瓦硌着，实际上她娇小的身躯几乎已完全睡在他身上了。他意味深长地轻笑道：“有好心人替我处理过了。”

“哦，是左芷清吧？”

“……”他露出惊讶的表情。

琴无琴将左家姐妹的事说给他知晓。

“我竟又把你卷入了如此破事中。”东方劫皱起眉，抬手轻轻磨蹭着琴无琴的脸说，“谁人胆敢伤你，无论男女老少，本王定叫他们不得好死。”

“嘿！”她瞪他，一手捏紧他下巴很是严肃地一字一顿说，“严禁杀人。严、禁。”

他故作无辜地冲她眨眨眼，看起来像一匹恶狼在示好，莫名其妙地讨人喜欢。

“你杀的人足够多了，唉，足够你下地狱去拿好几辈子来赔。”琴无琴幽幽叹口气，无奈却又理所当然地说，“没办法，我只好陪你。我们一起去地狱向人家赔罪吧。”

“那真是伤脑筋了，为了不连累你，我只好克制了。”东方劫笑起来，轻吻她的额头，一手顺着她袒露的锁骨摸进凌乱的衣衫里，轻触她与他同一个包扎着纱布的伤处问，“你呢？”

当初她给他一剑，亦给了自己一剑，都在右肩。

她合眼轻声道：“花昭锦说，因为我体内有狐妖之力，所以伤口比普通人要痊愈得快，现在已经不疼了。”

听她提到这个名字，东方劫面露不悦，他回想起自己与之对阵处于下风的不快回忆。琴无琴的话，解答了他的疑惑，那家伙果然不是人。

她将她与花昭锦之间如何相识、为何相处的孽缘简洁描述，这使得东方劫更为担心地问：“那混账留在你体内的妖力会伤害你吗？”

琴无琴与他脸蹭脸，默不作声地亲吻他的下巴。

“呵。”东方劫心满意足地懒洋洋翻个身将她压在下面，神采奕奕地俯视她道，“待我得取天下，本王要把这世间尽数最美最好的通通予你，你将是我唯一的女人，新王朝唯一的皇后，我们的子孙从此世世代代不可立后，只可娶妃，我要叫后世人提起我国的皇后，只有一个名字。”

他说话的神色趾高气昂，仿佛已经登顶河山向天下作出宣告，虽然他俊美容颜与霸道谈吐间王者贵气尽显无疑，可是在琴无琴眼中，此时的他和花昭锦似乎也没多少区别，表露真心时的那份得意与率真与邀功的孩子无异。

娘，你骗我——琴无琴双手捧着东方劫的脸想——男人才不是那么狠毒的生物，他们其实真是单纯又直接，无论是千年一心要寻那巫女的花昭锦，还是满心算计要夺这天下的东方劫，心里一条明明白白的大道，哪有那么多弯弯绕绕。

但有时，正因为他们心无旁骛才显得绝情冷酷。

或许，他们在一往无前时会一时贪恋大道边上的花花草草，但若要真作出选择时……

“会选我吗？”

“什么？”对于琴无琴的脱口发问，东方劫不明所以地挑起眉。

“你说的那些好东西当然好，可我不喜欢呀。最美最好的，我已经有了，不就是你吗？”琴无琴笑吟吟地说，“做皇后又有什么意思呢，和你在一起，喝酒吃肉才最好玩啊。是和你在一起，不是和东方劫在一起。”

“什么意思？”他虽如此发问，心中却已有数，脸色沉下来。

“因为东方劫是琴无琴的仇人，可是黯银倏是绯玉沥的爱人。我俩可以改个名字，找一处没人找得着我们的地方，将人生重头来过，干干净净的你与我之间无冤无仇，只有风雨琴声，不问世事，笑看红尘。你说好不好？”琴无琴说罢，突然想起来她曾与他说笑时要替他改这么个名字，便半是打趣半是认真地唤他一声，“离劫。”

东方劫却未作出任何回应，不如说他的呼吸声甚至也消失了半晌。

琴无琴的笑容凝固。

答案似乎已然浮现。

“你舍不得？”她问他。

他坐到一边后站起来整理衣装，接着迈出一步、两步，三步，动作一气呵成，难以使人发现其中犹豫。

“你要走？”当身边的人抽身离开，衣衫不整的琴无琴立即感到凉风寒意肆无忌惮地扑打而来。她深深闭上眼后再睁开，缓缓站起来盯着他挺拔背影道，“我杀了你。”

东方劫背冲着她站在月光也照不亮的阴影中，他说话的嗓音也像是藏在深不见底的幽谷内，暗沉的浓雾从每一个字里涌散开：“有一天，我一定会为你留下，但不是今天，不会是此时此刻。”

“东方劫，我恨你。”她说这话时，双眼已经比脚下的影子更黑，獠牙从樱粉色的润唇中钻出来，剧烈颤抖的身体显示她正拼命挽留自己快粉碎的理智。

“你恨我吧，你一定要恨我。”明明说出了如此绝情的话，东方劫却又不甘心地低吟补充，“这样你才不会忘了我。”

这不像那个在莺莺燕燕中来去自如，分别时干净利落的御王爷东方劫的言行。他从未试过要离开一个女人，痛得像是被扒去后背的皮。

他不能回头看她，那会摧毁一切，他会抱紧她直到天崩地裂。

当东方劫隐没入黑暗中离去后，琴无琴不再抑制自己的妖气，她流泪狂啸，以她为圆心产生的一道道弧形利刃般气流扩散开去，“噼噼！啪啪！”地将周遭的砖瓦都掀起来切成了碎片。

【五】

当琴无琴的琴音停止时，花昭锦与冰雀并未察觉有异，他们没有料到有一个人趁着今日岛屿防御遭到破坏时轻松地潜入进来，仍在杨树林中有一搭没一搭地谈着话。

“我不会道歉的。”

花昭锦突然这么说，使得冰雀狐疑地瞥他一眼。

“由古至今，你们人与人之间总是斗来斗去，恩怨情仇复杂麻烦……”他双手端抱在胸前，似有抵触般地昂首傲视她道，“谁死谁活，与我无关，日夜依旧，我依旧。”

冰雀知道他指的是什么了，由于他这个实力强大的狐妖没有及时援救，间接导致了无琴岛上伤亡惨重，他心里清楚得很。

若不是他满不在乎地与琴无琴讨价还价才迟迟出手，许多人大概是不需要死的。

原本人情淡漠的冰雀就没指望过他这个外人相助，更不会在心中对他怨恨，此刻见他主动提及，可见还是心里有愧。

她回眼望向他，难得语气柔软地接话，虽语意听来不善，但本意却平静得很，甚至带着些许怜悯：“你混迹于人群之中活了千年，外貌与人无异，倒是一点人的感情也没沾染吗？”

“生死有命，这世上总有新生命轮番诞生，在生死簿上有进有出公平得很，离别若是注定，为何还要为不能更改的结局痛苦心碎？”他话到半截，脑海中突然闪现当初慕遥凄惨死状，心尖上像是被火炙了一下猛地缩紧。啊，他想，这就是，所谓人的感情？最后心虚气短起来：“这个嘛，或许有一些，我自己也不太清楚……果然是和人在一起太久了么……”

冰雀早已意识到，琴无琴对花昭锦的重要程度。她意味深长地以肯定语气问他：“使你‘变成’人的，是无琴？”

和琴无琴那能治愈人心的乌黑润泽的双眼不一样，眼前这个女人的瞳色偏浅，里面全是对万事万物绝望后的凉薄，直视他人时有着赤裸裸的揭穿力量。感到被看透的花昭锦有些不快，不通晓人情世故的他梗着脖子不顾场合地挑衅起来：“你这么舍不得姐姐，为何她尸骨未寒就急着掩埋，你们这些人类不是喜欢把尸体打扮光鲜，摆在台上回忆过往够了后，哭着隆重下葬以示与死者之间情深义厚吗？”

这话要是对别人说，人家可能已经翻脸过来打人了。

什么难堪都经历过的冰雀，完全不在意他的刻意激怒，只是淡淡地回道：“人都死了，身体只是一具空壳，里边已经没有那个人了，不再是她了，多留一会儿多看一会儿都是折磨。姐姐一生命苦，即使已脱离魔窟后，她也难以相信眼下幸福，我与她都很悲观，总觉得所有发生在自己身上的好，全是借来的，总有一天要还回去。”周边好静，但花昭锦平稳的呼吸声告知她，他还在静心聆听，这使她不知不觉间说了许多，“死，这件事，似乎总与我们形影相随，我们见多了生前被前呼后拥的姐妹突然死去，被扒去一身首饰华服，用席子裹一裹就扔去了荒郊野外，姐姐说那样太可悲了，活着死后都是身不由己，任人糟践。她同我说，希望她死后，能被埋在树下，特别深的地里，不要立碑不要坐标，叫任何人也找不到她，叫树根缠住她、覆盖她，来世就生成一棵大树，遗世独立自然最好，若是要砍要伐，那也不痛不痒，荣宠不惊。”

她的话最后被风裁剪成丝丝缕缕的碎片，伴着落叶在喻雪的坟上起舞了数圈后，向错综复杂的密林中飘去，混在落了满地的碎叶中消失不见。

温和微凉的空气静静游走在沉默的俩人之间时，一阵紊乱而灼热的气息违和地混了进来。

杀气随着风好像一页页细小的刀片般突如其来，而感官比人类要敏锐万倍的花昭锦率先察觉来自何方何人，他急急大吼一声“是妖气！那个笨蛋——”后，就飞快地跳上树头，从空中朝琴无琴奔去。

冰雀虽迟疑了一会儿，身子却已转了半圈欲追上花昭锦，她边低声对地下静眠的人道别：“姐姐，今后在这世上，我就只有无琴了。”边在心中暗自发誓：她若是借来的，我也不打算还回去了。

由于花昭锦行动快若闪电，等冰雀气喘吁吁地上了屋顶时，只见到琴无琴小小地缩成一团的孤单身影，似乎身上的妖气已经被狐妖驱散了。

她稳住呼吸后才小心地靠上前去，因为她一晃眼看错她半身浸在悲伤化成的阴影小湖里，她猜她在哭，只是比起许久前她浑身污血立于林中时，浑身散发出的恨不能与世俱灭的悲恸绝望不同，她此刻像个被掏空的小口袋，万念俱灰地坐在星空下，一阵不大不小的风就能虚无轻巧地填饱她，带走她。

琴无琴并没有在哭，只是有两道干涸泪痕停在她茫然的脸上。她闻到风中捎来的冰雀身上那淡淡的花香，等她带着微热体温在自己身边坐下来，她立即钻进花的怀里，缠紧冰雀的手臂，幻想自己被绵软花瓣裹起来。

她似半梦半醒地闷声问她：“你有没有爱上过一个不该爱的人？”

冰雀双手环紧琴无琴被夜风吹得冰凉的单薄身体，心中有的是狂风吹散了满树樱花般的纷叠话语，最后几经调整也只是化作一句轻轻的：“我明白。”

冰雀不多过问的温柔使琴无琴眼里涌出两颗珍珠般大的泪，顺着她脸颊直淌进冰雀的领口中，流过了她的脖颈、锁骨与胸口——这道温热轨迹，犹似一柄在火上炙烤的小刀——使得冰雀感到心口被剖开般地疼。

第七章

碎宝

【一】

琴无琴就是自己要找的人，决不会错了。

坐在屋檐上的花昭锦远眺湛蓝天幕下重重叠叠的山群，回想十几天前亲眼所见的“证据”还有些不敢置信，他是很想再向琴无琴确认一下，但每次提及就被她一顿胡揍，嘴里乱七八糟地痛骂他是“色狼狗狐狸”。

那一夜，他在赶往琴无琴所在塔楼的半路上就嗅到了讨厌的人——东方劫的气味！他龇牙懊恼自己竟一时走神没有察觉，旋即亮出一双利爪，要将上次与他之间未定胜负的决斗战出个结果——当然是毫无悬念的，他要将他撕个粉碎。

只是上了屋顶，却只见到披头散发的琴无琴像只狂乱小兽般在嗷嗷号叫，花昭锦并未见到东方劫的影子，刚想说“溜得真快”的他，见到她一身衣衫胡乱敞开着。她肩头、胸口、手臂、大腿的胜雪冰肤暴露在猩红裙装之外。活像是本应被华美缎带藏裹得密不透风的羊脂玉被人粗暴地撕开了外衣，露出至美通透、白璧无瑕的身体。

擅长以狐魅操控人类情欲的花昭锦对男女之事自然明晓，他立即意识到发生了什么，顿时一股无名火从胸腔里一路烧向喉头，直烧得口干舌燥两眼发蒙，他毫无意义地怒吼着大步迈上前去双手抓住琴无琴迫使她转过来面向自己：“你干了什么？”

心智丧失的她哪里听得懂他的问话，尖声叫着以双爪猛抓，盛怒中的花昭锦竟也不躲，就以胸膛迎上，嘴中还在语无伦次地发问：“是东方劫？那伪君子对你做了什么？他强迫你？还是你自愿的？你这个犯贱的女人！”

不一会儿，他的胸口就被抓得血肉模糊，但他却一丁点也不觉得疼，只觉体内的怒火快由内而外将他活活烧死，疼到极限，反而麻了。

当琴无琴张嘴要扑咬过来时，其动作导致遮掩她胸口的衣服松动，这使花昭锦注意到一个胎记，就在她左心房的位置，他心下一震，忙伸手按住她的嘴，对方尖牙直插入他虎口，咬得血流如注也没能使他眉头皱一下，因为他全副心神都陷入到久远回忆中。

它还是幼狐时，因踩到猎人设下的捕兽夹而身受重伤，奄奄一息之际被巫女慕遥所救。

当它从昏迷中醒转时正处于慌乱又对人类充满敌意的状态，伸爪恶狠狠挠了慕遥一下，好在有粗布衣服遮挡，伤得不深。

从此以后，每次慕遥抱着它一起洗澡时，它就会看到自己在她胸部留下的鲜红爪印。

那是两指宽，三道并列由粗入细的红色印记，和眼下，他在琴无琴身上见着的胎记一模一样，位置也不差分毫。

原来兜兜转转好大一个圈子，他要找的人，就在眼前。
究竟岁月的长河是有多么湍急汹涌，斗转星移，竟眨眼千年——

少女坐在竹编的垂帘下，日光透过排列有序的竹帘缝隙一道道挤进来，随着风轻轻摇摆在她的乌发红裙上。在清脆悠扬的风铃声中，正在神游的她能立即分辨出小狐狸“啪嗒啪嗒”走来的笨拙步声，回过脸去一看，果然，浑身湿答答的花昭锦不知又在哪儿玩耍跌进了池子或小溪中，四只小爪子全是泥水，在光可鉴人的花梨樟木地板上印下一个个圆乎乎的暗印。

“你又淘气！”少女姿势端正地转过身来，指着自己费心擦洗的地板气得腮帮子鼓起来，见到原本正要过来的狐狸幼崽惊恐地停在原地，前腿就那么悬在半空的可怜样子，她又“噗”一声笑了，那是万千朵花卉刹那绽放的明艳。她冲它摊开手像是一朵外皮雪白的花苞张开柔粉色的五片花瓣，她的笑意从每个字眼里向空气中轻轻散开：“花昭锦，过来。”

这一切的一切，分明仿若昨日。
她不在的日子，怎的，就过去了那么那么久了呢——

是手背上火辣辣的痛使花昭锦终于回过神，一看自己的手掌已被琴无琴咬穿了，他忙以另一只手捏着她的脸使她松口，然后俯身过来从嘴中吸走她的妖气。

恢复神志的琴无琴眼中黑雾才散，她就迷迷糊糊地见到花昭锦惊喜交加地抓着自己一声接一声地唤：“慕遥，我找到你了！慕遥——”
“什么？”——那不是我的名字——她眯眼皱眉，似乎还未从浑浊意识中完全醒过来，嘴里呢喃有声，“谁啊？”

冲击来得太快太大，花昭锦自己也有些发蒙，他一双金色瞳仁因兴奋而发抖，方才还叫他火冒三丈、七窍生烟的事早已丢到九霄云外。他似乎忘了眼前人是半分前世记忆也没有的琴无琴，而是久别重逢的巫女慕遥，双手激动得快将她那一双细瘦手臂折断了。

他声色抑扬顿挫，将未及整理的话语颠三倒四地匆匆道出：“就是你，和秦家大小姐没有关系，你才是我的慕遥，她不过是个相貌相似的人，而你才拥有慕遥的灵魂，有此胎记为证。老天爷，我终于找到你了。我是花昭锦啊，慕遥，你记得婆婆吗？记得我们如何相遇的么？记得我们曾经住在——”

“够了！”琴无琴打断他的同时，奋力推开他。

花昭锦这才意识到自己有些得意忘形到失态，他像是犯了错的幼兽般由云端跌下来，露出低落的表情，红了耳根地轻声叫她：“琴……”

“我不是慕遥！我是独一无二的一个人，我是琴无琴，不是一件替代品，不是一件物品，我有我的记忆，我能感受到自己的情感，开心会笑受伤会哭，不是呼之则来挥之即去的什么东西！”琴无琴双手抱住自己弓起了后背，似在自己面前张开了一面无形的墙，她累了，恨不能将自己隔绝于尘世之外，不受任何风吹雨打的侵扰。她泪光闪闪地看着花昭锦，却像是在对遥远的方向赌气喊话，“如果不能把我摆在你的第一位，我也不稀罕什么第二位，你有你的大天下，我有我的小山丘，既那么三心二意难以取舍，何苦要来惹一心一意心胸狭窄的我！”

她的前半段话还能联系到自己身上，但后半段话，花昭锦再神经大条也不难猜到，她满心惦记、怨恨的——越过他的肩、穿透明月星海看见的——是东方劫。

他明明就站在她眼前，她却看不见他。

体内才刚平息的怒意又开始星火燎原，只是不再那么灼人，而是带着刺骨凉意，麻痹了花昭锦的四肢，他想大吼大叫，他想毁天灭地，可是如硬石捆绑的双脚却只是迟钝地将他带走，不觉间他已经去了下一层楼上的屋檐发呆，潜意识中对琴无琴的担心使他本能地没有走远。

直到听见冰雀出现在琴无琴身边，他才慢慢恢复了四肢的知觉，以松弛下来的后背靠在墙上，听见琴无琴的声音在说：“你有没有爱上过一个不该爱的人？”

这话，似一记闷重锤击砸在花昭锦心上，这分崩离析的感觉似曾相似，久远往事又在眼前，在他还是以四脚行走时，曾偷偷见过慕遥与爱人幽会，当时他也是用覆盖有柔软毛发的胸腔盛着自己碎成粉末的心脏匆忙逃远，并不是害怕被她见着，而是为自己朦胧的情感而焦躁惊慌，他逃得远远的，以为足够远，就不用面对。

他有人类的感情了。他喜欢她。

他喜欢油炸豆腐，喜欢烧酒，喜欢婆婆，喜欢稀罕的珍宝首饰，喜欢自己的神兽坐骑花载花，喜欢藏身的洞穴藏花殿，但是这些喜欢都不及他喜欢慕遥，那所有的东西通通可以不要，唯有她，对她的喜欢是独一无二。

“是啊……”此时此刻，花昭锦坐在琴无琴房间外的屋檐上，后脑勺顶着紧闭的红木雕花窗自言自语，“不是什么女主人，也不是什么恩人……”

时光千回流转，他始终对她穷追不舍——他喜欢她，不是喜欢一位朋友、一个亲人——他想以一个男人的身份去爱她，吻她，紧拥她。不是救命恩人，也不是女主人，他要她做他的妻子，生生世世，永不分离。

花了千年才理清了对于人类来说再单纯不过的心意，他也觉得委屈，但迟了总比不来好，曾经那些困惑纠结现在已然云开雾散。

他金色眼眸里倒映着空中一团团沉甸甸的云，心中逐渐安定，仿佛一切已经尘埃落定，在他面前再无任何艰难阻碍，东方劫算什么东西，他花昭锦现在就守在琴无琴的身边，他有的是时间，一点点地，将她从身到心，一点点来收复。

比起瞻前顾后的人类，心境要单纯得多的妖怪花昭锦，因为胸有成竹而一扫往日忧郁，身体后倾换了个舒服的姿势跷起二郎腿，面上刚浮现得意笑容，就因为琴无琴在身后猛地推开窗子，而整个人毫无提防地“呜哇啊啊”叫着滚了出去，连翻了几圈后停在屋顶边沿，抬头怒吼：“疯女人，你想杀了我啊——搞什么！”

琴无琴气色不错，与那夜憔悴崩溃的模样判若俩人，她神采飞扬地对他说：

"色狼狗狐狸，我们去南雕吧。"

【二】

聪明如东方劫，在返回涤月城的途中，就将祈嵘和焕并不向己知会的突然行动分析出了前因后果，幕后指使必然是他的父亲大人：东方辰。

进了城门后，他并不急着回家，而是在城里闲逛，在医馆药房上了药换了新的纱布，又去衣装店换了身象牙白的宽袖长袍，为腰间的白银腰带配了孔雀石虎头玉佩，顺便去常光顾的兵器铺子看看有没有称手的新货，甚至还去酒楼里慢悠悠喝了酒，最后又磨磨蹭蹭地进出了几家店铺才在落日余晖下悠哉地回到富丽堂皇的东方府。

"大哥！"祈嵘听说大哥无声无息地回来了，来到东方劫门外连敲门也顾不上就推门而入，他有太多事需要报告。

"祈嵘，慌慌张张的不像你啊。"东方劫正坐在书房中的宽大黑檀木书桌前查阅账本，他头也不抬地问，"爹正在府里？"

"你不在的时候——"

"我都知道了。"东方劫站起身，双手撑着桌面抬眼见到祈嵘时一怔，身材高大健壮的他消瘦了许多，深锁眉头下浓重的黑眼圈似挥之不去的顽固阴霾般将狭长双眼圈困起来。见到弟弟如此憔悴模样，他叹了口气道："都怨我不在。难为你们了。焕呢？那娇气包想必更觉辛苦吧。"

"焕……"祈嵘的喉头上下蠕动，半晌才抖着音说出口，"焕死了。"

这句话如一道细若发丝的电流般打在东方劫的面部肌肉上直蹿升至他的太阳穴。

他无意识地又缓缓落座，双手十指交握支在紧抿的唇前，室内霎时陷入与世隔绝般针落有声的寂静中，良久后，东方劫才像是从长梦中起身般以沙哑声色对祈嵘道："事已至此，今夜就把该说的都摊开了说吧。"他以两指按着面前一个方正黑盒推向祈嵘吩咐，"这茶是我今日在城中买的，爹会喜欢。他一定很想见我，有许多话要对我说。你去吧。”

对大哥非常了解的祈嵘知道他此刻心中已有了主意，而他亦只要如往常般不多过问埋首执行，他一只大手很轻松就拿起分量不小的木盒，转身欲出门去安排父亲与兄长的见面。

在他身后，东方劫突然响起的声音像是穿过残垣断壁，从遥远而空寂的深谷中来。

“祈嵘，我只有你了。”

他的语气还是一如既往地带着不容分说的霸道，完完全全将自己活生生的弟弟当成私有物品，只是难能可贵地，在他唤“祈嵘”这名字时，竟透着些许依赖之情。

祈嵘回过身，直视着自己在世上仅剩的兄弟，虽不言语却充满信任地深深地点了点头。

【三】

对于与自己几乎是一个模子刻出来的长子，自信如东方辰也不敢断言他完全了解、掌控、凌驾于他，虽然东方劫对他毕恭毕敬，在众人眼中堪为孝子典范，甚至因过度言听计从也被东方家的对手恶意称作“东方辰的走狗”。

即使如此——

无所畏惧的他在这世上唯一存疑防备的，却是这个处处对他表示尊敬顺服，由自己亲手抚养长大的儿子。

无论东方劫将自己伪装得多么谦卑文雅、与世无争，东方辰到底是他的亲爹。他与他骨子里流淌着相差无几的冷血，他不难从他眼中看到暗流汹涌的狼子野心，只是他还猜不到他为了达成己愿，所能使尽的手段能到达如何凶残的地步。

如果他成了他前进道路上的阻碍，那他会不会有朝一日——

以下犯上，亲子弑父。

自从东方劫成年后，东方辰常从如此噩梦中惊醒。

此刻，他就以为自己尚在梦中。

当东方劫跨进门槛来时，东方辰立即冲他暴喝一声“孽子，跪下！”来了个下马威，没料想从小就自尊心比天高的长子竟不反抗，二话不说双膝一屈就跪了下去。

一时惊讶过后的他有些自鸣得意，心说到底还只是个没长大的狼崽子，这是知道自己犯了难以自救的大错该老老实实向父亲求饶、求助了。他清了清嗓子，坐回东方劫正面对的太师椅中端起茶杯边喝起来，边明知故问地拉长音调：“我儿，你晓得自己做错了什么吗？”

他是打算趁这个机会，好好重振起身为父亲的威严来。

只是不等东方劫答话，他就手臂不听使唤地垂落下去，手中的影青釉茶杯一声脆响摔碎在地面，紧接着，后腰直到双腿的剧烈麻痹感使他身体从椅子中滑落倒地。

“嗯嗯！是——啊——”他察觉到是茶中下了毒，但是想抠喉吐出来却抬不起手，想要发出呼叫时才发现整张面部到喉管肌肉全失去了作用，他只能发出毫无意义的呻吟，“呃嗯嗯！”

站起来的东方劫低头冷冷地看着在地上痛苦扭动的父亲，他像是事不关己般漠然地说明：“欢狱谷调配的剧毒‘提魄散’，无色无味、入水即溶，能叫四肢健全正当壮年的男性成为一具活着的尸体，再不能动弹不能说话，却能听能看，还不妨碍用脑子记着仇人的脸……花了本王不少钱，爹可要好好品尝。”他伸脚踢了踢不能反抗的东方辰，皮笑肉不笑地点点头，“嗯，物有所值，但你知道我向来谨慎。为防万一……”

不需要他看过来授意，一直在旁静候的祈嵘就抓起桌上的茶壶，将其中剩余的滚烫热茶强行倒进东方辰的嘴里。

被烫得五脏六腑像被扔进油锅里煎熬的东方辰顿时昏死过去，但左腿上如遭利刃贯穿的剧痛又迫使他远去的意识重回地狱般的现实中来，原来是东方劫一脚踩碎了他的膝盖，一转眼，他又粉碎了他右腿的膝盖。

在东方辰闷声闷气、断断续续的哀号声中，东方劫平静地蹲下来以手为他抹去满脸的汗，他故作轻柔而寒气四溢的动作使东方辰的瞳孔因恐惧而不住收缩。眼下这一切，比他做过的最可怕的噩梦还要更不真实。

“不要怕，你毕竟是我爹，我怎么舍得杀了你呢？只是怕你太过活泼，万一侥幸恢复了四肢知觉到处乱跑——只好忍痛毁你双腿。”东方劫笑眯眯以手关节轻敲东方辰膝盖，疼得他牙关咬出血丝，他突然顿悟般做出虚假的惋惜表情说，“唉，真是疏忽，这样的话，你岂不是不能向人下跪了呢？我的错。”

东方辰这才明了，他是为了分散他注意力去毫无戒心地喝下那口祈嵘准备的茶，才轻易屈服下跪，向来记仇的东方劫果然对此耿耿于怀，才对已经丧失活力的他再落井下石。

素来疑心病重的东方辰竟栽在这里，他懊丧地闭上眼，一时粗心酿一世悔恨。

东方劫话未说完，他一手粗暴地撑开东方辰紧闭的眼睛，冷漠地盯着他道：“人都会犯错，焕的死，就是你的错。”

虽与小儿子不甚亲密，但到底是自己的亲生骨肉，东方焕的死对东方辰本就撼动很大，听了东方劫的这话，心中有愧的他双目旋即黯然，身体停止了因企图抗争而产生的抽搐。

见他面如死灰已经完全放弃了挣扎，东方劫满意地站起来，理所当然地说：“爹，突然得了怪病真是遗憾啊，图个清静，回烨津镇的老宅吧。我会督促下人一定要尽心尽力服侍你，每日按时喂药……”——这“药”当然是指的“提魄散”。说到这儿，他想起什么，爽朗地笑起来，“说来，这还是云秀蓉给我的灵感呢。”

见到东方辰的眼珠子疑惑又惊恐地转动着，东方劫一手抵着下巴慢腾腾坦白道：“没错，云秀蓉和杜宏飞都是我杀的。”他歪头摆出伤脑筋的样子，“当然不是因为我高兴杀人，本王心里是有打算的，列祖列宗们若是知道了一定会很欣慰，我要把原本就属于我们东方家的东西拿回来。”

——原来他想要的是整个东莲！这野心之大，真真出乎东方辰的预料，他瞪眼张嘴却发不出声来，这狼崽子竟会想要做皇帝！简直疯了，这是要害了我们东方世家名门株连九族、遗臭万年吗！

“留你这条命，是想孝顺你。等你亲见我登基那一天，你就是太上皇了。皆大欢喜！”东方劫说完了自顾自鼓起掌来，又是仰头一阵似模似样的假笑后，他沉下脸走到祈嵘身前，抬手拍了拍弟弟宽厚的肩膀说，“祈嵘，我们可以启程去南雕了。”

前路再没有什么阻碍了——

准备放手一搏的东方劫，很是自信他的心已浓黑如墨、坚硬如铁，只是层层钢筋铁骨包裹下，他假装不知道在最深处最脆弱的地方，还存在着一抹红色身影，那是以他鲜血为养分扎根的花骨朵儿，千万别沾到一丝光一滴水，那会使她破壳而出、冲碎铠甲，覆满他全部的神经。

【四】

花昭锦认为没有再去南雕寻找秦慕遥的必要了，但是琴无琴非常坚持，她要确认素未谋面的姐姐如今过得好不好，如果她身处困境，那她必须要对这世上唯一与自己有血缘关系的亲人伸出援手。

见她心意已决，花昭锦转念一想，好歹秦慕遥长着一张与自己心爱之人全无二致的脸，冲着这点，他也不能置她于不顾，至少该确保她生活得平安常乐才是。

既然达成一致，俩人认为越早出发越好，万一秦慕遥真的正遭苦难，拖得久了恐怕耽误营救。

安葬了秦雪筝后，正欲离岛的元治苦得知此事，拜托琴无琴若是找到秦慕遥，请写一封信到怀悲寺告知他关于她的境况，若有他帮得上忙的地方，他一定尽全力相助。

得到琴无琴的保证后，他深深地向她鞠了一躬，凡尘琐事已尽了的他，告别岛上对自己十分照顾的众人，远离俗世重返僧人生涯，圆满他欠下的半生苦修。

因为无琴岛遭受重创才过去十来天，即使在大难不死的灵栩与值得信赖的左家姐妹帮助下，岛上秩序在冰雀的强势领导中也才刚刚恢复常态。

毕竟无论是被损害的建筑还是伤者的身心，都需要长期地重建，所以冰雀再想跟着一路照顾琴无琴，也没办法在此时此刻狠心离开非常需要她的姐妹们。

“不能再等一段时日吗？”冰雀焦虑地坐在琴无琴的床沿，紧握着她的手试图阻拦她的出行计划，“等灵栩的伤全好了，她就能替我了。”

琴无琴已梳妆打扮好，穿着行动方便的简装，紧贴冰雀坐在她身边，难得严肃地说：“抱歉，冰雀，那是我姐——”提到这个词，她话语一顿，似乎一切尽在不言中，只沉重地补充道，“你懂的吧？”

姐姐，有多重要，对冰雀无须多言。

冰雀懂事地点了点头，但抓着她的手却不松懈力气，她很小心地问：“那你会回来的么？”

“说什么傻话呢！当然回来呀。不止我，还有姐姐，我要带她一起来享福。找到了她，我们就住在这里，再也不走了。”

“真的？”

“必须是真的。除了你身边，我也无处可去啊。”琴无琴大喇喇地笑起来。

冰雀颦眉垂首，低声怨道：“你能去的地方多得去了……”

“你说什么？”

琴无琴突然凑近，吓了冰雀一跳，她涨红了脸看她无辜容颜，心中有些来气，伸手捏住她肤如凝脂的脸颊轻揪一下，以赌气似的口吻说：“你不晓得你有多招人喜欢。”

“唉唉。”琴无琴被捏得直叹气，但却不躲闪，只是双手捧着她的手撒娇，“是是，全天下的人都喜欢我，就你嫌弃我，都怪我整天乱跑又爱闯祸，给你添尽了麻烦。”

冰雀被她逗笑了，松了手说：“你去吧，别跟人跑了，要记得回来。”

琴无琴站起身，抓起放在桌上的硕大包裹甩在背上，里面除了换洗衣物外装满了冰雀为她准备的干粮和应急药物。她边朝窗前走去，边以她那一套叫人摸不着头脑的古怪逻辑对冰雀说：“我就是把自己给忘了，我也会记得要回来找你。”

见她推开了窗子，冰雀瞬间又有些后悔，她忙站起来叫她：“无琴——”待对方回过脸来，她双手不安地交握着，几个字说得异常紧张，“我只有你了。”

琴无琴面上闪过一瞬心痛纠结，她在心底痛骂自己过分，竟挑冰雀刚失去喻雪最渴望陪伴时离开她。她强打精神，使劲绽放出一个叫人放心的灿烂笑容，露着两排雪白贝齿发誓：“我一定回来，怎么去的就怎么回来，等我。”

窗外，花昭锦和他的飞天坐骑花载花正停在屋檐上等她。

【五】

阴天，无风，水绿天幕中团团锦簇、接连成片的云朵形成宁静辽远的云海，花载花飞得高而稳，一双巨大羽翼的翅尖在月牙白色的海面上留下两条绒绒而绵长的水纹痕迹，琴无琴坐在它宽阔温暖的后背上，像是坐在铺着毛织地毯的结实木船中。

花昭锦曲着一条腿坐在她身旁，以手肘压在膝上托着下巴，一会儿盯着空茫茫的前方，一会儿瞟一眼琴无琴，两人间的沉默以对使习惯与她打打闹闹的他浑身不自在，也并不是刻意冷战，只是每当他起一个话头，总被她三言两语就结束了对话。

“爪子好了没？”

“没。还有，人管这个叫手。”

“还疼吗？”

“不疼。”

“找到秦慕遥后怎么办？”

“带她回岛过好日子呗。”

“要找不到呢？”

“那我自己回去，答应冰雀了。”

“我呢？”

“你乐意跟着我就跟着吧。”

“谁想跟着你了。”

“那你爱去哪儿去哪儿。”

“你是不是在生我的气？”

“没有。”

“你肯定在生气——”

“烦死了。”

被琴无琴一记白眼封了嘴的花昭锦生了半晌闷气后，实在憋不住了，他盘腿转过身，双手外张搭在大腿上，盛气凌人地瞪着她喋喋不休起来：“你就是在生我的气，最讨厌你们这些母的人类心里有气不肯明说非要公的去绞尽脑汁猜个没完没了！我是狐妖，脑子没你们人那么复杂，有什么话你直说。你是气我没有及时出手去救冰雀她们，还是气我那天晚上对你发火，或是看到你胸部的胎记？如果是因为我看到你身体，真没什么好气的——本少爷什么女体没看过，比你前凸后翘的多得去了，就你那二两肉，我都比你有看头——”

见花昭锦这个蠢货毫无歉意也就算了，完全猜错了她生气的原因，还大喇喇评判起她的裸体来，琴无琴就气不打一处来地又翻了个巨大的白眼，转过脸去打断他大声道：“好！我也是个不拐弯抹角的人，就告诉你，我气你拿我当第二个慕遥！”

他大惑不解地一愣之后理直气壮地说：“可你就是！”

“闭嘴。”

一阵短暂的偃旗息鼓后——

到底和花昭锦半斤八两，同样沉不住气的琴无琴终于开口为自己辩解："还有，我们人是有个生长过程的，老娘正处于发育期，还没完全成为大人。"

"看！"花昭锦惊呼着，以果不其然的表情指着她叫，"你果然是在气这个——"

"闭嘴！你这个蠢得无可救药的好色妖怪。"

"偏不闭！"花昭锦暴露半张狐狸原貌，张开有白森森獠牙的血盆大嘴恐吓她，"吃了你！"

"姑奶奶拿你下酒！"怒意涌现的琴无琴也亮出尖锐獠牙冲他吼。

俩人都是伶牙俐齿、胡搅蛮缠的人，就算只是口头上也谁都不愿服输，直吵得神兽大雕也苦不堪言地眯起了眼睛。

虽然一副水深火热、势不两立的样子，到了夜里寒风肆虐时，花昭锦会张开双臂对琴无琴粗鲁地喝道："还不过来！冻死你个贱人。"

琴无琴不屑地瞥一眼他为炫耀那片漂亮的平坦胸肌而刻意大敞的衣领，吸吸鼻子说："先冻死你，骚货。"边说着，她人已经钻进他怀里取暖，由着他修长双手和双腿像能肆意调整的棉被般把她裹紧，"腰那边漏风啊！"她提醒他。

"啧！"花昭锦咂嘴，把腿更贴紧她一些，"骂归骂，该占的便宜还是要占啊你。"

琴无琴的脑袋瓜子在他下巴下蹭来蹭去地挑选着最佳睡姿，嘴中嘀咕："一只狐狸没点骚味儿，身上跟女人一样香，真叫人生气……"随着碎碎念的声音越来越轻，她很快进入了暖烘烘的梦乡。

当她入睡后，花昭锦感到无声寂静如一层无形面纱般猛地迎面裹来，这叫他一时很不适应，但稍后，轻轻的、轻轻的来自琴无琴的呼吸声，那么均匀，那么宁和，那是万籁俱寂的夜中，化作手掌的风一下一下地抚摸过海面，懒洋洋地拨弄着海浪，谱写出一浪追上一浪，摇摇摆摆，飘飘荡荡的夜曲。

他的心因为她的呼吸获得了前所未有的平静。

他突然感到累了。

他抬头望着前方浓浓翻卷的云海，泛着精白冷光的月亮在他们的斜前方，近在眼前却永远触手难及，一视同仁的它为每一片云都精心地以渲染笔法描过了宝蓝色的边，当它们成群结队静静涌动时，花昭锦甚至错觉有水珠飞溅入他稻金色双眼里。

在云层之上没有山脉长河、城墙村落，没有炊烟袅袅、烽火连天，这里只有他和琴无琴，他独行千年来寻她，他以双腿、以四肢奔跑、跑、跑、跑，跑过多少山群多少河川，穿过多少乡间屋檐集市人流，他活了一个人的许多个一生，从未歇下脚步，永远不知疲倦。

现在，他怀里终于抱紧了这个失而复得的宝贝，却感到累了，他垂下头去吻她的额头、眉间、鼻翼和微热的脸颊，然后极小心极轻地碰了碰她柔软的唇，这如小鸟般的一啄使他涨红了脸，他知道这是男人与女人之间的吻，和他为吸取她妖气时做的事不一样。

若是月儿常悬云上，太阳沉入人间，将云上云下隔离成两个永不轮换的黑夜与白日该多好。把明亮留给那些纠缠不清又索取无度的凡人吧，把黑暗留下，让我们藏身。花昭锦贪婪地想，这样的话，他就可以这么拥着她，无论岁月漫长，在这条远不抵岸的路上久久飘摇。

他再也不想跑了，世上有再多好地方好东西，都不及此地此刻，他抱着她昏昏欲睡的快乐。

花昭锦盯着她的脸，贪恋地弯下脖子去一次次轻吻她，仿佛如此便烙下了专属于他的印记。

一阵阵潮热痒痒地抚弄着她微翘的嘴角，熟睡中的琴无琴并不抗拒，是因为她梦见了东方劫，他的吻，温柔得有些悲伤。

【六】

黄沙飞扬的荒漠中，一支百人的骑行队伍正拉着一车车被捆扎得严严实实的货物，缓慢地前进着，他们一个个都以头巾遮面以抵御沙尘蒙眼，穿着打扮与一般商人无异，但整支队伍拖拖拉拉的行进方式显示他们并不经常往来这一带，对这俗称“杀人漠”的环境不甚熟悉。

在队伍最前列的人便是这一行人的首领，那是戴着宽檐帽，昂首挺胸骑着他那匹世间罕见神驹的东方劫，他露出的半张脸上眉宇间阴霾薄笼，看起来忧心忡忡。

东方劫和东方祈嵘带着手下离开涤月城已过去三十多天，他们将东方府中最值钱稀罕的珍奇宝贝装了满满一百二十大箱，并从麾下挑选整百个拔尖武者跟随护送，在两国战事正酣时，装扮成商队，隐瞒了他们来自东莲的身份，乘大船由海路抵达南雕。

此行目的，是东方劫想与在南雕土地自立为王的“蛩王”做一笔交易。

蛩王在称王前曾被称作囚蛩，无人知晓他的本名，甚至他的性别也是个谜，有人说是男人，有人说是女人，确定的是他来自遍布奇人异士的神秘金国。

传说囚蛩本是富裕贵族出身，暗地里以数千条人命为代价钻研恶毒法术，被发现后为避国法严惩，便从遥远的西方逃来南雕。

在南雕境内距离金国最近的方位，有一片常年飞沙走石的荒芜地带，因为自然物资的匮乏导致这里人烟稀少，平时除了迫不得已要穿行而过的商队以外，常年只有走兽、马贼出没的踪迹，是早已被朝廷默认为被放弃管辖的无主之地。简直太适合作为囚蛩寄生的温床！

在南雕未能及时察觉的三十年间，囚蛩利用自己狡猾的头脑和阴险的巫术，广揽人心、扩展势力，竟在这片不毛之地上筑起了一片大型群聚村落，有居民商户和供他居住的高耸城堡，俨然一副井井有条的国中国模样。

当他连自己的军队也发展出来后，一揭偷偷摸摸的低调姿态，放肆宣布他那一方小天地为“万蝠登天帝国”，而他的“国民”则称他为蛩王。

等朝廷意识到这个蛩王是个多危险的隐患时，立即出兵来打，起初屡战屡败，恶劣的作战环境是原因之一，但到底还是因为蛩王强大的幻术，他果然如传说中所言掌握着千奇百怪的巫术。南雕的军队常被毒气迷雾所惑，要么在空旷的荒野上如入迷宫般原地瞎转，要么就是和并不存在的虚幻敌人竭尽全力地战斗。

不过蛩王也未能得意太久，对手毕竟是数量庞大、训练有素的国家军，一次次小小胜利过后，他也扛不住朝廷一轮又一轮的人海战术。

最后双方达成协议，蛩王承诺待在自己那在外人看来鸟不拉屎、毫无收复价值的地盘内永不涉足中原，并每年向朝廷供奉数额惊人的黄金，南雕皇帝就不再管他在这小破村子里上蹿下跳、猴子称王的儿戏破事。

至于蛩王那源源不断的金银财宝是从何而来，就与东方劫的计划息息相关了。

虽然蛩王自己领地中已有了与别处无异的税收系统，为获得更多钱财，他也暗中默许了马贼在附近出没打劫商队，以使他得到为数可观的分成。但他之所以能累积出任由朝廷盘剥的巨大财富，主要得益于他向来自四面八方有求于他的人高价贩售世面上买不着的东西。

民间传得邪乎，说他拥有人面兽身的妖、能预言的鱼等奇珍异兽，蒙人心眼的香、使人迷乱的毒等独门配方，最重要的是，他还有各种至阴至恶的咒术，能助有求者毫不费力地达成所愿。

在这其中，东方劫想要跟他买的是蛩死奴军队。

蛩死奴是完全没有自我意志的完美战士，他们不吃喝、不睡觉，无欲望、没痛觉，在战场上即使断腿失臂只要颈上头颅还在，就会遵照主人意愿战到粉身碎骨的最后一刻。

这样一支无可挑剔的军队，是东方劫要一步步夺取天下所不可或缺的重要棋子。

“大哥，我们终于快到了。”刚检视过队尾情况的祈嵘骑马赶上来，在东方劫身边指着远处风沙中隐约可见的一座尖顶塔楼说。

东方劫绷紧了脸直视前方，拉下面罩对他说：“祈嵘，当心山后面。”

祈嵘顺着他的视线往前看，模糊视野中是错落有致的矮山，梯田般规律而流畅的线条像是长年累月被狂风吹卷走沙堆积而成的。

并不擅长察言观色，但对东方劫的细微念头也能捕捉精准的祈嵘立刻掉转马头，回身对众人高举左手示意停下步伐，同时右手拔出腰间的剑来，所有人见状也立即亮出兵器，摆出警备姿态。

他从来相信大哥的直觉，平日里天大的事也能泰然处之的东方劫在此刻竟会面露愁容，一定有危险将至！

“风，不对。”东方劫双目紧盯着沙尘渐滚渐浓的前方，边低声自语边一手压在了剑柄上。

第八章

狂饕

【一】

花昭锦与琴无琴虽然一路哓哓不休，也终于来到了“杀人漠”的上空。

突然改变路线是因为俩人在一家客栈用餐时，听到周遭食客闲聊，说是大漠里住着的蛩王常年从人贩子手中“买货”，利用一条条鲜活人命来研究巫术。

这段无意间听见的对话，使他们不禁猜想不知所终的秦慕遥是否遭到拐卖，正身陷险境呢？经过一番讨论，俩人一致决定未免遗漏，便先去探察看看。

琴无琴更是坚持，如果关于蛩王的传说属实，那么必然有许多无辜人受到迫害，此事既被她知道就不能坐视不管，她要去毁了他的老巢。

讨厌麻烦的花昭锦不住抱怨她爱管闲事。好打抱不平本就是琴无琴天性，但她其实也另有私心。因为东方劫曾提过，想去拜访类似蛮王这么个有着奇诡行径的人——她潜意识中暗想或许会撞见他——这份情不自禁的私心被她全无意识地藏得过深，连她自己也没察觉到。

她以为自己已完全放下了他。

都是她自己骗自己的。

当花载花背着俩人在目的地上方滑翔时，不住探头眺望只为四下搜索熟悉身影的琴无琴才意识到，自己有多渴望与东方劫重逢。

想到自己竟利用了可怜的秦慕遥，也利用了不知情的花昭锦，只为了再见一面那个本该与之不共戴天的男人，她立即脸上羞愧得发烧，心虚地随口提了一句："那谁跟我提过，他想来这里找个人作笔交易，可能就是蛮王。"

"哪谁？"斜身侧卧的花昭锦兴味索然地搭个腔后，突然反应过来地直起身，恶狠狠地瞪着琴无琴道，"东方劫？"

见她默认，他一直迫使自己忘却的那一夜——她狼狈崩溃的画面又在眼前——

"你是中了他的蛊吗？"妒火中烧的花昭锦口无遮拦地骂起来，"你这个又疯又傻的贱女人。"

"凶什么——"琴无琴不甘示弱回嘴道，"关你屁事！"

"当然！你不可以喜欢他，因为你必须喜欢我。"

"哈？"

"你命中注定当和我在一起。"花昭锦言之凿凿得似在背诵一篇自古流传下来的律令，"过去的事本少爷不再与你计较，从今以后你只得喜欢我一人。"

"说的什么乱七八糟的。"琴无琴叹口气，像在对付一个不能讲理的幼儿般感到无力，"到底是谁又疯又傻。"

"疯女人，傻蛮牛，你听着——"她这副不把他话语当真的随便态度叫花昭锦更为上火，他扑过来用力抓住她纤细手腕，眼中怒意沸腾如金色流沙般涌动，字里行间里全是带着烈焰的真心实意，“我可以用狐媚之力使你对我百依百顺，就算是假的喜欢也好，你眼里心里都只有本大少爷，就这么直到那个狗屁御王爷寿终正寝，再解开狐媚，你还能追他去了不成？”

琴无琴被他手指关节捏得腕上皮肤像是要被剥离般疼，本来对他满嘴胡言无所谓的她也动了怒，拔高了声调吼：“你是真傻还是假傻！我是人，活不了那么久，等你解开狐媚时我也是个行将就木的老婆婆了，结果你也就是和一个不是我的女人相亲相爱了一辈子而已。”

他一怔之后，自作聪明地从她话语中总结出所以然来，更暴躁地咆哮道：“你这是承认你喜欢他，不喜欢我？”

“你疯了！”

琴无琴的含糊其辞使得花昭锦丧失了人类理智，他声色俱厉地逼近了她说：“既然如此，我就杀了你！再去找你下一个转世，那个没有遇见东方劫的你——”

“……”

不待琴无琴质问他想做什么，花昭锦已经猛地一使力将她从大雕背上推了下去。

当琴无琴浑身坠在风中，衣领袖口裙摆都被灌得鼓鼓囊囊像是一朵被迫绽开的牡丹时，花昭锦还若无其事地站在花载花身上俯看正疾速落向地狱的她，以居高临下的强势姿态威胁说：“说你喜欢的是我！就救你。说——”

“你——疯——了！”琴无琴对他如此举动，比起生气来更是震惊。

“不喜欢我，你就去死吧！”他双手抱在胸前，很当真的样子。

惜命的琴无琴并不是临死不惧的人，但她那一根筋的脑袋一旦正在气头就无暇顾及其他，哪怕是性命攸关之时，倔强好胜的她为了赌气，也会全不自觉地无视眼前险境。

他愈是激她，她愈是不愿服软，双手叉腰对他回以一声响彻云霄的：“呸——”

他们就这么气鼓鼓地你瞪着我、我瞪着你，眼睁睁看俩人之间的距离越拉越开，直到琴无琴的身影像颗花生米那般大时，花昭锦终于按捺不住了。

眼见着她已脱离自己伸手可挽的范围，他口干舌燥，心里慌得厉害。

手染血河的他才不在乎多背负一两条区区人类的小命——但这回将要被他害死的是琴无琴，那个桀骜难驯的野姑娘——在他眼里千万条人命也抵不上她这一片纤小的灵魂。

可是心高气傲惯了，依赖妖法和美貌无论是人或物都唾手可得的他，活了千年还从未向谁服过软、低过头。眼下一时情急焦躁把架子都高高端起来了，再反悔去救她，岂不是叫琴无琴这小妮子清楚她已把他吃得死死的！

“好冷啊，死狐狸！”

还未脱离危险的琴无琴发出语气与平日无异的一句埋怨，隐隐约约的声音从下方乘着风歪歪扭扭地冲上来，叫浑身憋足了劲的花昭锦顿时泄了气。

他所有的坚持和尊严，都因为她这轻巧一句话在他脚底打了个孔，全抽光了去。

花昭锦整个人像是被她以无形的线拽着，直挺挺地面朝她的方向倒下去，体内有什么轰然倒塌发出巨响直震得他一时恍惚。

他脚上使力借助气流，踏着碎云追上琴无琴，一甩长袖将她拦腰卷入怀中，嘴上怒斥：“冷还不知道抱紧我！”一手托住她后脑勺往胸口按，恨不能使自己的肉身化作铁甲紧裹着她。

俩人身上的鲜衣融为一体，似在昏黄天幕中划出一道长长下坠的血迹般。

见到主人竟从后背“不慎”摔落，花载花反应及时地一个猛子也栽下来紧随其后，终于赶在俩人将要撞上地面时截住了他们，但冲击力使它壮实的躯体也不免一倾。花昭锦和琴无琴还是飞了出去，好在经过缓冲后，他施展轻功抱紧她在空中翻了几圈后，俩人完好无恙地侧身滚落在地。

【二】

一阵尘土飞扬，琴无琴双手撑着花昭锦胸口边被烟尘呛得咳嗽，边急切地坐起来教训他：“你说你发什么疯非得整这一出，叫我们都落个灰头土脸……”

她话到一半住了嘴，因为见到扬尘中，垂头丧气的花昭锦才是真真被沙土从头裹到脚成了个脏兮兮的泥塑，而她被他护得严密，站起来用手掸一掸身上的灰后至少还看得出来是个活人。

一天洗三次澡也不过分的花昭锦对自己那冰肌玉肤可谓百般呵护，平时脏活累活不干，有床躺着有椅靠着，吃喝穿用都挑最精致优雅的，像是琴无琴那般成日里猴儿一样上树爬墙、下水摸鱼的粗鲁生活方式，他是决不能忍的。

这么嫌脏爱美的他都这副尊容了，琴无琴立即气消了大半。“唉！你瞧瞧你。”她一手捧着他的脸，一手捏着袖子为他擦灰，见他垂头不语，她问，“你怎么了？摔傻了？衣服脏了不开心？别啊，找个地儿洗一洗，咱还是喷香漂亮的大狐狸。”

“为什么我就不行？”他突然抬头问她。

既然和她的这一场较劲已经输了，那索性输个彻底吧。

花昭锦一双金珠子般流光溢彩的瞳仁紧盯着琴无琴，他从未如此低声下气过，几乎要为自己委屈得哭出来地恳求道：“我都听你的还不成吗？只要你喜欢我。”

少见他如此言辞真挚，琴无琴也收敛了玩心，正视他很认真地说：“我挺喜欢你的。”

“不够，也不对。”他摇头，“我要你像喜欢那个男人一样喜欢我，还要更喜欢我，只喜欢我。”他双手抓着她的双手按在自己袒露的微热胸膛上，像是在起誓，“如果你有想要而得不到的东西，我愿意为你去骗、去偷、去抢；如果你被人欺负，我定叫他们不得好死；如果你有痛恨的人，无论成百上千，我穷尽一生为你报仇雪耻；如果你杀了人，我会替你掩埋尸体毁灭证据，从此陪你亡命天涯——只要你喜欢我——这一点也不难不是吗？”

曾站在比月亮更高之处唯我独尊、傲视万物的他，如今这番真情告白一出口，顿时将俩人调换了位置，从云端堕入凡间落得满身尘埃的他站在浓烟滚滚的山脚，渴求地仰望着只不过站在高坡处却也已够不着的她。

琴无琴没料到花昭锦竟如此看重她，被撼动得半晌后才长出一口气叹道："喜欢一个人可一点也不难，甚至可以说有些太轻易了，在你还未察觉前就已经喜欢得不得了了。难的是，你不知道你在何时、何地，会喜欢上哪一个人，什么样的人。"她费尽心力组织了如此言语，也不知道能不能说得叫他明白，"要喜欢上谁，不是我们作出来的选择，不是我选了你，然后就能爱上你。"

"为何不能选？我今日从衣橱里挑了蓝色的衣服，晚上从想吃的菜里挑了烤鸡，活着不就是整日都在作出选择吗？"花昭锦肉身虽已历经千年，其情感成长却只堪比十来岁少年，他果然迷惑，"我不懂。"

"人是很复杂的，我们自己有时候也不懂。"

"那你就是我的不能选，我喜欢你，这不是我选的。"他蛮横地说，"既如此，你就认了吧。"

"那你是想要我骗你吗？"见他虽理不清头绪却不放弃纠缠，她有些疲乏地问他，"骗你说我最喜欢的就是你，就会满足吗？"

花昭锦并无犹豫地肯定答道："我不要假的喜欢，我要真的。"

她一愣后也不顾忌风沙了，张嘴哈哈笑起来："你这死狐狸这不懂那也不懂的，其实精得很哪，拎得多清啊。"

笑到嘴里吃了土，一股苦涩味泛上来。她想，我却已经巴不得那个人能骗我了。

一阵由远及近的呐喊人声、鼎沸杂音随着愈渐壮大的沙尘暴从俩人身后袭来。

或许是有军队正在交战，琴无琴倒不在意，但她见花昭锦警觉地侧身嗅了嗅，立即脸色一沉后震惊地转回脸来欲言又止地看她，紧接着又反应过来什么似的故作镇定。

虽然是转瞬间的细微动作却已经叫她起了疑心，不难猜出他这前后矛盾的表现是为什么——

东方劫在附近？

【三】

东方劫没想到与蛩王的见面来得这么突然，更没想到传说中心狠手辣、贪慕虚荣的囚蛩竟是个女人，当她开口说话时，他才了解为何那许多只闻其声不见其人的拜访者向世人说蛩王是个男人。

昏天暗地中，使风向也改变的浩荡大队从山那一边碾压着沙石而来。

东方劫与祈嵘定睛一看，对方实际人数不足他们手下一半，但为首的一列人因为坐骑特殊所以显得格外威风八面、气势十足，他们竟乘在毛发呈蓝灰色的野兽背上。

那坐骑容貌似狼，但体型与马一般大小，背上亦安放有马鞍以便骑乘，只是它双目如血、面目狰狞，尖牙外露的嘴角挂着腥臭口水，强壮四肢不断扒拉着地面像是随时要发起攻击，寻常人哪里驾驭得了。

当然，骑在它们身上的人，任谁看一眼也会察觉出太不寻常，那些人个头相当、体格壮硕，全员的肤色都一样苍白，是那种青石般坚硬冰凉的白，目光呆滞空洞地遥望着前方，各个死气沉沉不像活人。

莫非他们就是蛩死奴！东方劫心下大喜。

再看这二十名蛩死奴身后是两列看坐姿神色该是普通人的骑者，他们以拟人微笑的纯金面具遮脸，身穿多彩如孔雀长尾的华美长袍，无论自身还是胯下骆驼都以种类繁多的金饰披挂装点，比起蛩死奴手中各不相同的刀剑盾护，他们的武器皆为纯金打造又雕刻有复杂花纹，似乎杀伤力不足更适合作观赏品收藏的长枪。

这队似要去游街炫耀的奢华人马左右分开让道，一座金漆红木四方顶的马车缓缓驶来，其行进速度之慢叫东方劫与祈嵘正觉奇怪，直到整座精雕细琢的“马车”——原来是一座小亭——完全映入眼帘，他们才发觉坐在上面的人有多恶劣，其趣味多么令人作呕。

这座能供十来人站立的木质小亭之所以能在路面上移动，原来是有五体投地的好几十个男人在驮着它。他们四肢着地以狗的姿势艰难爬行着，手腕与脚踝上的锁链将他们相互串起来，随着每个人的动作哗哗作响，其声隆隆好似代他们发出悲鸣，因为每个人头上都戴着密封的铁笼，阻断了他们的视线的同时，似乎其中机关也封住了他们的嘴。

为首的男人脖子上的铁项圈以长链系着，链子的另一端被坐在亭中的一个笑眯眯的男童抓在手中，在他身边还站着一位年纪同样约十岁的女童。他们衣着华丽，神色轻松，看来并非遭到奴役。

在两个孩子中间，横躺在一堆金丝绣花缎面靠枕中的女人就是这伙人的主子，蛩王。

她是个身材丰腴的年轻女人，在这样凉风渗骨的时节里，只使一条蛇状弯曲的薄纱随意地遮掩着羞处以作衣装，古铜色的胳膊、细腰、大腿就那么无所谓地暴露在外，倒是身上一件件又大又沉的金饰遮的部位更多，更像衣物。

蛩王身前摆放了许多纯金材质的酒壶碟杯，里面盛满了足够一场小型宴会的食物，她以两指优雅地捏起一颗饱满剔透的葡萄，好像蛇吞蛋般嚼也不嚼地就囫囵咽下，一双精心描画过的眼睛滴溜溜地在东方劫与祈嵘身上转着，像是发情的母豹见了情郎。

当这么一位风情万种的女人张口说话时，却是壮年男子的浑厚嗓音："你们是谁呀？"

见了这样奇诡的排场，东方劫不用问就猜到眼前人是蛩王。

"我们来自东方，想向蛩王殿下买些东西。"东方劫双手抱拳，客客气气地笑着大声回道。

"买东西？"蛩王直起身子，抓起一把葡萄暴躁地掷向男童喝问，"冬无！

你不是说这个人远道而来为了杀我吗？弄得人家心慌得要命，这破黄沙天还亲自带兵出来埋伏！”

冬无回过脸去完全不似个孩子般露出大人的谄媚笑容来说：“大王，不会有错的，我算到这个男人的命与你相叠，不是他死就是你死。”

“那为何夏无没有算到？”蛩王指着女娃，名叫夏无的女童眼皮也没眨一下，似乎对眼下一切兴趣缺缺。

“那是因为夏无对大王的忠心远远不如冬无哇！”冬无掩着嘴瞟一眼夏无“嘻嘻”怪笑，“要么就是她实力不如我，算不到。”

蛩王不再理他，对东方劫招招手说：“客人，走上前来让我看清楚你的脸。”

东方劫于是摘下帽子欲下马上前，祈嵘认为对方不善想要劝阻，他以眼神示意弟弟不要轻举妄动，独自朝蛩王走去。才刚到跟前，就听她发出一声惊喜尖叫：“哥哥！”

“嗯？”他不解皱眉。

“好俊啊！人家活了这么久从未见过这么好看又贵气的美男子！”蛩王不住拍掌，冲男童女童招呼道，“冬，夏，你们看仔细了，这美男子像不像哥哥？”说罢也不等他们回答，就指着东方劫兴奋乱叫，“快！快捉住他，我要！我要他！”

【四】

琴无琴不顾花昭锦阻拦，赶到两拨人马混战处探看究竟，那是一面倒的战局，骑着异兽的苍白男人们在商人打扮的队伍中大肆撕咬杀戮，漫天黄沙与飞溅血肉搅合出一副猩红地狱般的恐怖景象。

“天！”琴无琴下意识轻呼出声，因为她见到有个骑兽者在众人围杀下削没了半边身子，就剩个血肉模糊的右边身体，竟似毫无知觉般依旧举刀乱砍，怪异可怖的画面令她不忍目睹。

“那就是传说中的活死人。”花昭锦对她说明。

“那是死人？”

“介于生死之间。要制作活死人，就要长期以地狱酷刑也望尘莫及的残酷手段不分昼夜地折磨他们，大部分人在过程中不堪忍受死去，而活下来的人更为不幸，半死不活的他们已经丧失了生的欲望，被神秘巫术加身后，就成了不吃不喝不睡不想，对主人唯命是从的忠诚战士。”

“就是东方劫要找的——”

听了花昭锦的说明，琴无琴不知该以“人”或“东西”来称呼蛩死奴，她也没兴趣了解更多，因为她此刻全副心神都在于分辨沙雾中的人影。

即使在人山人海中，琴无琴也有自信能从背影轻易认出那个宽肩直背的男人，他耳朵的轮廓、腰的线条、结实的手臂、关节分明的大手、修长的双腿，她闭上眼就能凭空描摹出来，还有无论在何种境况下，他总是出挑于众人之外，难以形容的不凡气质——

“东方劫！”她朝他跑去。

此时，东方劫正被戴着微笑面具的长枪骑兵包围，以为自己产生了幻听。

想到自己在如此情形下也忘不了琴无琴，他有些不甘地面露苦笑却忍不住回头看了一眼，竟真见到他的琴儿像是从梦境里向自己跑来。这一瞬恍神间，一条纯金质地的长链甩在了他身上，在四位骆驼骑兵相互配合下，迅速地将他一圈圈绕捆了起来。

“大哥！”分身乏术的祈嵘在与蛩死奴纠缠时，一直在关心兄长安危，他见他被缚，急于解决眼前战斗前来支援。

是对方突然发起的攻击，虽然东方劫反应及时地拔出了剑，但因为有求于蛩王，所以他不自觉地束手束脚，给对方占了先机。

眼看自己被当作猎物般捆绑起来，东方劫为遭如此羞辱而又怒又恼地低声咒骂，“什么东西，敬酒不吃吃罚酒。”

他太阳穴上青筋憋得轻颤，一手抓住锁链运气发威，脚后跟深陷沙土中原地一转，拽得一个笑面人摔下骆驼的同时，他暴喝一声在对方还未撒手前，利用其身体作长距离武器又是一转，抽打在另一个骑者身上，借力打力的过程中，在圆心中的笑面人纷纷从坐骑上跌落。

见到自己的人被接连撂倒，脾性使人难以捉摸的蛮王竟鼓掌欢呼，她对冬无下令："厉害！厉害！有脸有身手，实在是太完美了，冬无，若是不能活捉，我也要美男子那一身皮，可别给弄破了！"

"没问题！"冬无在别于腰间的武器盒中翻找着。

未遭东方劫以长链为鞭波及的其他笑面人举枪袭向他时，琴无琴已经赶到，她身子轻盈如鸟儿般出其不意地飞上骆驼将骑者击落，旋即又飞去另一匹上突袭。东方劫见了怕她受伤，扑过来一把将她拉进自己怀中，语气中充满疼爱怜惜地怪责："你来做什么！"

"不是来找你！"琴无琴见了他那张许久未见的脸，思念之情快从双眼中泛滥成灾却还是嘴硬，"只是碰巧——"

"呀！"蛮王见了琴无琴，尖叫着跳了起来，激动得浑身颤抖地指着她对冬无道，"那少女是什么人！多么清纯美丽的可人儿呀，我也要这个！"

"殿下到底要哪个？"冬无双手端着一柄短笛状物品举在嘴边，困惑地回身问她。

"都要！都要！"蛮王跺着脚。

冬无于是冲着琴无琴的方向吹笛，一根闪闪发亮有手掌那么长的银针从乌黑铜管中飞了出去。

花昭锦突然从天而降，一甩袖挡开了那枚银针，为琴无琴可能遭遇的危险大感愤怒地冲冬无吼："死侏儒老头，你他妈想干什么！"

冬无听了身子一僵，他外表无论身高皮肤容貌都绝对与普通男童无异，这个人竟看穿他其实已六十多岁。

蛩王眯眼一瞧，厌恶地抬手掩着鼻说：“哪儿来的狐妖？骚死了。”

“哈？！”花昭锦被她激怒，嘶吼着腾空而起张牙舞爪地朝她扑去，“看本少爷撕了你这阴阳人！”

“哈哈哈！”蛩王面目扭曲地狂笑起来，“区区一只小妖，也敢在法力无边的本娘娘眼前作怪！去你的。”她快手扯下身上那条仅有的薄纱，咏唱着一段寻常人听不明白的咒语扔向花昭锦，只见那本来普通的薄纱泛着劈啪作响的黑色光芒化成了一张网，完全盖住迎面撞上来的花昭锦。

“哇啊啊啊！”他惨叫着摔倒在地，痛苦地蜷缩成一团。

“花昭锦！”琴无琴见了，挣开东方劫的手要过去帮他。

正在此时，没能击中目标的冬无在蛩王的痛骂下，改换了一只长笛状的铜管，一口气发出二三十支银针直逼她而去。

东方劫忙将琴无琴拉到自己身后，挥剑一一挡开。

他转身急对她道：“此事与你无关，快走！”仅这回身一瞬，琴无琴见到他身后又有银针飞来，她忙叫着“危险！”又抢回到他身前位置，来不及再挡，银针直入她胸口正中后消失在她皮肤里。

顿时，琴无琴感到四肢如遭冰冻般失去知觉，在她一头栽倒在地前，东方劫及时接住她打横抱起，并不回头地喊道：“祈嵘！”

“大哥！”有着兄弟默契的祈嵘也不回身张望，他奋力剁下了面前一名蛩死奴的脑袋，翻身上马同时牵着扬蹄长啸的毛毛从人群中脱身来到东方劫跟前。

“先撤！”东方劫抱着琴无琴骑上毛毛，趁乱与祈嵘一同驾马狂奔。

“不！等等，花昭锦呢——”琴无琴虽不能动弹，但她还能看能说。她急躁地扭头搜寻杂乱人影中那抹染了灰尘的鲜红，冲东方劫吼：“我不能留下他！”

毛毛跑得飞快，转眼间她就只能见到沙雾茫茫。

笑面人骑兵意欲追赶，被蛩王喝止：“别追！”其中一人不及反应，手中长枪已投了出去，只可惜刚刚擦过马蹄斜插入土，这行为惹恼了她，“不听话！伤了他们可怎么办！”怒斥同时，蛩王抓起盛水果的纯金碟子猛掷过去，力道之大竟砸断了骑者的脖颈，只见那人身子一歪摔下马去。

蛩王遥望绝尘而去的两匹马，阴森地伸出舌尖舔了舔嘴唇，喉结饥渴地涌动着自言自语：“简直是天注定，那对绝色男女就是我兄妹期盼已久的新生。”

【五】

琴无琴在东方劫怀里因皮肤逐渐麻木而感受不到马匹颠簸，但却有无穷尽的睡意像是从被猛然打开的无底洞中汹涌袭来，冲击着她顽抗的意识。

“离劫。”——她故意这么叫他，是不愿承认他以东方劫身份做过的那些事。她一双眼皮沉得要命，又怕自己一睡不醒。所以她要抓紧时间把该说的都对他说了：“我可能中毒了，好想睡……”

“不许睡！”东方劫咬牙发火，更使毛毛加速，但他其实没有主意，他气他自己。马跑得再快，他不知该去哪儿，又该如何医她。

“先说清楚。”就是临死，琴无琴也不忘为自己挽回些面子，“我不是故意来找你的。”

“你不来找我，本王也是要来找你的！”东方劫单手抓着马绳，一手圈紧了她，心如火焚中也不再顾及自尊，将心中打算全盘托出，“不管你是要哭要闹也好——等我夺回皇座，普天之下有什么不在囊中？到那时，小小一个你还能逃出我掌心？——就算你要死要活要挣脱我，也决不会放你走，这整个天下就是禁锢你的囚笼，我的胳膊就是拘系你的锁链。你将是东莲国中唯一尽享荣华富贵，于我身侧羁押一生的犯人。”

他真情流露，她却不能满意。

“你啊，何必这么诚实呢？我仔细想过了，你最好骗我，说我比一切都更重要，反正我一点也不聪明，不会揭穿你的，在你面前，甚至有些傻。”琴无琴瞧着他的眼神里流露无限温柔，像是看着一个两手皆紧抓心爱玩具哪一边也不愿放弃的贪心小孩。她呢喃的语音渐弱，“我的一世就这么长，你其实没必要对我说实话，哄一哄，骗一骗。几十年，只是过眼云烟。”

东方劫牙关咬得发酸，他不知该如何接话。他当然可以骗她！他骗过的人并不少，多荒诞无稽却甜如糖浆的谎言蜜语，他说得面不改色。可她不是那些供他利用的可悲女人，她是琴无琴——是他选择的想真真切切以真心相待的，他的皇后——

琴无琴的气息均匀，只是虚弱，恍恍惚惚的神情看似在说梦话：“听着，我若是死了，你告诉花昭锦，说我欠下的人情下辈子再还，他若真等了我许久，也不在乎再等一世。还有，替我照顾无琴岛上的姐妹们，就当赎罪……”

“你想得美！还有七八十年长的寿命，就想把麻烦事都推给我？别想赖皮。”

费了老大劲翻了个白眼的琴无琴连声咂嘴，看起来一点也不像快死的人。她说：“你这男人真小气，我快死了都不知道哄哄！”只是这一句高声后，她的眼就合上了，嘴中胡言乱语，“好了……我真累了，别闹，睡着了还更快活呢。在梦里和你一道做绯玉沥和黯银倏，长长久久、无忧无愁，多好……”

“做梦都是假快活！活着才有意思，我叫你不许死你敢不听话？我追去地府也饶不了你——”东方劫感受到她身体愈来愈僵，原本温热柔嫩的皮肤开始如蛋壳般坚硬发凉。他终于理智全无地急声吼道：“好！你厉害，我认输。只要你活蹦乱跳陪我白头，叫一切见他娘的鬼去！什么皇座山河破荣耀都不要了！我就要你！我娶你！做我的妻，我娶你！”

他话语中展露的气魄之强，连迎面而来的风都被劈成两半。

“真动听……”琴无琴眼皮动了动却睁不开眼，细弱柔声从她微翘嘴角中飘出来，“我知足了……”

他怒道：“你这天杀的女人！本王没骗你——”

她不再接话。

“别装死。”

他摇晃她，只换来无声无息。

怀里没了动静，东方劫只觉得胸腔遭到一记穿心箭般破开一个洞。

毛毛感受到主人双腿肌肉一僵，后背如岩石般坚硬，也不再催它加速，便渐渐放慢了速度，步伐由跑换踱。

一黑一棕两匹马最后在一棵孤立于荒野中的粗干老树前停下，东方劫动作轻柔地抱起琴无琴使她依树躺下。见她状似熟睡，他轻唤一声：“琴儿？”

没有回应，他又叫了几声，依旧不醒。

他道：“没骗你……”

她仍不应。

他单膝跪在她面前一手力道之大几乎要捏碎自己膝盖的骨头，另一手却似碰触水滴般小心地轻拍她的脸，要不是见她胸口尚有起伏，这般状态几乎与死无异。

祈嵘下了马，站在一边有些局促地问：“她死了吗？”

虽然东方劫强作镇定，但他依旧从他身上察觉到非比寻常的慌乱，他没见过这样的大哥。

东方劫撩开琴无琴的衣领，见到毒针隐没的皮肤处因毒汁蔓延呈一朵铜绿色雪花纹状。

“她还活着，只是中毒了，需要解药。”他整理好她的领口，顺便替她抚顺了凌乱的刘海，似无意识想为她活血化瘀般一手沿着手臂滑下来揉了揉她的手掌，边自责低语，“尽快。”

他这自然又尽显怜爱的动作叫迟钝的祈嵘也能看出来，这名少女对他来说不是一般的存在。没想到喜怒不形于色的大哥竟也会有为女人情难自已的一天——可是——

为何偏偏是她？

祈嵘想到琴无琴与他们东方家无论有意无意——结下的蛛网般千丝万缕、剪不断理还乱的细冤大仇——他难以接受从来拿儿女情长当笑话的兄长竟会不顾这一切，对他们共同的仇敌如此呵护有加。

在祈嵘正为这个发现大为震惊而心烦意乱时，东方劫双手捧着琴无琴的脸沉思良久后，他重新抱她站起来，心意已决地对祈嵘说："去找囚蛩拿解药吧。"

"大哥，那个蛩王很不一般，不似我们过去的对手，是不是再从长计议？"

见祈嵘犹疑地站在原地，东方劫太容易读懂他这个心无城府的二弟，他认为琴无琴不值得他们去冒这个险。

夜幕将至，狂风乱作。一片叶子也没有的黑皮老树有着龟裂纹路的糙皮，其笨重肥状的体型像是四肢埋进土中的巨龟，无数漆黑粗壮的枝丫从它背上伸展开来，远看如一条条人手绝望地朝着天际尽力张开，在乞求着润泽玉露，可是只有风，干巴巴地在光秃秃的树枝间穿来过去，发出呜呜嘲笑声。

树下的祈嵘一言不发地呆立着，看东方劫带着琴无琴骑马远去。

他不认识这样行事冲动的大哥，他是他不认识的，一个为女人沉沦着魔的陌生男人。

第九章

新燎

【一】

对于东方劫的自投罗网，蛩王早有预料，他若在乎那为他中毒昏迷的少女，必定会来找她要解药。所以打道回府后，她就梳妆打扮了横卧在自己柔软的躺椅上，在小宴客厅中边喝着美酒边静候他的到来，而冬无和夏无像是两座装饰品般一左一右侍奉在前。

现在，她满意地看着身姿挺拔的东方劫轻松地抱着娇小的琴无琴站在她金碧辉煌的城堡中，一双满含春情的眼珠子化了蝶在他们这一对璧人身体上飞来扑去，他长而紧实的四肢和她吹弹可破的嫩肤，都叫她不住吞咽口水。

东方劫堂而皇之地从正门进入时，被守卫没收了武器。事关琴无琴生死，他也没耐心再去计划什么，见了蛩王就直奔主题："给我解药。"

蛩王边说话边慢悠悠坐起来："美男子，你不要这么性急，那小妹妹我喜欢得很，一时半会儿还不想弄死她呢，你见过死人身体腐烂的过程吗？很快的，她那细皮嫩肉要是生了蛆，人家会心疼得哭起来。"

东方劫双眼通红瞪着她重复："解、药。"

"哎哟，为什么要给你？对我有什么好处？"蛩王站起来朝他走去，"不过，比起她，我还是最喜欢你，这荒郊野岭的全是莽汉，你是我见过的最英俊潇洒又高大威猛的男人。"她贴近他的脸，见他双眼笔直瞪着前方并不斜视，肩膀却微侧了一下，便"嘻嘻"笑起来威胁他，"别动。"

迫于她手中掌握着琴无琴的性命，东方劫只有强忍心中厌恶任由她的手摸上他身体。

她一手挑逗地摸上他的脸，边媚笑着说"让我先尝尝味道"边伸出舌头舔了舔他另半张脸，接着满意地深吸口气道："是哥哥，就是哥哥。"说完这意味不明的话，她伸手去要抱走他怀里的琴无琴。

东方劫挡开她吼道："你干什么！"

"别冲动，别乱动——"她冲他努嘴发出"嘘"声，故作和颜悦色道，"小心伤着她。"她见他不躲了，又试着去抱琴无琴边，说服他，"难道你想抱着个睡美人一辈子不撒手？要不了多久她真死了，可就没这么香喷喷了。没我点头，她永远也醒不来。"这么着，才终于骗过来。蛩王虽然身姿相貌与美艳少妇无异，但个子与男人一般高，手臂也很强壮，她像是抱着婴儿般小心翼翼地圈紧了琴无琴，低头垂目凝视她的那神色就像个母亲，生怕把这孩子给摔着了。

"哎呀呀，这么近看更加可人疼了，多美呀。"她说着弯下脖子亲昵地在琴无琴脸上蹭了蹭。

她这溢于言表的喜爱之情叫东方劫看得困惑，同时十分反感，虽然可以确信她暂且不会加害琴无琴，但她身上散发出使人不适的扭曲又古怪的气氛，一时半会儿还不能叫他琢磨明白其中含义。

她将琴无琴放在自己的躺椅上，还贴心地为她盖上织着百花图案的薄毯，接着转回身来，似乎心有烦恼地在东方劫面前踱步转圈，嘴中碎碎有词："怎么办好呢，哥哥是哥哥，男人是男人，哥哥不能做我的男人呀。"

"嘿嘿嘿，殿下。"小个子冬无双手端在胸口来回搓揉的样子像极了一只狡猾的老鼠，他淫荡奸笑提议，"玩腻了再让给哥哥呀。"

"冬无你这小杂种！"蛩王突然转身冲他暴喝。

吓得冬无立即跪倒，双手高举扑地，颤抖哭喊："殿下饶命！"

接着，蛩王又昂首跷着兰花指掩嘴狂笑起来，冬无随即抬起头也跟着鼓掌咧嘴大笑，而站在一旁的夏无一直双手插在袖子中，似乎对这一双疯人早已见怪不怪，对眼下的怪异景象漠不关心。

"虽不舍，但为了你，叫我放弃妹妹也行！"蛩王作了决定，她卖弄风情地扭着腰贴近东方劫，以套着雕花纯金指套的手指轻划他胸口撒娇，"你做我的男人。"

【二】

蛩王想昭告自己的"国民"她要与东方劫成亲，并邀请四方友人举办足以欢庆三天三夜的大型宴会，这些准备至少得花上十来天。

知道了她的欲求，对付女人易如反掌的东方劫终于能在心中钩织计划，他担心琴无琴等不了，花言巧语哄骗蛩王以最简单方式在清晨就举办婚礼，对他垂涎欲滴的蛩王也不怀疑就迫不及待地答应下来。

冬无和夏无奉命带东方劫去沐浴更衣。

爱慕蛩王的冬无对东方劫十分看不顺眼，全程都表现得很不耐烦地动手动脚骚扰着他。他扬起手打在他腿上劈啪作响："真是走了狗屎运呀你，竟会讨得殿下欢心！"

站在另一侧的夏无不冷不热地瞟他一眼，说话语气似大人般沉稳，与她那张圆溜溜又红通通的小女娃脸蛋很是违和："你不高兴伺候，就去陪殿下吧，有许多要准备的，看她还有何差遣。"

"嘿嘿，夏无，装得一副清心寡欲的死样子，见了美男子就起色心了吧。"冬无见可以摆脱这些琐事立马挥手转身，嘴里还不忘胡说八道，"你最好使个妖法叫他看上你，带你跑路，这样殿下就由老子来安慰了。"

待他消失在门外，夏无转身就给东方劫跪下了道："少侠，我已是半身入土的老人家了，你恐怕就是老身临死前能等来的最佳也是最后的机会。"说罢，她抖了抖袖子，露出自己一双被铁链穿透手腕锁在一起的手，又晃了晃身体，于是裙摆下发出镣铐碰撞声，难怪她走路步伐碎小。

她说她是东莲人，从小就与众不同，能夜观天象、算人命数，可凡事都有代价，长到十二岁后她的外貌就停止了变化，受尽周遭人的目光与排挤，另一方面他们又对她的异能充满敬畏。

她曾和游方的异士学过一些法术，那失明的老人说她天赋异禀该拜他为师从此同行，而这时她已有了舍不下的心上人。她拒绝了拜师提议后，与喜爱的男人过上了一段安乐日子，却发现他并不喜欢她，只是贪图她的能力为他带来许多金钱与安逸，当她提出想如常人般生活不再利用自身特异挣钱时，对方态度大变对她百般羞辱打骂。

夏无承受不住，一失手以巫术杀害了他后锒铛入狱，又与一狱卒相爱，对方帮她逃狱后却露出丑恶面目，原来他是要将她卖给有特殊收藏嗜好的西方商人，好在夏无发觉得早趁机逃跑。

情路坎坷的她，直到遇见第六个生命中的男人时才安定下来，那是一个孤苦无依的丑陋守林人，在她落难时不图回报地温柔以待，朝夕相处中她爱上了他，并为其生下一子。

只可惜好日子没过几天，远在南雕的蛮王也不知是如何得知了她的事，遣冬无带人来将她掳走，理由竟只是她觉得座前只有一个冬无显得单调，要凑一对儿。

“我已经六十多岁了，打那之后再没见过我男人和孩子，现在我或许已有了孙子……我想再见到他们，再同桌吃一顿饭。”夏无神色凝重地对东方劫道，“你与蛩王的命数重叠了，在你们之中必有一亡。老身别无选择，活下来的那个人，我赌你。”

【三】

在前往地牢的路上，夏无逐一解答了东方劫的疑问。

“并不是你向蛩王臣服就能使那叫琴无琴的姑娘逃过一劫，等她厌烦了你，无论是你还是她也就都完了。对，她根本就不打算遵守承诺——因为她要定了你与那少女的身体——”

她要将自己的灵魂一分为二，分别寄宿在东方劫与琴无琴体内，由此诞生一个完美的哥哥和一个完美的妹妹。

东方劫听了回想起什么似的皱起眉，他与祈嵘都看见蛩王为拿下花昭锦而褪去衣物时裸露的身体，上半身是女人，下半身是男人。

“她一直认为他们兄妹的灵魂被困在了同一个身体中。”夏无端着烛台在前面引路，他们开始从金灿灿的城堡内部进入渐渐昏暗的地下，她说话内容本就诡异，刻意压低的声音在这潮湿压抑的狭窄通道中更使人脊背发凉，“长久以来，她一直在寻找叫她满意的身体，所以她决不会把那姑娘还给你的。等她把你的身体也像那样子封禁了意识，她就会施妖法使自己分裂的灵魂钻进你俩的肉体，逼走你们、占据你们，到那时你们就真正死去了。”

说到重点，东方劫追问：“所以现在琴儿还活着？她只是陷入昏睡？”

夏无犹疑了一瞬后，才含糊地说：“只要你能从蛩王那里得到解药——”

“你的话似乎没有说完。”

“那姑娘一定对你相当重要，你们是相爱的吗？”夏无停下脚步，眼神坚毅地看着他道，“你与我一样，别无选择。”

见到带着东方劫现身的夏无，两名正面对面靠着墙悠闲聊天的守卫慌乱地立正朝她鞠躬，恭敬的声音从金色微笑面具后传来：“夏无大人。”

“你们就这么看守？”

见她似有怪责，守卫讪笑着辩解：“呃，嘿嘿，反正里边那些东西根本逃不出来嘛。”

夏无不再搭理他们，与东方劫继续深入地穴。

一阵湿气、泥土、腐肉、陈血、排泄物等恶臭混杂的气味，从他们即将到达的一个洞穴敞口中像是深海奇兽扭曲的触须般延伸向他们的脚底。

见到东方劫捂着口鼻面露嫌恶，夏无对守卫随便的态度表示赞同道：“里面的东西倒是真的跑不出来。”她无须向东方劫解释，俩人进了完全没有牢门的地牢中，他就全明白了。

这个地下洞穴是人工造出的痕迹，空无一物相当宽敞，壁面因为日久磨损而黝黑发亮。

在四周墙角层层叠叠地推挤着许多蠕动的物体，东方劫仔细一看，竟都是人，其中也混杂着一些动物。他们和它们浑身脏污、恶臭难闻，没有一具完整身体，要么缺胳膊要么少腿，或是多出了不该有的胳膊、腿。无论是瘦骨嶙峋的人还是皮包骨头的野兽，眼中都已没了生气，微张的嘴中发出既沉重又虚弱的喘息，似乎灵魂已经越过了生死界限，身体却还剩半口气般灵肉分离、痛苦不堪。

“那些是蛩王失败的作品。”夏无向东方劫解释，“虽然用不上，她也不弄死他们，只是觉得有趣，就这么堆着。”

“无聊。”东方劫捂着半张脸的手从进了地牢那一刻起就没放下，他大步走向正虚弱地蜷缩在中央地面上，仍被蛩王那张散发着黑色光芒的网笼罩着的花昭锦。

花昭锦抬眼见到来人，讥笑道：“你这身滑稽的打扮是要去做什么？”

“呵呵。”东方劫挑眉冷笑，玩味地托着下巴，以脚尖踢了踢他道，“是不及阁下这副尊容好看。”

为了迎合蛩王的趣味，夏无为东方劫准备的只有下装，一条紫棠色薄纱环腰绕上数圈，前后垂落的下摆就是遮掩他修长身体的全部布料，其胸肌、腹肌、腹股沟和手臂与小腿那行云流水般完美的肌肉线条大方袒露。

因为从脖颈到手腕、腰间、脚踝处都挂满了精工雕琢的金饰，所以即使站在如此昏暗污浊的环境中，姿容卓绝的东方劫整个人却像是天神般被镀上了一层浮华光芒，衬得他那张无可挑剔的脸更如同能人巧匠耗尽一生琢磨出的至高杰作。

被蛩王以降妖网压制了妖力的花昭锦外形已经发生了变化，他一头长过腰际的乌发全化了雪白，长发覆盖下是一条在身下无精打采卷起来的纯白色大毛尾巴，一对毛茸茸的阔耳立在头顶，容貌变化不大，只是一双桃花眼像是以炭沿着内眼角将眼眶描过了一圈，被乌黑眼线包裹的眼珠子呈现出的金色比稻穗更层叠丰富、比黄金更耀眼夺目、比深秋更引人遐想。

即使现在一眼就能叫人认出是妖，以花昭锦这等妖冶的模样也足够颠倒众生、魅惑心智，只是他此刻满身污秽、气息奄奄的狼狈样子也实在太过落魄不堪，才会被东方劫轻蔑取笑。

“呸！凡人！”花昭锦费劲地撑起身体，猛然一把伸出爪去抓住东方劫搭在胸口的一束编成辫的长发迫使他弯下腰来，“看老子将你变作本少爷的奴隶——”说罢，他咬上他的唇，要拼尽自己最后一丝妖力施展移魂寄体以利用对方的人类身体摆脱眼下困境。

东方劫被他这举动弄得莫名其妙，一愣后旋即推开他，以拇指抹了抹自己的嘴，冷声讥嘲：“要求我救你能否换个方式？本王对你可没有兴趣。”

“咦？怎会？”花昭锦对自己的失败大感意外地瞪着东方劫，震惊发问，“你究竟是什么人？”他心中暗想，应当只有远古的皇族血脉才有足够抵御我妖魂入侵身体的正气才对。

“不晓得你在耍什么花招。我没工夫陪你玩了。”东方劫边说着退后一步，使夏无上前来为花昭锦解开束缚。

夏无边在嘴中以细如蚊吟之声念叨着外人听不分明的咒语边动手，指尖才刚碰上花昭锦身上的黑网，就见黑色细小电光接连成串噼啪作响地沿着她手指往上蹿至手肘。

皮肤被烧灼的疼痛感使她五官扭皱起来，终于双手抓紧降妖网奋力一拽撤了下来，甩到一边后化作了一张极为普通的薄纱布料。

“你没事吗？”东方劫见她双手上直冒黑烟。

“以老身的修为要强行对抗蛩王的巫法，有些太逞强，大约折寿了。”她将手藏进衣袖中，以稚嫩童音却如老人家的语气叹道，“不过没所谓，在儿孙身边少活五年总好过在她身边多活五年。”

花昭锦重获自由，他从地上站起来时身子还有些摇晃。即使体力不支，他仍顽固地昂首傲视东方劫问：“你有求于我？”——他想不明白他为何要救他。

他藐视他道：“瞧你这样子……似乎连一只鸡也杀不了，我有些后悔了。”

“只需片刻！”花昭锦气红了脸，“待本少爷恢复了妖力，一天屠一城也绰绰有余！”

“我就姑且信你吧。”东方劫轻浮笑脸转眼沉下来，猛地抓住花昭锦领口拽向自己，脸贴脸地阴声冷气道，“若是我没有取得解药，若是我死了。琴无琴就交给你了，无论你是要屠城还是上天、入地或是要做什么都好——她交给你了，无论你死活、无论任何人死活，她要活着。”

“要你废话！”花昭锦用力一击推开他，以獠牙隐现的鲜红嘴唇一字一句说得用力地驳斥，“就是叫这世间生灵涂炭、日月无光，就是叫我罪恶滔天、灰飞烟灭——以我千年起誓——倾尽所有，定叫她一生不知人间疾苦，无辜快活、恬淡安然。”

东方劫满意地扬起眉道："你去找她吧，然后用你那狗鼻子嗅着我的气味，带她来见我。"他边嫌弃地说着"再多待一会儿，我就要与你一般臭了"边捂嘴与夏无一道离去。

强撑着站立的花昭锦待他们消失于洞口，立即跌坐在地，盘腿喘息。他嘴中吐出来的每一口气都带着强烈杀意，他在心中盘算，恢复妖力后如何大开杀戒——

至于东方劫，从他那儿得到了琴无琴的解药后，他就要他的命，这是当然的。

他以舌尖舔了舔獠牙，尝到了舌头被划破后流出的一丝血液，一股腥甜味儿的热流由喉头涌向全身，刺激着他正逐渐苏醒过来的麻木四肢。

【四】

东方劫一步步走向蛩王的卧房时，在心中默数一路上的守卫数量，过道中有十二人，此外有一支八人队伍在整座城堡中来来回回地巡逻，以及守在蛩王门外，同样穿着绚丽服饰戴着笑颜面具的是身材最为高大健硕的守卫共四人。

若是花昭锦靠不住，就由我来收拾了他们。东方劫垂在身边的手掌手背上凸起的青筋轻轻颤动，他想，蛩王之外，最麻烦的应该是那个同样会巫术的冬无。

夏无说，无论何时何地哪怕是在蛩王与人云雨时，她和冬无也会全不避嫌地守在床边，所以，她说冬无就交给她来对付，而他只要专注于如何收拾蛩王。

高高在头顶盘着元宝髻的蛩王，披金戴玉地斜倚在装饰华丽的婚床上，正翘首以盼她的新夫君从门外走进来——即使她自己也不太记得是第几任了——但东方劫却是第一个叫她一见倾心，愿意封他为王与自己同起同坐的男人。

她突然垂眼对自己胸口说："哥哥不要着急哦，妹妹最爱的人自然是你啦。"这屋里除了蹲在床脚正把玩一把小刀的冬无再无别人，她却不似在与他说话。她一会儿低头掩嘴娇笑，一会儿又羞答答地眯起眼，像是在与自己体内另一个人说话，"只是这个男人实在太叫人爱不释手，就稍微让他多陪我一些日子嘛。什么？

你是说你也对他很满意么？嘻嘻，好好，我一定不会把他弄坏的。”

直到东方劫到来，她才结束了自言自语，目不转睛地凝视他紧实平坦的胸肌，毫不矜持地冲他媚笑，伸出手指勾了勾。

“如你所见。”摊开双手的东方劫嘴角一勾回以邪笑，却不上前地站在原地道，“你得到我了，是否该履行诺言呢？”

蛩王悬在空中的手一翻摇了摇食指啧啧出声：“不不不，现在还未得到。”

她话音未落，冬无已经举着崭亮小刀蹦跶过来，踢着他腿肚子叫嚣：“跪下！”见他怒视他而不动，他回过脸向蛩王求援。

“哎呀，我的好夫君不愧一身傲骨，岂是你这小怪胎能染指的？”蛩王笑吟吟从床上坐起来，走向冬无以手挥开示意，“你要记得，以后他可是你主子。”

冬无双手向她呈上小刀后，满面谄媚地笑着退下。

“你莫要生气，冬无没有恶意。他只是要在你身上做个标记，独属于我……”蛩王贴近挺胸抬头的东方劫，边说话边以刀尖刺入他左胸皮肤，边划拉着边陶醉地盯着他隐忍的脸说，“其实疼在你身，痛在我心。”

不一会儿，他的胸口上被她刻出了一个“囚”字。

“你是我的了。”她埋首入他胸口，舔去刀伤中溢出的血液，阴笑道，“哥哥一个印儿，妹妹一个印儿，生死同体。”

莫非她要在琴无琴身上刻“蛩”字？由她蹂躏也不出声的东方劫忍不住出口催促：“你高兴了就快交出解药。”

“急什么！”蛩王潮红脸色突然灰冷，恶狠狠道，“你不是说心已是我的？怎么如此惦记解药？”

东方劫突然将她揽入双臂中圈紧，他贴在她耳边坏笑说话时，呼吸如夏日夜露般潮湿又温热，撩拨得含羞草要成群结队地垂下头去。

“你误会了。我已完全倾心于你，只想快些打发那个小妮子走人，好让我心中没有介怀，能与我妻尽情畅享鱼水之欢。”

“嘻，你当真的？”

“她是什么人？一介平民之女。你可是一方之王，哪个男人不想坐拥美人又享权力富贵？这等好事求之不得。”

“呵，也罢，不管你真心有几分，反正现在人在我手里。”她以指尖狠狠一掐他胸口皮肤伤处，又有新血溢出来，说完她朝端着金托盘的冬无招招手，又对东方劫娇笑起来。虽然她媚眼如丝，可是说话却是与青年男子无异的浑厚嗓音，便显得这笑滑稽而莫名恐怖：“让我再好好装点你一番。”

在冬无的狞笑声中，东方劫见到那托盘里整齐摆放的是一枚枚纯金弯月形饰物，两端如针尖般尖锐，大小如人的弯曲小指。

蛩王似期待东方劫反应般，眼睛眨也不眨地盯着他的脸，拿起其中一枚边一手轻抚他右耳，一边缓慢地将耳环尖端刺入他左边耳垂，整个过程中，他面部肌肉纹丝未动。

“对了，这样就对了，我的男人就该又美又听话。”蛩王得寸进尺又拿起一枚，这次穿进了他的耳骨，见他不痛不痒不为所动，这不屑态度叫她有些恼了，神色阴沉地又接连刺入两枚。

直到终于弄得东方劫左耳上血淋淋又金闪闪的，阴晴不定的她脸色又从多云转晴，“哎哟”一声娇喘枕在他肩上，以手中冰凉的耳环在他胸膛上来回轻划，突然使尖端穿透他乳首，这疼痛使东方劫皮肤上激起一片不能自抑的鸡皮疙瘩。

“呀，弄疼你了吗？”蛩王做出惊讶的样子，却不掩饰喘息中的亢奋得意，“生气吗？”说着，她以食指弹弄那枚乳环，极尽羞辱地淫笑道，“你一定得照照镜子，现在多么好看呀。”

从小如众星捧月般成长的东方劫竟被当成玩物尽情又恶意地践踏，这奇耻大辱已叫他体内滔滔涌动起一会儿炽烈一会儿严寒的杀气，若不是为了琴无琴，他早已叫眼前人身首分家、七零八碎。

他知道她在有意激他，想试探他有多服从。虽然疼痛并不难忍，但这么下去真是没完没了，东方劫心一横双手环着她的腰，故作愠怒地问：“我们玩够了吗？”他俯下身，微张嘴唇要凑不凑地在她眼前游走并暧昧地说，“你若是高兴够了。该叫为夫高兴了吧？”

为他这反应大出所料的蛩王先是一怔，继而抱着他的头仰首浪笑，终于从乳间掏出一支龙胆紫色的细长小瓶，甩到身后被夏无刚好伸手接住。她头也不回地叫道：“夏无，你先拿着，让我男人看看为妻的诚意。”说罢对东方劫搔首弄姿，以赤裸脚背磨蹭着他的小腿，“现在，让本娘娘瞧瞧你的诚意。”

东方劫意味深长一笑，将她抱起来重重扔在床上。

【五】

嘴中饱含鲜血的蛩王被东方劫一只大手掐着脖子死死按在床上，他骑在怒不可遏的她身上，朝自己另一只摊开的手啐出一口血沫，掌心中赫然躺着一颗芸豆大通体透明的珠子，其中有银箔色粉尘在静静流动。

方才蛩王以为自己已完全驯服了这个男人，正毫无防范地与东方劫亲热，却猝不及防地被他狠劲咬去了半截舌尖。她难以置信又惊慌地怒目而视，比起剧痛，她更紧张被他夺去的“驭奴鞍”！

是夏无告知的东方劫，蛩王如何让六亲不认的蛩死奴死心塌地认同并服从她这个唯一的主人，便是标记主人身份的灵珠“驭奴鞍”，被她藏在自己口内。

所以在蛩王与东方劫说话时，他就已在觊觎她舌尖上隐隐发光的一枚舌钉。

在蛩王发出含糊不清的尖厉惊呼那一霎，忠心护主的冬无已欲扑来查探究竟，被夏无绊住，俩人开始斗法。东方劫并未回身看，只听得背后一串串叽里咕噜的咒语绕梁回荡。

他以为蛩王没了半条舌头该无能以巫术来作怪了，却见她双目中由瞳仁向眼白扩散血红，面部竟生出一层淡淡如鸟类毛发的翡翠色绒毛，裸露在外的皮肤则更为迅速地被羽毛覆盖，双手化作了一对强壮有力的羽翅，这一切只发生在转瞬之间。

为眼前异象大为惊诧的东方劫压制不住力量无穷的蛩王，在她化作又长又锋利的鸟喙的上唇猛探过来穿透他脖颈之前，他仰身退避后立即跳下床去，见她扑扇着翅膀飞起来，后背贴在屋顶墙面上，长长的孔雀尾巴从她裙下延伸垂在地面上。

不知是因这般转变还是为东方劫所作所为暴跳如雷，蛩王此刻丧失了人的心智，只会本能地发出刺耳的恐吓尖叫，盲目胡乱地一次次俯冲乱抓，被东方劫一次次敏捷地躲过攻击。

“殿下！杀了他！吃了他！”冬无边与夏无纠缠，边不断为蛩王助威。他和夏无实力不相上下，俩人终于从斗法变成肉搏，夏无因为是女童体型和力气很是吃亏。冬无骑在她身上挥着小拳头边揍她边骂：“你这个叛徒！殿下对你这般好，你竟鬼迷心窍为了个男人叛变！”

夏无双手挡在脸前道：“只有你这种丧心病狂的疯子才会对那种怪物俯首称臣、为虎作伥！”

这屋内的混乱声响吸引了门外守卫的注意，正在手无寸铁的东方劫终于被蛩王抓住，她已然庞大的兽化身体压在他身上使他动弹不得时，一个戴着笑面的高大守卫提着两把沉甸甸的纯金长枪走进来，他身后不见他人，而他铠甲上有许多飞溅血渍。

他来到他们身后举枪猛力刺下，东方劫只感到一股强劲刃风擦过脸颊，蛩王仰脖发出一声哀叫，她的右边翅膀被长枪穿透钉在地板上。

正在她分神之际，东方劫旋即翻身从她左边身体空隙下滚出来，冲那守卫伸出手去道：“祈嵘——”

与他默契十足的弟弟不等他张口，早已将手中剩余一柄长枪递来。

东方劫接过后一个旋身一压，将蛩王还在扑腾的另一边翅膀也恶狠狠钉在地中。

“殿下——”

冬无见状叫得撕心裂肺，他凶狠地以更大力掐紧身体已开始抽搐的夏无的脖子，企图杀了她后立刻去帮助蛩王，但东方劫哪里会让他如愿，他大步迈来提起他后脖处衣领，以灌注了气劲的胳膊奋力朝墙壁一甩，听得冬无的小身板“啪嗒！”一声响砸上去后滑落下来。

接着，东方劫捡起在夏无和冬无打斗中从桌上碰落在地的小刀——便是那柄在他身上刻过字的——交给夏无道：“去了了他。”

夏无爬起来边一阵猛咳边接了刀，坚定地朝昏死的冬无走去。

东方劫转回身见到祈嵘已经摘下了伪装面具。

在见到镇守蛩王卧房门口的四个守卫时，东方劫就认出了他再熟悉不过的弟弟——祈嵘那体型轮廓——是他从小看到大的。从他还是毛头小子开始到他终于比自己还要高出半头，直到胳膊、腿都比自己更要壮实一圈……他成长的全部轨迹，一丝一毫的变化，全映在他这个大哥眼中。

他一点儿也不意外他会出现在这里，因为他总是追随他的。

他们曾陷入不计其数的险境中、在敌人的包围中背靠背联手作战，兄弟俩动作协调一致得仿佛合为一体，不漏一丝破绽。

只要有祈嵘在，东方劫总能与他共破敌群、逃出生天。

他宽厚后背的温度就像全面包裹他的一层坚硬外衣，使东方劫能毫无顾忌地狂肆杀砍，因他知道，敌人的剑若想刺入自己的胸膛，首先要穿透祈嵘这件与他血肉相连的盔甲。

这一次也不例外。他生死关头，他不负所望而来。

东方劫紊乱呼吸还未平复，感激地朝祈嵘轻轻点一点头。

祈嵘仍为他与琴无琴而有些别扭，但也回以他一个平静而信任的眼神。

兄弟之间的此时无言却胜千言万语。

此时，蛩王在地上如搁浅沙滩的海鱼般乱扭的身体正渐渐褪去羽毛，她的一双翅膀恢复成人形的双手，但双目依旧似血红宝石。她艰难地扭转脖子冲东方劫尖声嘶叫，不顾贯穿双臂的长枪狂躁地挣扎着，鲜血淋漓的肌肉渐渐被她自己强行撕裂，眼看一条完整的胳膊就要分成两半。

“好了。”东方劫面无表情地走向她，一颗颗拔掉身上被蛩王穿上的环、钉，带着还未干涸的血丝扔在地上，使寂静的室内响起一声声短促的“叮！”“叮！”脆响。仿佛久候的好戏终于开幕般，他拍了拍手道：“承蒙阁下款待，本王这就加倍奉还。”

【六】

花昭锦恢复了妖力后在城堡中霸道横行、无人能挡，数十道兽尾形的片状黑风绕着他身体护主前行，凡是接触到这烈风的砖墙器具都如同被削铁如泥的利剑切碎割片。他见人斩首见兽肢解，却因妖风护体而浑身不沾一丝鲜血，一路走向琴无琴所在房间，身后留下一摊摊血水碎砖，和布满擦痕的墙面。

他找到了躺在花床中的琴无琴，见她睡颜祥和，被人打理得面容洁净、发丝柔顺，换了一身雪白长裙，被七彩绚烂的百花包裹。

想她这样子应当是没有吃苦，花昭锦心里才松快了一些，他因为狂妄屠杀而充满戾气的双眼终于柔和，身体周遭呜呜发声的妖风也停歇下来。

他抱起她立即去找不知是否已取得解药的东方劫。

临到蛩王的那间卧室门口，从里面散发出的阴凉死气和呛鼻腥臭使他出于兽性本能地顿住脚步——危险！——浑身张开的毛孔也在警告他，里面犹如地狱熔浆般的死亡之气能消融一切靠近的活物。

但是东方劫的气息确实就在里面。他不多犹豫，谨慎小心地步入其中，果然见到了他，正非常嫌恶地用力以一块布料擦拭着双手，来来回回地搓揉着像是要磨去一层皮。

他再顺着他冰冷视线往地上一看，脸上只觉被无形的巴掌狠劲扇了两扇般发麻。

那地上似人非人的一朵盛开的血花莫非是蛩王?

即使是颠世狐妖也觉得这副光景有些过分惨无人道，因为他为慕遥报仇时，即使心怀再大的仇恨，他也从来给人一击痛快，从未虐杀折磨。

人，没几个好东西。东方劫，更不是什么好东西。他在心中暗想。

东方劫回身见到花昭锦，空洞的眼神扫过他脸后落到琴无琴脸上时却化作了柔绵绵的细雨。“我们这就唤醒她。”当他注意到花昭锦正若有所思地盯着地面上的血肉模糊时，他又补充一句，“不要待在这里。”——他不想琴无琴睁眼后见到这恶心画面。

众人出了房间，来到一处开阔通风的瞭望台，花昭锦的坐骑花载花循着主人气息找来，正在上空盘旋。

花昭锦抱着琴无琴不肯撒手，东方劫也不与他抢，他自信得很，无论何时何地只要她见到他，一定会朝他跑来。只要她见到他——

“你是谁?”

琴无琴大梦初醒般迷迷糊糊地强睁开眼，瞧清楚了东方劫关切的面容后，迷惑地问。

【七】

最终，当花昭锦搂着琴无琴骑上体型庞大的巨雕融入天幕时，无能为力的东方劫只能眼睁睁站在原地看他们渐飞渐远。

琴无琴频频回头来打量过他数次，那是对一个陌生人充满好奇的眼神。

羽翼巨大的花载花飞得又高又快，不一会儿就载着俩人消失在东方劫的视野中，他沉着脸回过身来冷声问夏无：“这是何故？”

“少侠，那位姑娘中的毒名作‘洗前尘’，其功用是使人陷入与死无异的沉睡之中，逐渐丧失记忆直至如新生婴儿般对这世间没有一丝印象，才会苏醒。”夏无说，“蛩王本打算在取得你们身体前先洗去记忆，以防你们意外醒转后也能轻松控制。”

“竟如此……”他明白了她为何对为琴无琴解毒一事几度欲言又止，“你不说明是怕我不愿助你逃脱？”

面对东方劫的质问，夏无羞惭地合眼默认。

“罢了。”他甩袖朝前走，“带我去蛩死奴之床。”

夏无已找到钥匙解开自身枷锁，她大步跟上前，心怀亏欠地补充道：“中毒者会从命中至爱之人开始逐个遗忘，所以少侠……是那位姑娘最在乎的人。”

“事已至此，值得庆祝么？”东方劫一双长腿迈得步子匆忙，身后跟着的祈嵘和夏无都看不见他的表情，亦不能从声色中分辨其情绪。

众人走向城堡另一端面山之处，从拦于腰间位置的石质矮墙看下去，山体被挖出一片平整地穴，蔚为壮观的九千九百口石棺排列得整齐有序。

东方劫将从蛩王那里夺取的灵珠“驭奴鞍”戴在耳垂后，以内力震动声带发出传播极远甚至云霄之声，重复夏无教他的解封咒令：“应吾之召，亡奴破狱；为王尽瘁，万物齐摧——”

他语尾回音在山谷间久久回旋后犹如被掺水晕开的墨般渐次消融。

短暂如深夜密林般凄惶瘆人的死寂无声，被第一座石棺由内部推启的嘎嘎推磨声打破，接着一座又一座、九千九百口沉重的石棺同时被开启，其声“隆隆”轰响震天撼地，九千九百名肤色青白如石的蛩死奴，无声无息地从棺中爬出来整齐站好，动作统一地抬头仰望，气势恢宏又阴风猎猎，雄浑的死亡气息在大地上蒸腾翻涌。

东方劫的心跳随着每一个仿若地狱之门开启的轰响之声，好似伴奏般更强劲鼓动——轰轰！咚咚！轰轰！咚咚！

他双手撑在石墙上，俯瞰大地上灰蒙蒙的寂静军队，高声喝令：“跪下！”

得了主人号令，近万个容姿体格相似的活死人齐刷刷像是被削去小腿般哗啦啦跪下来，其场面壮观又诡异，惊心动魄又毛骨悚然。

东方劫双目圆睁，双手几乎要捏碎掌中的石砖，双肩肌肉激动得硬邦邦地拱起来。此时的他有刀枪不入的魄力，仿佛东莲山河已尽在掌握。

“这就是了。”他嘴角勾出弯刀般的笑沟咧嘴自语道，“本王的军队。”

在东方劫身侧静立的祈嵘，正端详他那张为逆天力量而陶醉的侧颜。他看他气焰熏天、舍我其谁的狂妄模样，是他从小到大所熟悉的兄长——他为达目的不择手段，在任何逆境下也决不慌乱，条理清晰得极尽残酷，即使要踏着麾下亲友战士的尸山前行也会是风度翩翩的姿态——

祈嵘以为，这就是东方劫王者威仪的俊美人皮下真实的模样了，一个只在乎雄图霸业没有凡人七情六欲的无心魔王。

可是，他见他在琴无琴面前流露的所有慌乱、忐忑、宠溺、疼惜和紧张的神色言行，那分明是一个不优雅、不冷静的，活生生的人。

到底东方劫想要的是什么，该要的是什么？祈嵘想，或许连他自己也不清楚，而他一介武夫就更迷惑了，但他清楚自己的心之所向——焕已经没了，他若在的话，也一定会选择誓死追随——无论大哥想要什么、将去何方，他只管不离不弃地跟着就是了。

"祈嵘，时不我待——"东方劫回首时，风扬起他的发尾如一面耀武扬威的乌黑战旗。他对弟弟扬声道，"这就启程助本王夺回我们东方家的万里江山吧！"

他这般意气昂扬使祈嵘亦心潮澎湃，他抱拳垂首道："静候大哥差遣。"

夏无见眼下一切妥当，便上前来与东方劫道别："少侠，老身有幸得你相助逃出魔窟，如此恩重……望有朝一日能涌泉回报。"

登顶之时指日可待的东方劫心情极好，尊称她一句"老仙人"，指着城下大军对她道："此恩已报，该本王谢你，快回家与子孙团聚吧。"

"啊，这条链子忘记还给那位姑娘了。"夏无忽然想起她遵照蛩王指示为琴无琴换装时取下的项链，她将这条泪珠红玉递与东方劫说，"不知对她是否重要，少侠若愿意代为保管，还请拿去。"

祈嵘见到东方劫迟疑了一下才伸手去拿，在他指尖碰到宝石表面时，脸上不可一世的神色如遇暖阳浸泡般一瞬间柔和下来。

"至爱吗？"心里百味陈杂的东方劫盯着掌中的项链苦笑，"儿女情长之于我，多可笑。"他合紧了拳，迎风眺望长鸣如歌的鸟群前仆后继飞过重峦耸翠，翱翔在彤云密布、无边无垠的苍穹之中，姿态逍遥又高傲。

他脸上终于恢复了不近人情的坚硬寒凉，冷笑道："诸神已为本王指明了天道。"

第十章

远愿

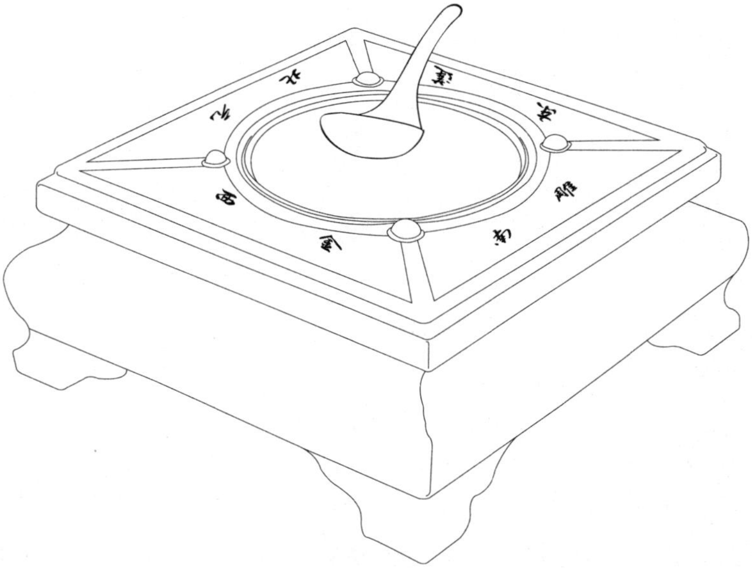

【一】

一袭红裙的琴无琴惬意地赤脚躺在高大的樱花树上，一只脚垂下来似在拨水般轻轻摇荡，她单手枕在脑后，一手拿着苹果也不吃，一上一下地抛着玩儿。她无所事事地遥望碧波盈盈的玉湖与一蓝如洗的天空形成相互映衬的鸠灰色镜面。

一转眼，从南雕国回到无琴岛后，这日子就像这湖面上看似静止却淙淙不断的流水，不知不觉间已过去了四年。

当初为寻找秦慕遥而在南雕游荡了二十多天的琴无琴和花昭锦，始终没得到她的一丝消息，而她的过往痕迹也随着在大火中付之一炬的秦府共同磨灭，使这个人完完全全于人间蒸发，甚至从始至终不曾存在。

终于不得不放弃的回程中，花昭锦盘腿坐在花载花背上，一手扶着酒壶压在膝盖上叹气："真奇怪，为何一丝她的气息也感觉不到。"他昂首犹似猎犬般四处嗅嗅风中的气味，"莫非……死了？"

"别咒我姐！"正吃牛肉烧饼的琴无琴抬脚踹他。

花昭锦轻巧地闪身躲开，边无所谓地说："都没见过面就叫上姐了，你们人类真随便。"

"你要是没见过你娘，她就不算你母亲了么？"琴无琴理所当然地反问完了后，又不确信地歪了歪头追问，"还是你们狐狸不讲究血缘啊？"

"没你们那么在乎而已。"花昭锦在风中含笑抿一口酒，狭长的狐狸眼冲她笑得波光流转，一缕发丝粘在他被酒水濡湿的红唇上。

琴无琴瞧着他这眉目含情的模样有些怦然心动，到底是狐妖，这身皮囊实在太好看了。她忆起他对自己的告白，竟想不起为何没有答应，除却他不是人以外，她真挑不出他的不好来。

而且——是人又怎样？

人很好吗？——动物多单纯，喜欢就是喜欢，讨厌就是讨厌，吃饱喝足就是幸福。而人，多贪婪，又复杂。

人会为爱疯，为恨狂，短短一辈子数十年而已，有那么多唾手可得的好东西不要，偏偏要去迷恋不值得的、不能拥有的东西，于人于己纠缠不清，痴痴颠颠——

若是我，琴无琴自信满满地想，爱就是爱，恨就是很。归我的就要，不该的就扔，潇潇洒洒、无牵无挂，哪有那么多难分难解。

思及此，她面上微笑一滞，仿佛陷入迷局般连呼吸也乱了。

注意到她异常，花昭锦问："怎么了？"

琴无琴抬手扶了一会儿额头，很认真地思索自己怎么了——在她的脑袋里有一幅长长画卷，详尽地勾描了她从出生到如今所经历的一切——她现在的感觉是，这幅画被裁去了几个部分然后又仔细小心地拼接了起来——

被弄丢的部分——她记不起上面画了什么，甚至她都不能确定是否有弄丢的部分，因为这画卷从外观上看依旧是完整的。

所以她为此消沉，却又说不出道理。

“那个，我们遇到蛮王后，我中毒昏迷，然后我醒来……”琴无琴抬眼望天边回忆边比手画脚地问，“那个男人是谁？”

花昭锦半刻迟疑也没有，似乎早已料到她要发问似的回道：“陌生人。”说完，转过脸去心事重重地闷声喝酒。

陌生人？

即使只有一面之缘，琴无琴在四年后闭上眼，依旧能在黑暗中以残留在眼中的金色光线清晰地描摹出那张脸。

当她苏醒后问他“你是谁？”时，他原本松了口气的笑颜像是遭遇狂风携卷的沙尘暴般一瞬石化，随即铁着脸恶狠狠地压下来以手掐着她脖子恐吓：“不要说笑。”

花昭锦立即一掌推开他时，琴无琴很想为这个陌生人辩解。他手中并没有用力，甚至那掌心中干燥的温度让她冰凉的皮肤有些依赖，而他凶恶的神色语气中是再明显不过的关心、焦虑、紧张和不安。

那个人长得很好看。琴无琴盯着手中的苹果想，和花昭锦是完全不一样的好看。

那个人，让她很想伸手去触摸。

“小野人，你是怎么从桌前吃饭一路吃到树上去的？”

花昭锦来到树下叫她。他仰头沿着白皙脚腕至露在裙摆下的纤细小腿一路瞧上去，见到琴无琴懒洋洋撑起身子，在树上垂首望他时，黑丝绸般柔亮的长发顿时沿着肩膀倾斜下来。

她巧笑嫣然地问：“是冰雀叫你来找我的？”

“她是在找你，但本少爷不是受那只冷面鸟的差遣来找你的。”花昭锦摊开双手示意自己会接住她，“下来！”

琴无琴不搭理他，又躺下了。

在她一眨眼间，花昭锦已飞身踏步上了树来蹲坐在她面前不耐烦地问：“你到底何时嫁给我？”

“唉，又来了，你有完没完啊，现在这样成天在一起不是挺好吗？做了夫妻不也就是这样。”

“夫妻不一样，可以做的事不一样。”

“哈？”琴无琴一愣过后爽朗地笑起来，边抬脚要踢他边故做痛心疾首状道，“我这是造了什么孽把你养成了一只这么色的狐狸！这脑子里成天想些什么豆腐渣般糟糕的事哪！”

花昭锦敏捷地抬手握住她脚掌，一本正经地说：“我要跟你生宝宝。”

“你想得美。”

冰雀那声线犹如冰封般毫无起伏的嗓音由下方传来打断了俩人的对话。

“冰雀？”琴无琴迅速朝树下张望，见到花瓣轻扬中，冰雀穿着一身她为自己挑的红莲灰色长裙。

冰雀自从离开西鳞楼后就不爱华丽的艳色了，整日穿着和她脸色一样冷的冰蓝素绿色的衣裳，琴无琴想她正是娇艳欲滴的年纪，多适合穿得跟花儿一样啊，便整日缠着她劝说。

冰雀经不住琴无琴闹她，终于妥协选了比艳红低调的粉色系。灵栩和左芷清见了喜欢，也迷上了凤仙粉、米红等粉色的衣裙。

岛上的姑娘们见几位领导者穿得好看也起哄跟风，不过都挑了奶棕、浅粉，最鲜艳不过银珠的粉裙，因为琴无琴珠玉在前，没人有自信能把大红穿得比岛主好看。

最后整座青翠的无琴岛上仿佛被柔嫩色的群花覆盖，当姑娘们嬉笑起舞时，如百花齐放、万鸟争艳般好看得缭乱。

当穿着这身粉裙的姐妹们结伴在镇上出没时，民众都能一眼辨出来是“无琴岛上的姑娘们”，有些人初听以为是“无情岛？”，便会被人反驳“那儿可一点儿也不无情”。

受岛主琴无琴的影响，看似柔弱的大家个个身怀武艺、一身侠气，路见不平必定拔刀相助，佳话传出千里，引得越来越多苦命的女人前来投奔。

这四年里，好动的琴无琴一刻也没闲着。

她和星脉堂出身的左籽冬一块钻研武学，糅合元治苦教过的怀悲拳法、棍法与剑术，针对力量不比男性的姑娘们，研究出一套配合兵器以快、准、狠为要点，避免胶着战斗消耗体力，动作极致轻盈犹似舞蹈的功夫，然后取了个她自以为又狂又拽的名字：绝世无双游龙谱曲星悦琴链剑——当然岛上诸位是采用了缩减过后的简洁命名：无琴星悦剑。

琴无琴不服，非要冰雀把“链”字加进去，因为为配合这套功夫由她亲自设计的“链星剑”可是她的得意之作，这剑是骨节状呈极细链条形，可以缠在腰上、卷在腕上藏在腰带和衣袖中，在对阵时出其不意甩出来，配合手部动作弯曲成各种形态，照她话说美观又好用，真是姑娘家家外出防狼必备好兵器。

当然她的任性妄为只有冰雀会全盘接受，所以虽然她同意她的要求并每次提及这套功夫都以“绝世无双游龙谱曲星悦琴链剑”来称呼，却始终没能普及给第三个人。久而久之——

“灵栩，这天阴云密布恐怕有雨，招呼大家集合把今日的‘绝世无双游龙谱曲星悦琴链剑’给早些练了吧。”

“芷清，籽冬前几日与我说她试试将‘绝世无双游龙谱曲星悦琴链剑’的一些招式缺陷给修正了，什么时候能正式提出来？”

“关于‘绝世无双游龙谱曲星悦琴链剑’……”

听面若冰霜的冰雀半分迟疑也没有地将这个称呼挂在她只说严肃话语的嘴上——众人想笑又不敢笑简直快要憋出人命，尤其在一些重大场合更是在她一张口间就使本来紧绷的气氛变得像在说笑，实在违和得叫人不能忍。

于是，琴无琴在众人央求下百般不情愿地找冰雀改口，说她承认大家认可的那个功夫名儿了。

正因为冰雀对琴无琴百般宠溺，所以调皮得有些无法无天的这位挂名岛主也只对冰雀千依百顺。所以这会儿，冰雀站在树下仰首对她说："无琴，能下来吗？"

琴无琴想也没想就一声"好哟"飞快地溜下了树，挽着她的胳膊亲热地问："什么事呀？"

"这不对！"花昭锦坐在树干上不满地冲她叫道，"你为何对冰雀那么好？你应当只对本大少爷好！你这个蠢女人。"

见琴无琴不理他，只顾着和冰雀谈笑远去，他双手抱胸待在原地生闷气，但视线却被上了锁般追逐着她——

这个蠢女人越来越美了。

原本就像是从美酒里开出的牡丹，经过日积月累的玉液滋养，这朵花开得愈发放肆浓烈，只远远一瞥就能将人醉倒——

他当然不会当面夸她，因为琴无琴脸皮太厚一定会理直气壮地说她知道，而当她如花瓣片片分解般绽开明媚笑容时，即使拥有狐媚之力能魅惑众生的他也一定会为之目眩神迷。

【二】

落日黄昏中，在东莲与南雕交战的国境线北的湍急河流旁，东方劫坐在由数十名东莲军人堆积而成的尸山上，正无意识地摩挲着手中的一串泪珠形红刚玉项链，双眼漫无目的地顺着飞星溅沫的河面凝望远方。

他头发梳理得一丝不苟，沿鬓角蓄起了整齐的胡须，肤色比过去略显病态的苍白要黑了一些，穿着南雕的靛蓝色军服和大将才配备的云灰色铠甲，腰间佩挂着由名匠铸造，其青金色剑鞘雕刻极具南方特色的宝剑。

取得了蛩死奴大军后，他与祈嵘就化名离劫和离祈嵘向南雕的部队投诚，他提出的条件是助南雕夺取东莲五座城池后，他要分走其中一座由他管辖。

当时南雕的镇军大将军江冽对他这名看来只会纸上谈兵的美男子很是轻视质疑，于是东方劫以接连十六场大小战役的胜利向他证明了实力，使江冽大喜过望地与他签下了一纸协议，同意了他的要求。

到如今，东方劫已助南雕拿下了四座城，代价是九千九百名蛩死奴已全军覆没，但他并不在意，因为目前为止他计划中想要的东西已经得手，此时的他已是南方帝国的堂堂壮武将军，手握十万兵权。

只要再拿下一座城，他在东莲国境内就有了完全属于自己的领地，到那时便起兵造反与南雕撇清关系，宣布独立后从国内向皇宫发起进攻，一举拿下皇座。

一切按部就班地发展着，就像从斜坡上推落一颗圆石，越滚越急，距离目的地越来越近，对这一切感到满意的东方劫却随着每一次日升月落，没来由地越来越焦躁。

“离兄！”一个骑着高头黑马的健壮青年从远处向东方劫打招呼，他穿着绣有南雕图腾的华丽宝石蓝色军服和漆黑兽皮制作的披风，左边脑侧垂着两条细长的辫子直到胸口，蓬松的浅褐色长发使他看来像是刚成年的雄狮。他是南雕太子窕烬骋。

东方劫回首眯眼看到是他，点了点头示意后转过脸去继续发呆。

“嚯，好家伙，这都是你一人干的？”骑到东方劫身前，窕烬骋翻身下马踢了踢地上已经冰凉的尸体，敬佩地望着他大发感慨，“若是我国的将士都如离兄这般勇猛无敌以一当千，那别说是一个东莲了，再来几个也能轻松拿下。”

东方劫微笑道：“太子殿下过奖了。”

“说真的，老子真想使你这样的英才取代江冽那废物，那王八蛋就知道躲在军帐中拍桌子瞎嚷嚷做出一副运筹帷幄的鸟样儿，从不上战场与众战士同呼吸共命运，所以才会下达那许多叫我们去送死的愚蠢指令。”窕烬骋经常与士兵们混在一起披甲上阵，才会对东方劫的种种事迹功绩格外了解，他对他十分欣赏，所以从不计较他不似其他人般对他阿谀奉承，甚至几度提议俩人做结拜兄弟。他边说着边一跃来到东方劫身边坐下，递给他一壶酒道：“等老子登基了，还望离兄能做我的左膀右臂。”

东方劫接过来仰头咕咚咕咚猛灌几口，畅快地长出口气。

窕烬骋见他的手指一直无意识地揉着指间的项链，顺嘴问：“这是打哪儿来的？”

或许喝了烈酒的缘故，入了军营后以寡言著称的东方劫难得多话道：“一个成天迎风笑的姑娘，虽然烧得一手好菜，却没半点丫头样子，像男人一样大口喝酒、大口吃肉，好动又粗鲁，飞天遁地、上树下水，捉鱼狩猎都在行，还喜欢打架。她行事风风火火，从不说谎，说话算话，喜形于色，逍遥自在。”

窕烬骋听了，豪爽地笑起来道：“听起来像个缺心眼的傻子。”

“就是傻啊。”东方劫含笑又喝一口酒，“又傻又疯。”

此时，祈嵘骑着马从窕烬骋过来的方向远远喊道：“太子殿下，皇上正在找你。”

“离兄，去找些乐子吧。”窕烬骋拍拍东方劫的肩后跳下尸山，边掸了掸身上灰尘边说，“巡视这活儿无聊又累人，不需要你做的。”

“只是闲来无事而已。”

“你最好去洗一洗换身干净衣裳。”窕烬骋上马骑远，挥了挥手高声道，“稍晚的时候引荐你与父王认识。”

待窕烬骋远去后，东方劫吹了一声口哨，在不远处埋头吃草的毛毛立刻跑了过来，他上马后问靠近的祈嵘：“皇上来了？”

“嗯，似乎大战在即，他要亲自来布置战略。”祈嵘瞟一眼着东莲国军服的士兵道，“又是调查小队？”

“沿河过来的，被我撞见了。”东方劫稍一沉吟后说，“估计皇上来了的消息要不了多久就会被那边知道，恐怕会有偷袭的刺客。”他掉转马头示意祈嵘跟上，“为防万一，带上一支轻装弓骑，我们去林中巡逻。”

“好！”祈嵘策马追上，在兄长身侧道，“大哥，一切顺利，离收复祖上国土的日子越来越近了。”

“但愿。”东方劫将琴无琴的项链收入怀中。

【三】

“欸，你不是……”琴无琴站在自己房间中，看着眼前穿着桂皮色童装还盘着两个团状发鬟的夏无。

“姐姐！”她学着普通孩童的动作以稚嫩童音，有些做作地扑上去问，“你不记得我了？”

“记倒是……有点儿印象。”琴无琴闭眼揉了揉鼻梁，很是努力地回忆，的确曾在蛮王的城堡中见过这个神情与大人无异的小女孩儿，就……站在……那个很好看的陌生人身边——

站在俩人身后的冰雀说：“既然认识，就让她先留在你这儿，我去叫人去镇上寻找她母亲。”

夏无说她和娘在镇上走散了，她们母女曾被琴无琴救过一命，所以背了一些家乡的土特产找到岛上来谢恩的。

等冰雀离开房间后，夏无立即恢复了她那与陶瓷娃娃脸十分违和的老成眼神。

她一鞠躬道：“老身今日来是为报恩。”

“可，我没救过你啊？”琴无琴非常迷茫。

“是为报答东方劫少侠。”

“东方劫？”

又是这个名字。琴无琴并不是第一次听到。有时花昭锦和冰雀在谈话时，俩人会无意间提及，当他们发现琴无琴也听见了他们的对话时便会一瞬无措，在她茫然追问时，他们都不肯再多说。那还是刚回岛的时候，近两三年已经再没听他们提过了。

“东方劫究竟是谁？”琴无琴忙蹲下来，双手扶着夏无的肩焦躁逼问，“到底和我有什么关系？”——她凭直觉认为这个人对她来说至关重要，不然不会每次听到他的名字就会唇焦口燥、心慌意乱——但她分辨不了对这个人的感情，是爱？是恨？一旦细思，呼吸紊乱。

夏无答道：“他是你至爱之人。”

是爱？琴无琴身子顿时软下来坐在地上，似乎为终于一揭谜题而长舒口气。

“多得少侠相助，老身终于能返回家乡为我身患顽疾的丈夫送终，我的孩儿们早已忘了我的模样，与妻儿们生活平淡安乐，自此我已再无牵挂。”夏无边说话边以她一双小手拨开琴无琴的衣领，指着她皮肤上一朵类似胎记的铜绿色雪花图案道，“今日便让我倾尽毕生法力试试还你记忆。”

在她念起咒语时，其双手泛起白色柔光。

琴无琴在夏无触摸自己时被毫无预兆的犹似一剑穿心般的剧痛感击昏过去。

【四】

虽然这么多年来，东方劫感觉风向仿佛得天号令般一直顺着自己，但今日这股强劲的东风也未免顺得有些过头，几乎要将他托上云间，直达一步之遥的目的地——

他竟在无意间捉拿了东莲国的太子莲皇安源！

他与祈嵘在密林中捕到的刺客仅此一名，是个容貌清俊的少年，东方劫见他举止优雅、气质非凡又胆识过人，想来并非凡人，却没料想竟是太子。

南雕军帐内为此大为振奋，全营盛宴，仿佛有了这样一个特别人质已不战而胜。

在酒宴上，白发白须的老皇帝笑逐颜开地问东方劫要何奖赏，他直言不讳说要一座东莲的城，话音刚落就叫喧闹现场鸦雀无声，老皇帝倒不惊讶，他问还有别的吗，东方劫说，就要一座城。

老皇帝并不迟疑地拍掌笑道："好好，你立此大功，要如此奖赏并不为过。"

见皇上高兴，众人又举杯喧哗起来。

狂欢虽只持续了三日却使整个军营中人心涣散，说好的两军大战已变得遥遥无期，似乎因为太子这个筹码，两国间正暗中进行谈判，南雕的胜利已成史书一笔。

十日后，喜讯传来，东莲已签下降书同意了南雕提出的所有条件。自此，大陆上东南两大帝国间数年来的拉锯战正式告一段落，众将士又是一阵欢呼，老兵们粗声大笑又骂骂咧咧地将兵器摔在地上，年少的战士们喜极而泣地抱在一起感激自己还有命活回老家。

东方劫被在熙攘人群中穿梭的一个浑身裹得严严实实的白衣人吸引了视线，那人从头上面罩到手上的手套和脚上的鞋，以及后背上的长方箱笼，都是一尘不染的雪白色，他衣服里塞得鼓鼓囊囊显得非常臃肿，看不出原本的体形。

这大约是第三次见到他，第一次还是窕烬骋远远指着人家对他介绍，说那是一位发战争财的异士，不分敌我地来往于各个军队中兜售市场上难以觅得的毒药和良药，众人猜其来自神秘的欢狱谷。

虽然东方劫见不到那人容貌，但远远从其身上气质就感觉有些熟悉，正想上前去一探究竟，祈嵘从身后叫他："大哥，大将军请你赴宴。"

"嗯。"他回首答应，再转身一看，那人已如白日鬼魅般不见踪影。

素来稳重沉着的祈嵘受到周遭气氛所染，此刻也有些慷慨激昂，他对兄长道："今夜为你而设的宴席摆得很大，皇上也会出席，应该是要落实赐你城池一事了。"

大势已定，即使谨慎如东方劫也有些放松下来，他大步擦过祈嵘身边时发自内心地轻笑道："别急着激动，到手再说。"没走两步，他背冲着他想起了什么，"祈嵘，在我们复国后，即使你反对……"

"大哥？"

东方劫垂在身侧的手腕上系紧的红玉项链正轻轻转动着，流溢着血色莹光。他转过身来语气坚定地说："开国皇后的位置，我已有人选了。"

【五】

花昭锦像往常一样飞檐走壁来到琴无琴窗外时，见到夏无骑在已经昏厥的她身上，正念念有词地以被光芒笼罩的双手按压在她胸口，他急忙跳入房间将她一脚踹开吼道："臭老太婆，你干什么？"

他蹲在琴无琴身边将她抱在怀中察看，胸前的那朵中毒后留下的雪花印记被一片盐巴状粉末覆盖，他连忙掸去后见到她的皮肤恢复完好无瑕，似乎从未被蛩王的巫毒伤害，这才反应过来夏无并不是要谋害她。

"你……"花昭锦愧疚地抬眼望去，见夏无正急速老去，原本光滑红润的皮肤上仿佛经受好几百年的风吹日晒般出现干枯裂纹。

夏无似乎没力气抬头般垂着脑袋，颓废地坐在地上瞪着他以老妇嗓音沙哑道："你这小子打断了我的净化，咳咳，也不知她的记忆是否恢复，只恐怕失败……"

他紧张地问："她会怎样？"

夏无浑浊老眼仿佛看穿一切，充满惋惜地对他说："狐狸……放弃她吧，她与东方劫之间的命数缠绕得紧、纠葛不清，剪不断、理还乱，他们这几世的孽债不是你能左右得了。再说了，你们一人一妖，道不同，终归活不到一块儿去……"

"闭嘴！你懂个屁。"花昭锦不爱听她这些废话，冲她露齿嘶吼，"老子是颠世狐妖，这么一个破凡尘——能有什么难于上青天的事——偷星换月、排山倒海，那也全难不倒我。只要老子乐意，即使是天注定得不到，本少爷也要逆天而行！"

夏无轻轻一笑，张了张皱纹密布的嘴以历尽沧桑的语气幽幽道："我这一生匆匆忙忙，无意有意、身不由己间也造了不少孽，爱也爱了，亏也吃了，恨不够了，看尽悲欢离合。你们这些孩子啊，明知不可为而为之，倒是比我勇敢许多……”或许因为竭尽全力，她的身体在她颓然合眼过世后化作了一摊粉尘，“都罢了……”她最后唱了一句年头久远的老词，在她遗留的骨灰上随窗外爬进来的风盘旋留恋了一会儿后，一同散了去——

“既已劫数难逃，不如将爱恨酿酒，使风雨当歌。”

【六】

“祈嵘！”在灯火通明、觥筹交错的庆功宴上，东方劫突然捂住胸口，一掌拍飞坐在身边的祈嵘手中已端在唇前的酒杯道，“酒里有毒。”

他一声暴喝与酒杯摔落在地的滚动声使兴致高涨的众人都安静下来，大部分人不明情况地面面相觑，有些人则心知肚明地以冷漠眼神凝视着转瞬面无血色、浑身发颤的东方劫。

随着江冽阴笑着站起来，数名全副武装的将领也站了起来，更有十几名举着兵器的士兵进入帐篷。

祈嵘旋即抽出腰上佩剑，挡在东方劫身前。

“谁都不要轻举妄动！”窕烬骋站起来，疑惑又愤怒地向皇上发问，“怎么回事儿？”

老皇帝一脸昏昏欲睡的安详眯眼状，似乎对眼下一切并不关心。

傲睨得志的江冽站在皇上身边，以狐假虎威之姿擅自代他向太子解答：“东莲已与我国达成一致，其太子将无期限由南雕软禁。从今以后每一年，东莲这只被阉了的狮子都要向我们源源不断地进贡大量的、昂贵的稀缺物资，以此交换双方结盟，在我南雕遭遇他国挑衅时无条件给予战力支援。”

听了这番话，窕烬骋明了与其说他父王是不想向东方劫兑现承诺了，不如说风云变幻之后，有勇有谋、一意孤行的东方劫对他们来说成了一个难以控制的极端危险人物。

窕烬骋亦拔刀跃到祈嵘身前冲他们一挥手道："你们快逃！"

"太子殿下，莫要拦着我们捉拿叛贼！"江冽迈上一步，一扬手向众人下令，明白了大将军与皇上的意愿，本就对功高盖主的东方劫充满嫉恨的人纷纷包围上来。

"呸！你这忘恩负义的老贼，若不是离兄，轮得上你如此风光！"

因为有太子窕烬骋保护背着东方劫欲退出军帐的祈嵘，端着长枪短剑的士兵也不敢贸然上前。

"还愣着干什么，上！"江冽急了，在皇上面前揽足了功劳的他不顾与窕烬骋的君臣关系冲属下怒吼，"若伤着太子也是无奈之举。拿下叛贼首级者赏黄金千两！"

得了大将军鼓励，众人咆哮着一拥而上。

在窕烬骋掩护下，祈嵘浑身浴血地杀出一条生路，骑上了闻讯挣脱缰绳奔来护主的毛毛，在体型庞大的神驹扬蹄恐吓下众人受惊分开的那一瞬，祈嵘立即驾马狂奔，飞跃数个栅栏逃出军营，却见身后无数骑兵追上，嗖嗖作响的箭雨从他耳边飞过，他俯低身子成为东方劫的肉盾，数箭直入他肩膀、大腿，他咬牙折断甩落一边，心想这么下去是摆脱不了了，对方处处杀招欲将他们逼上绝路，摆明无心留个活口。

"大哥！"他们已进入密林，祈嵘呼唤已意识不清的东方劫的同时并不放松策马，迎面许多针叶随着劲风而来在他脸上划出一道道浅浅的血口，他大声在兄长耳边道，"大哥，若没有我和焕站在你殿前俯首，若我和他见不到你端坐在皇座上的样子，做皇帝还有什么意思呢？"

东方祈嵘是个粗人，没有太多细腻的情感，与其说平日话不多不如说他没什么想说的，在如此为难时刻，他却越说越动容，连粗犷音色也仿若低声吟唱般在风中沉淀下来，或许因为这是他最后一次与他说话了——

"大哥，我和焕要的是为你赴汤蹈火、征战沙场，为你鞠躬尽瘁在所不辞……换作别人来为你肝脑涂地，做你的心腹要臣。我们不愿意。你要去做别人的皇上了，我们见不到，我们不愿意啊。”

满脸冷汗的东方劫听出弟弟在向自己道别，他中毒后无比虚弱的身体使不上力，手却死死抓着祈嵘的胳膊，因张不开嘴说话只能皱眉怒瞪他，示意祈嵘不要犯傻。

“下一世好吗？”祈嵘脸上全是不舍地用力将东方劫几乎要与他皮肤黏作一体的手从自己胳膊上拨下去，“我们三个还做兄弟，多少个东莲，我们都会替你打下来。”说完，他将马绳绕在东方劫身上牢牢固定住他摇晃的身体，才仰身一跃在空中翻了一滚后稳稳地落在地面，见毛毛不解地顿了一下才继续奔跑。

看见东方劫固执地回首张望，祈嵘又想起什么来冲他大喊：“至于我的嫂子是谁？”他举起握成拳的双手，做出向东方劫敬酒的手势后又仰首一饮而尽，随即往身边做出豪迈的摔杯动作，一抹未沾滴酒的嘴。总是一副保守木讷样子的他，难得明朗地大笑起来道，“你明知道，你的一切决定，我都是不会反对的。”

东方劫发颤的瞳仁中倒映着弟弟最后的身影，宽肩阔背的他反身拔出血迹斑斑的长剑，毫不迟疑地迎向正穿过灌木丛而来的追兵。

第十一章

云軌

【一】

花昭锦没料到随着琴无琴的苏醒竟迎来了翻天覆地的变化——他不知眼下这波谲云诡的命运究竟是走向好，还是朝着坏——

“我全想起来了。”

当她像是被花昭锦从湖里捞起来的溺水者般猛咳着清醒过来后，惊恐地抓着他胳膊说的第一句话是：“你、你是花昭锦。”

正在花昭锦为她这句话感到莫名其妙时，她急不可耐道：“我是慕遥。你的名字是我取的，你是我救回来的白毛灵狐，我们一起住在森林中的木屋里……还有婆婆，她、她怎样了？我？我死了。”她面容惨白，纤细手指颤抖地捂着嘴，宛若在噩梦中受到巨大惊吓而醒过来般思绪混乱不堪，说话颠三倒四。

“你——”花昭锦半晌才理清头绪，又惊又喜地问，“你竟将前世忆起了？”

将前世今生记忆混淆在一起的琴无琴竟露出了花昭锦熟悉的巫女慕遥的神情，她眼神如蒙雨雾般迷乱地盯着他道：“花，带我去找他。”

“谁？”——不用她下一句话，花昭锦已知晓自己在明知故问。当她真的开口，他心如刀割——

“东方劫，太子殿下、我的东方离劫。”

她说的是东方劫，亦是东方离劫，是她前世的恋人。曾经的东莲国第一王的长子东方离劫，现在的古皇血脉族人御王爷东方劫。

前尘往事尽在眼前的花昭锦顿时如遭雷劈般瞠目结舌，因为他回忆起慕遥幽会的那个皇族男子——虽然只是匆忙偷窥过一眼——如今再透过昏暗月光分辨模糊记忆中的朦胧身影，瞪眼细看，那人昂首挺拔的身姿和傲世轻物的模样莫不就是东方劫！

花昭锦终于醍醐灌顶，为何他能抵御他的移魂寄体术，因为他不单单是远古皇族血脉的正统继承人，他更是太子的转世——本应继承开国皇帝之位，成为东莲史上第二代皇帝的东方离劫。

是他！竟是他！——

花昭锦怀中虽真真切切地抱着琴无琴，却感到身下是一个巨大的流沙黑洞，正以无尽虚无之姿怀揣满满恶意地一点点将他吞噬——

这一切果真如夏无所言，冥冥中自有天注定。

琴无琴与东方劫之间的孽缘竟在经历这许多生生世世之后仍然顽固纠缠。他花昭锦苦苦追寻、狼狈乞求，不抵他东方劫姿态翩翩、悠哉而至，他只要漫不经心一伸手，他视若生命源泉的琴无琴、他的毕生珍宝之最的慕遥，就会头也不回地奔向他去。

莫非千年之后，他已是颠世狐妖，却仍要败给已经不再尊贵的区区一介凡人东方劫？！

“不、不，不！”花昭锦抱紧分明就在自己怀中安然昏睡，但他感觉却像一座沙雕般逐渐流失、弃他而去的琴无琴，嘴角流下被他咬破嘴唇而溢出的血丝，眼露凶光地发誓，“杀了他，我要杀了他，将他碎尸万段，叫他永世不得超生。”

叫他永永远远不能再于她眼前出现!

【二】

东方劫经不住颠簸终于摔落下马后，已不知被毛毛载着跑了多远。

他仰面躺倒在一片湿乎乎的烂泥中，周遭叶片似要为他遮阳般弯下了腰。在缄默的森林巨人怀抱中，有树叶沙沙与断续虫鸣声，远方的野兽低吼和烈日炙烤万物发出的嗞嗞灼响，除此之外再听不见一丝追兵人声、马蹄踏响。

昏昏沉沉间，他好似漂荡在如梦似幻的紫水晶色海面上，身体正无休止地旋转、下沉，他挣扎着四肢想要游离这片布满了扎人皮肤的晶片碎末堆积而成的海，却吸入了越来越多的尖锐如残破刀片的碎渣进了肺里，使他快被自己体内被胡乱刮擦而不断涌出的鲜血溺死。

不知过了多久，在他弥留之际，一串润喉甘露滑进了他微张的嘴中，像是一张被蒸煮过后的微热纱布从体内包裹了他被搅烂的伤处，将内出血小心而仔细地止住了。

东方劫强撑开干涸的眼皮，只见到模糊的白光。这白光伸出了一双柔滑冰凉的手，像是露水滑过叶片般轻触着他的脸，在他再一次昏死过去后，残存的意识使他感到自己的身体被白光如云般轻轻笼罩，托了起来。

【三】

花昭锦本以为琴无琴恢复了前世记忆后所受冲击太大会陷入恐慌消沉，他怕她做傻事，所以这几日亦步亦趋地跟在她身后片刻也不敢松懈，却见她除了刚醒来那一会儿整个人有些混乱之外，事后完全跟没事人儿一样。

“哟，这位客人是循着香气找来的？”琴无琴挽起一双袖子站在白雾蒸腾的厨房里，冲刚到门口为寻她而来的花昭锦招手道，“来都来了，帮忙搭把手。”

“你在做什么？”他走进去，看到灶台上放着一筐筐洗得干净的葱绿蔬菜，沾满了晶莹水珠子的油亮菜叶散发出雨后草地上能嗅到的清新气味，旁边几个大瓷碗里堆满了剁成块状和削成片的肉，排骨、牛肉和鸡鸭鱼的生肉腥气直叫他喉咙中咕噜作响。

“都看见了，还用问吗？”琴无琴边忙着手中活儿边说，“昨天冰雀提起在西鳞楼时，我给她做的虾饺。”她指一指身边的蒸笼，大大小小的一摞摞蒸笼中不单单是虾饺，还有各种荤素甜咸的包子以及花样繁多的烧麦和糍粑。

花昭锦伸手想揭开其中一笼看看，被她一巴掌拍开，扬起沾了许多面粉的脸笑道：“我从早上就开始忙了，既然要做，不如来个大手笔的，叫大家伙试试本神厨的手艺。”说罢，她递给他一筐已洗净但还未削皮的土豆，示意他帮忙。

拿起一颗大土豆在手里看了看，花昭锦犹豫地放到尖牙下啃起皮来，没几口就吐了出去嫌弃道：“真难吃！”

“谁叫你吃了！”琴无琴夺回来，“帮倒忙！”

花昭锦抱怨：“你对冷面鸟儿太好了……”

“记着你呢！”琴无琴撩起身边案板上的一块白纱布，下面是码放整齐已切好的豆腐。

“油炸豆腐？”花昭锦比见了真金白银还要兴奋地拍手道，“早说啊，我要去酒窖里偷壶好酒先热上。”

“哈哈，你真是一点儿也没变。”琴无琴以怀念的口吻说，“比起豆腐，难道从小狐狸变成大妖怪以后不该喜欢吃更好的东西吗？”

见她主动提及前尘往事，这几日刻意回避此事的花昭锦身子一僵。

“我还是不觉得我就是慕遥。”她边忙碌边说，“虽然全都记了起来，但我却觉得自己只是一个旁观者，看尽了慕遥的故事而已。我不是她，我是琴无琴，她很可怜，我同情她。我不可怜。”她转过来认真地盯着花昭锦重复，“我不可怜。”

她说在成为琴无琴之前，她经历了四次轮回。

经过了慕遥这第一世后的她是一只通体朱红的小鸟，还怀抱着对东方太子的记忆和感情，飞尽万水千山去寻他，最后力竭而死。

第三世时的她是一只野兔，终于在雪地中遇见了转世成白虎的离劫，此时对他已印象模糊的她却着了魔、中了蛊般被危险吸引，匆匆结束了短暂的生命。

第四世，她是一个乡下的少年孤儿，已将离劫这个人忘得干净彻底却一生未曾娶妻，面对村民关切询问的他也说不出任何不与人相爱的缘由，三十岁便在孤苦无依中郁郁而终。

“然后我就成为琴无琴了，成为现在这个我，心事不多，贪吃嗜睡，知足常乐……说难听点儿，算是个傻子吧。”她自顾自笑起来，“但是遇见东方劫以后，有时身边一旦静下来，就会叫我悲伤，会忍不住想很多，如果我没遇见东方劫会如何？——我总是在想他的事……为什么我已经忘光了他的事，在与他初遇时还是会无知无觉地为他着迷呢？即使中了蛩王的毒，失忆了的我还是忘不了只匆忙见过一面的他，这是为什么呢？”

花昭锦无言以对，他此刻并没有妒意，只是体内翻涌的苦涩滋味快将他吞没。

她说：“他对我来说就是一个诅咒，是我的劫数。无论我是慕遥、是鸟、是兔子还是少年，无论我作为琴无琴死后，成为了一条狗、一尾鱼或是别的什么，我都会惦记他，无论他是男是女、是猎人还是屠夫，在遇见他时，我一定会义无返顾地奔向他。”

在花昭锦为她这一番痴情发言快将要自我了断在她面前时，她下一句话却是——

“我不愿意了。”

她将片好的豆腐用长过小手臂的筷子小心夹起来一块块放进滚开的油锅里，语气平静地说：“我不要再为了一个人生生世世这么残忍地对待自己，在作为深爱着一个男人的一个女人之前，我首先是一个人，有自我要善待，有日子要打发，有天下美食要尝，有许多好玩意儿要去见识的，人。”

逐渐焦黄的豆腐没多久就香气四溢，但花昭锦此刻全部的感官都被琴无琴面部所有细小的动作和舌头卷出的每个词汇音节所捆绑。

他由于不敢置信而结巴地问：“你、你，是、是说，你放弃他了？”

“他能为了江山放弃我，我为何不能为了自己，放弃他呢？”琴无琴慢悠悠地一片片翻转着锅里的豆腐，“我又不欠他的，倒不如说他欠我太多。我琴无琴这么好，何苦要委屈自己在爱里做低声下气的那个人。”

“我不会为了任何东西放弃你，再好的东西也不会，因为我想要的只有你，最好的就是你。”花昭锦情不自禁地握住她的手，因为激动而涨红了耳根道，“你该和我成亲了。”

她不以为然地笑道：“傻狐狸，你是长生不老的大妖怪，我是只有短短数十年光阴的人，我会死的，那时你会难过。”

“你要是死了，我可以再去找你下一世，无论你是鸟、兔子、少年，还是一条狗、一尾鱼或是别的什么，我都会找到你、陪你。本少爷不会死，所以会永远记得你，去找你。”

“不要，生生世世地惦记着一个人，那滋味我尝过，太苦了。我不要你受苦。”

“可我乐意为你吃苦。”

花昭锦一手握着她一只手，另一手穿过她肩膀将她搂向自己，俯身欲吻。

面对平日趾高气扬在此刻难得低下头来柔情似水的狐妖，琴无琴却下意识地身子后倾，以手按住他裹着剧烈心跳的胸膛，犹豫地说：“我爱一个人爱了好几辈子，要我再爱上另一个，真的很难。”

她想叫他知难而退，哪知他心志难夺。

她傻，他更傻，她爱了一个人几辈子，他亦固执地爱了她千年。

花昭锦九死无悔地迎难而上道：“可我能等，千年我也等了，再来一个千年，我依然可以等。”

只与东方劫吻过的她，习惯了他肆意索取的霸道，以为吻是吞噬天地的凶猛海啸，却不知原来吻也可以是这么小心翼翼如羽轻触的温柔。

【四】

为何会活成现在这般刚愎自用、焦头烂额的模样呢？

东方劫躺在晃晃悠悠前进的木板车上并没有恢复神志，在暗黑无边的深层意识中他无知无觉地回顾了从懂事开始经历的一切——

“我们体内流淌着东莲至尊之血，我们东方家是皇族正统后人。”

东方辰常把这句话挂在嘴边，以此极尽严苛地要求、管教东方劫，令其言要慎重、行要优雅，不可令东方家族门楣蒙羞，久而久之，尚且年幼的东方劫亦如其父、更甚过其父地为自己尊贵身份备感自豪。

直到他成为英姿飒爽的少年时，与镇上官员之子的一次冲突，叫从小自命不凡的他遭受了前所未有的冲击和打击。

对方是个仗势欺人的跋扈青年，东方劫因为俩人的父亲关系而与他偶有来往。当时他见到他在后院里好玩似的吊死了东方府里下人养的狗，便上前理论发生口角，因为气不过对方嘴脸难看的挖苦嘲讽，东方劫便动手教训了他。

结果是东方辰带他亲自上门，压着他的头向那被打断骨头却一脸扬扬自得的混账赔罪。

到这时，东方劫才知道，原来父亲看似与许多官员交往甚密，却并不能与他们平起平坐。人家与你来往不过是借东方族人名号为自己添些顶上光环，他们打心眼里却是轻视你的，因为要论到权力，你再高贵又如何？还不是半分也没有。连一介小小的县官都能借故找茬，就算动不得你这个人，要叫你不痛快却也容易。

所谓名门望族东方家，不过是被关在笼中供人观赏的美丽老虎。

——原来那小子的刺耳辱骂句句属实。

权力化成的欲望之鬼便是从这一刻开始蚕食着东方劫那颗自尊严重受挫的赤色心脏，即使他事后设计谋杀了为他种下这棵毒草的那官员儿子，却也不及阻止体内的恶之花越开越甚。

他想要权力，要很大、要至尊的权力，无论是万人之上一人之下的将军还是丞相，全不足以填满他日渐空虚壮大的胃口，他要做皇帝。他要使东方之姓再次光复大地，他要一跺脚叫举国俯首，要一挥手便呼风唤雨——

虽然年少但他心意已决，哪怕从此化身人面兽心、丧尽天良，他为登皇座，任何人事物都可以肆意牺牲。

所以，为赢得秦慕遥芳心，他才能忍气吞声地笑面相迎，甚至跪下做她专属奴隶。

【五】

东方劫知道自己在出生前就由父亲做主与人许下了婚约。

他比她大三岁，初见六岁的秦慕遥时，她已如小大人般知书达礼、巧笑倩兮，与寻常的大家闺秀没太多差别，一举一动都得体大方得叫周遭大人们感到赏心悦目，却叫东方劫觉得无聊。他当时没料到这个文静大小姐背着长辈们时竟是另一番样貌，那么他定是唯愿她如表面看来这般无聊的。

见过几次面后，在周遭没外人时，她突然语出惊人：“欸，你跪下。”

“你说什么？”因为被父亲托付要照顾秦慕遥，才迫不得已看孩子的东方劫盯着直指自己鼻子的粉嫩小食指，面上常端的假笑旋即凝固。

“你是我夫君，所以你要为我做牛做马。我叫你干什么你就干什么。”秦慕遥昂起她的下巴，手指从他眼前移开指着地面道，“我现在想要骑马，你跪下。”

他在石桌前坐下，跷起二郎腿摆出“懒得理你”的姿态。

见他无视自己，秦慕遥踮起脚尖狠狠一巴掌打在他头上说：“我告诉东方伯伯，你欺负我。”

“你这小鬼！”被打得眼冒金星的东方劫弹起来，恼火地一掌将她推得飞了出去跌在地上，“你今日打我这一掌，当心我往后天天打你！”说罢，转身要走。

“你要不依着我，你就是坏夫君。”秦慕遥坐在地上倒也不哭闹，她扬起嗓子道，“我就不要你了！”

“哈哈！你以为我想要你呢？”

东方劫一阵冷笑，甩甩袖子把她一个人丢在开满郁金香的庭院中。

事后秦慕遥向东方辰告状，不出东方劫意料，父亲果然指责他不懂事。他只是想不明白不过是孩子打闹，他为何也这般认真计较？

渐渐长大后，他终于明白，虽然东方辰说与秦许功订下这娃娃亲是因为他与他是拜把兄弟，但他应该是看上了秦家殷实家底，两家联姻后，有助于壮大东方家族实力。

十二岁立志要夺天下的东方劫从此收敛戾气、趋利避害，学着父亲的样子对有益于自己的达官贵人们笑面相迎，更与打心眼里瞧不上的名门子弟亲密来往，渐渐在圈中声名远播。

思及秦家财力对自己未来的支持，东方劫面对颐指气使的秦慕遥时也终于耐下性子来，虚情假意地哄着她，甚至真老老实实地五体投地请她骑上自己后背，无论在心中如何阴险谋划有朝一日怎样报复，表面也体贴入微地连声关切：“遥儿，你累不累？渴不渴？东方哥哥带你买好吃的去。”

不知不觉待到秦慕遥亭亭玉立，她也不再嚷着要“骑马”了。

此时已从纤瘦少年脱胎换骨成高挑青年的东方劫，偶尔还会轻捋她的一缕发尾挑逗地问：“遥儿今日想不想骑为夫这匹马？”

她一双纤纤玉手轻柔地捧着他的手，面若桃花道：“夫君莫再拿遥儿的年幼骄横来取笑了。”

秦慕遥对东方劫是日久生情。

她六七岁时哪里懂得“夫君”是什么意思，只道是得了一个对自己言听计从的玩伴儿，直到她情窦初开，对这从天而降的夫君才愈看愈喜欢，他哪儿都好，容貌胜画、英姿挺拔，谈吐不凡、壮志凌云，最重要的是对她千依百顺、呵护备至。

时光荏苒，她对他日积月累的爱意如作茧自缚般快使她窒息，因为东方劫风流倜傥，身边总有莺莺燕燕暗送秋波，她整日忧心他会惹草沾花。面对她的疑神疑鬼，他也好脾气地柔声安抚，她便心安理得地在他的柔情中沉醉浮沉。

秦慕遥本以为东方劫对她的宠爱是亘古不变，当他突然对她改变宠溺态度转而不闻不问时——她并不知道他已勾搭上了云秀蓉，想通过娶其之女平步青云，才以冷漠态度迫她与他解除婚约——她以为是自己的蛮横无理终于叫他厌烦。

心中慌乱的她面对他冷言冷语却爱意更甚，更积极催促父亲秦许功为俩人举行婚礼，只想以自己坚定态度修复他被她伤害的心。

见这颗已失去利用价值的棋子如何也甩不了，东方劫也不再装模作样，他凶狠地捏着她那不及自己半个巴掌大的小脸道：“你还真当我喜欢过你了？你成日拿本王当奴隶使唤、当儿童管教、当物件处置，得是多贱骨头的人才会爱上你这个主子？”当他不再伪装深情，连呼出的气也凉过寒风，“你一定不知道本王有多厌恶你，我恨不得你去死，这不是气话。我打发下人为你定期送的补品里掺着慢性毒药，你这么日日喝下去，撑不到生子那一天就会死。”

他已把话说绝，她却固执己见，他愈是冷嘲热讽，她愈是从容不迫，偏要陷在他的虚情假意里执迷不悟。

“东方哥哥与我是天注定的夫妻，就是做了鬼……”秦慕遥因为从小体弱与人来往甚少，她的一方天地中除了血缘亲人外只有东方劫是切实的存在，她被他的忽冷忽热折磨得神经衰弱，长期喝的毒药也使她脑筋有些不正常了，她双手牢牢地握着他的手，眼神飘忽地幽幽笑道，“我也不会放手。”

若不是她突然无故失踪——东方劫恐怕自己真要等到她死那一天，才能摆脱这缠人幽冷的荆棘藤蔓。

【六】

为何会想起她来了？

意识逐渐恢复的东方劫模糊感到有冰凉刮刀在为自己剃须。以前秦慕遥不爱看他蓄胡子，经常亲自为他刮脸，最初手笨还划伤过他，技术娴熟后——就像现在这样——像一尾银鱼在他脸上游走。

这熟悉的触碰感使他想起她，亦有些不清楚今夕是何年，他人正身在何处？祈嵘还在东方府里等他回去吗？焕儿还活着吧？他怎么会做了噩梦以为他死了呢？

秦慕遥是不是失踪了？……他爱上了一个与她相像却又全然不同的女孩儿，她叫琴无琴……他是真的遇见过她吗？

还是这全是梦？从哪一刻开始是真？哪一刻是假？

东方劫张开干涸的唇呢喃：“琴儿……”

他的喉结毫无征兆地蠕动了一下，导致那抹“银鱼”不慎割伤了他的下颌，一丝鲜血流下来。

他睁开尚且浑浊的眼辨识着周遭环境，是一座废弃的庙宇。自己正躺在花岗岩地板上枕着一个人的膝头，此人通体白色装束还戴着遮住整张脸的雪白面具，阳光穿过洞开的破烂屋顶落在上面，一片明晃晃的刺目光芒，叫东方劫不能直视。

“东方哥哥，你我终于重聚了。”秦慕遥幽怨又欣慰的声音从面具后方传来。

第十二章

华彩

【一】

东方劫在秦慕遥的悉心照料下，在破庙里躺了两日后终于能颤颤巍巍地站起来，他走了没几步就趔趄了一下要摔倒，她扑上前来搀扶，被他毫不领情地推开。

他坐在一截落在地面的横梁木上，平复了紊乱气息后，盯着秦慕遥的面具命令道："摘了，和我在一起还戴着它干什么？真难看。"

秦慕遥站在阴影中，她那副没有任何图案装点的白瓷面具如在暗处悬空的一张没有一丝生气的亡者之颜。她说："我怕吓着夫君。"

"不过是破了相而已，就想吓着我？"

秦慕遥闻言迈进明处距他一步之遥的地方，抬手取下面具。

果然如她所言，她脸上从额头经过眉间直到右边嘴角处卧着一条狰狞如蛇的旧疤，生生把她那美丽如精工瓷器的脸给残忍地割成两半。

见到东方劫怔怔地瞪着自己不说话，秦慕遥想他可能被她惊着了，心间发凉地垂首欲戴回面具时，他突然站起来握着她的手制止道：“在我面前不用遮。”

秦慕遥心中回暖，伸手欲反握住他的手却又被他躲开，东方劫退出半步神色忧伤地凝视她说：“你受苦了。”

他方才猛地见到她那张与琴无琴一样的脸被毁成如此，确是震惊心疼，却并非为了眼前人。

并不知晓这一点的秦慕遥，见他愁容满面，还当是多年未见后他重拾对自己的关心，反倒感动地安慰起他来：“你别担心，已经不疼了。反正我要这一张脸也做不得什么用处……”话及此，她似意识到什么地顿了一下，话音减弱，“只要你不嫌弃。”

东方劫不以为意地扫了她一眼，此刻的她着束腰白裙尽显婀娜身段，当时在军营里见到的白衣异人就是她，难怪他觉着背影气质眼熟，她那时装扮臃肿是因为衣服里塞满了瓶瓶罐罐，也是为了伪装性别以利于行走江湖。他道：“往后你穿红色吧，适合你。”

“咦？”秦慕遥脾性喜静，穿的都是淡雅衣裙，在她眼中花俏艳丽的裙装都是小女孩儿或是青楼女子才穿的，不过既然东方劫这么说，她便羞涩点头应承，“那好。”

她不知道，他透过她看见的是另一个他只想在此刻放肆拥入怀中的女人。

“带我去见你口中救你一命，又救我一命的那什么环铊教主吧。”东方劫边说着欲往门外走。

秦慕遥拦住他，将一颗药丸递给他后，指着庙内的一扇挂满了蛛网的屏风后幽暗的拱门说：“他在里面。你先吃下这一颗屏神丹，否则与他见面恐怕危及你性命。”

【二】

在东方劫体内毒素渐清还不能动弹时，便叫秦慕遥一五一十地将她离家后的所有遭遇告知于他，为何会在南雕军营中出现，又是怎么成了制药使毒的高手？

她对离开秦府的原因只字未提，只说她收拾了细软想外出走走散散心，并没有目的地。

起初在几座大城小镇中穿梭时还算顺利，当她雇了车夫以马车载她去郊外时却遭遇了盗贼，惨遭侮辱——她以“被几个歹徒轮暴了”一句话轻巧带过，面上麻木不仁的表情似在说别人的事——这伙人杀了车夫后搜刮了她的财物，然后议论是要将她高价卖给奴隶贩子还是青楼。

她想着与其遭受无尽的蹂躏不如不要这张为她惹祸上身的脸了，于是捡了地上的一截树枝狠心用力一划。那些人见她毁了容，果然将没有价值的她随意丢在荒郊野岭便扬长而去。

身无分文亦没有食物果腹的她不懂分辨南北，在密林中迷路，总算找到一条林中溪流想喝口水，却在蹲下时因为体力不支一头栽倒，昏昏沉沉中见到无数条蛇不知从何处涌来，它们冰凉的身躯逐渐覆盖她瘦弱的身体，却并不伤害她，以为自己命数已尽的秦慕遥无奈地合上了眼。

等她再醒来时，便已身在一座废弃的破败庙宇，这雄伟的建筑被几百年来蓬勃生长、如潮蔓延的植物所深深掩藏于林中，早已被世人遗忘亦无人能寻见。

是环铊教主的蛇像往常般外出为他觅食时，将她当食物给带了回来。

环铊教主不是好人，却救了垂危的秦慕遥一命，甚至传授了她三十年的功力，授她制药解毒的知识，原因是他命不久矣，急需一名徒儿继承其神功，为他复仇。

原来他本是欢狱谷第二代谷主，因为贪恋女色，在老教主死后不顾只收男弟子的教条，广收女弟子为自己打造了不输皇帝的后宫。

他的师弟环影早已在师父指定他为下一任谷主时就心怀嫉恨，如今见原本只有男人的谷中因为多了许多女弟子，而渐渐从花丛树影里弥漫出了许多淫声浪语，使得因为与世隔绝而似寺院般叫教徒们清心寡欲的欢狱谷，变成了心浮气躁的烟花之地，环影对环铊长久压抑的不满终于爆发。

环影与几名同样对环铊不服的大弟子联手谋害了他，并当他面屠杀了全部与他有染的女徒弟，最后将他砍掉四肢，弃于不见人烟的深山老林中残忍地由着他自生自灭——

——听秦慕遥说到这里，千帆过尽的东方劫也不禁陷入沉思，他想不明白没了手脚的环铊为何没有饿死、渴死。

秦慕遥接下来的话解答了他的疑问："他凝神闭气自行止血，以'假死'状态在无人的林中一动不动躺了四百七十七天，直到他见到了一条金黄色的蟒蛇之王。它想一口吞了他，却迫于他身上散发出含有毒素的杀意而止步。在他与蛇王对视了七天七夜后，悟出了天下至毒的神功，驾驭了蛇王，统领了受它控制的千万条毒蛇，使它们成为能载他行动的坐骑，亦能为他觅食，只可惜他离不开这座森林，最后只得占领了这座废庙。"

【三】

秦慕遥举着一盏灯影虚晃的烛台在前面引路，东方劫才知道这座庙面积庞大狭长，他们已经穿过了数道红漆木门，前方依旧黑影幢幢，但他知道自己正在接近那位环铊教主，因为空气中难以描述的一种气味正越来越重，是毒。空气里全是毒。

即使吃了秦慕遥给他的丹药，身子还未完全康复的他还是会为这些避无可避的毒气头晕脑涨。

见东方劫时不时皱眉捂鼻，秦慕遥说："他练成神功后，浑身每一寸皮肤都不能自抑地流出毒素，无论人或动物一旦接近便会中毒，愈接近、相处愈久，中毒愈深，最终必死无疑。因为他的神功是基于欢狱谷的内功'欢狱诀'延伸而来，所以只有他的同门能立于他一步之遥处也不被毒性侵害，当然这也分修为，若是练功时长不足六七年的人也撑不了太久。"

听她这么说，东方劫明了了为何环铊会将她留在身边。

“这一带人烟稀少，距离最近的村落中也没人敢贸然踏进这一迷路就会丢了性命的森林。我是他二十年来遇见的第一个活人，只可惜身子弱，承受不住他全部的功力。”秦慕遥继续道，“与其说我是他的徒弟，不如说是由他驱使的下人。他在我体内种植了必须定期清除的毒，使我不能随意离开他。”边说着，她拨开衣领撩起遮盖后脖颈处的发使东方劫看见她皮肤上如被墨水溅染的黑斑。

东方劫猜得没错，果然环铊也别无他人可选才留她一条性命，他总需要有个人差遣来与外界联系，也正因如此，才使他和她在远离东莲土地的南雕军营中不期而遇。

她又说：“你中的毒是他教我调制来贩卖的。我见到你后一直想找机会与你独处，关于那些当兵的要对你下药之事我是全不知情的，否则定要设法阻止。幸好，环铊愿意教我如何为你解毒，虽然未全部去除干净。他说等你能动了、能抵抗他毒性后要见你，我想他或许是要你做他的第二个下人。”

他冷哼一声：“你似乎挺乐意把我就这么奉献出去？”

“有何不好？”秦慕遥面露微笑，口气认真地也不知是在说笑还是当真地道，“如此这般，我们便永远在一起了。”

俩人终于来到毒气最深处，东方劫感到空气钝重如实物般压在自己的肩头，寒冷的湿气拍打着他每一处皮肤妄图从毛孔中钻入进体内的每一条血管。

秦慕遥熄灭了蜡烛，待他们的眼睛适应了黑暗后，可以看见前方的房内有一团团蓝绿色火焰悬浮在空中，她在领他进去前最后又反复强调她已对他说过的话：“他若是叫你继承他的神功，你定要拒绝。”

她在环铊教主命令下，一直源源不断地为他从外面带回来精壮男子，以成为他闭门弟子接受他全部的功力。

“他已活了三百多年。”她警告并不以为然的东方劫说，“凡人肉体决不可能承受得住三百年的功力，我亲见到那些活生生的人在他眼前化作了白骨。”

【四】

东方劫被困在里面已过去三个时辰了——

望着眼前被乌烟瘴气结成的毒网所封闭的无门房间，秦慕遥在原地着急，她试探地伸出手去想推开这面无形的门，半截手臂倒是好端端穿了过去，只是这毒雾好像无数条细小的蛇般弯弯曲曲地顺着指端爬上来，立即染黑了她整条胳膊。

“嗯！”秦慕遥额上顿时密布汗珠，忙抽回手来，见好半天那些黑斑才从皮肤上褪下去，看来若还想活命是不能硬闯了，环铊教主果然可怕！

秦慕遥盘腿坐下凝神运气驱除臂上残毒，极力使自己冷静，她想既然不见环铊为免她插手而布下的毒雾消散，在里面的东方劫应该还活着。

环铊教主身在这座破庙的中央大殿，秦慕遥引东方劫见到他时，他的反应就和当初她睁眼见到他时一样，因为震惊而瞪圆了眼，只是没叫出来而已。

落满灰尘、结满蛛网的宽阔大殿中空空荡荡的见不着一座神佛之像，唯有从梁木装潢和一些绣着经文的布帘和地上随处散堆着的坐毡能窥见曾经的气派。此刻整个幽暗室内只有一柱细长稀拉的日光穿透残破屋顶投射下来，更多的光源反而来自浮动于空气中凝结成块的毒气所散发出来如鬼火般的萤蓝萤绿的幽光，使得本应充盈着浩然正气的庙内阴气森森。

没了四肢的环铊穿着一袭藤黄色长袍就端坐在原本应该放着一尊雕像的红木案台上，不计其数的毒蛇在他周遭堆积、盘桓、蠕动、游走，吐着蛇信子发出冷风破窗般的“咝——咝——咝——”声。

在环铊头顶的主梁上，盘着一条只能看见蛇身见不着蛇头蛇尾的巨大蟒蛇，它布满金色鳞片的身躯有三条男人大腿那么粗，虽静悄悄地一动不动却散发着叫人毛骨悚然的威慑力，它就是启发了环铊的金蛇蟒王。

“你就是东方劫？秦儿没提你容貌。”环铊教主睁开绿琉璃似的眼珠子，边打量东方劫边意味不明地咯咯阴笑，说话的嗓音沙沙作响，“难怪她对你神魂颠倒。我也喜欢你，有本座几分神韵。”

因为欢狱谷中人会以毒养身、延年益寿，即使到了寿终正寝那一天也会以年轻人的模样去世，所以已活了三百年的环铊虽满头银发长丝，却是个脸上不见半点皱纹的美男子，所以他说这番话倒不可笑。让东方劫心生抵触的是，连他自己也不得不承认眼前“怪物”的气质与自己有着些许相似之处。

“怎样？你想不想要本座的幽蟒神功？”他果然如此问。

东方劫冷笑调侃：“你白白送我吗？”

见他并不明确拒绝，秦慕遥在身后着急上前欲扯他衣袖警醒，却被他向前迈上一步巧妙无视。

“哈哈，狂傲的小子，只恐怕到头来是你将小命白白送我！”在环铊狂笑时，满地拥挤的蛇散了开去，露出它们身下白森森的人骨堆，“秦儿为我找来的全是外强中干的一个个绣花枕头，承受不住本座这份大礼。”

在他说话间，无数条七彩斑斓的毒蛇爬向了东方劫，缠上了他的小腿。

见东方劫不动如山、毫无畏惧，环铊眼底绿光精聚，似乎对他很有兴趣。他道：“小子，人不是靠着一身狂气就能逢凶化吉的。若没有十拿九稳的把握还向强者挑衅，那不是自信那是傻。我看得出来你功夫不错，至今怕是还没遇到对手，但天外有天，本座动动手指头就能要了你的命——”

“你有指头吗？”

东方劫话音还未落地，原本在地面上慵懒游走的成百条蛇突然腾空而起，纷纷张开血口直扑向他。见了环铊后，浑身肌肉便高度警觉保持着蓄势待发状的他，没有半分迟疑地立即张开双臂以手刀一一击落，与漫天飞舞的蛇群肉搏周旋，许多杀伤力不足的细身蛇竟被他的手刃“啪、啪、啪”削成数段，落雨般哗哗坠下来。

体内毒素未清的他身子还未复原，身手虽然利落却全程气喘吁吁，秦慕遥见状扑上前去意欲帮忙，却被好胜的他一掌拍开跌到一边。

环铊满意地将这一切尽收眼底，群蛇似乎接收到了他的示意般，渐渐从东方劫身边退去。

“东方劫，本座看上你了。”环铊道，“只要你现在磕头拜我为师，立誓杀了环影师弟、夺回欢狱谷为本座报仇，为师就传你神功使你成为天下第一。”

“多谢你这份好意。”东方劫随手抹去下巴处的汗水，他见识了环铊教主的厉害，语气便对他客气了几分道，“我这一生虽一事无成，却也没向任何人低过头任由差遣。”

“没有吗？”环铊一声冷哼，“你是东莲人，为何会向南雕人俯首称臣？”

“我有想要的东西……”

“哦？”

“现在已不想要了。”他想起祈嵘和焕，双眼暗淡下来，“没了想要的理由。”

“所以你生无可恋，死也无妨了？”

“不，我不想死，因为在这世上，我想要的东西有两件，还有一件，我这就要去拿。”东方劫说罢，转身欲走，脚底却突然被粗壮异物缠住，使得整个身子猛地颠倒了过来，冰凉而灵活的异物旋即紧紧卷裹了他，压迫着他胸腔。

看着被倒吊在空中的东方劫，环铊皮笑肉不笑道：“本座还未为你解毒，出了这座庙，要不了几日你便会死，有什么想要的东西也只能下辈子了。”

袭击东方劫的原来是蟒王，他试图挣扎却被勒得更紧，能听见自己的骨头被金鳞蛇身箍出咔咔脆响。之所以没有及早察觉，是因为他见环铊头顶上盘着的蛇身依旧，却没料想蛇尾沿着天花板上的吊梁早已游移到自己附近，此刻，他终于见到了蛇头。

比人头还大好几圈的金色蛇头正从屋内另一端的房梁缓缓而来——可见这条蛇王的身长十分惊人——它滑过了环铊的肩膀，以蛇身为支撑笔直地悬在空中与东方劫四目相对，缓慢地张开了它能生吞牛马的巨嘴，獠牙间牵扯出的黏稠毒液散发出刺鼻恶臭。

“磕头拜师！”

随着环铊教主一声令下，蟒王操控着身不由己的东方劫头朝下狠狠地撞向地面，一下！两下！……“咚咚”直响，地面震颤。

“教主！手下留情！”秦慕遥心疼不已地冲上前“扑通”跪下求情，见环铊看也不看她一眼，救人心切的她抽出袖里匕首咬牙飞向巨型蟒蛇，却遭到众蛇围击。

环铊嫌她捣乱，暴喝一声：“别多事！”

随即便有一阵无形力量将她远远地以一记重拳推出了房间，等她再爬起来，没有门的拱门处便被黑蒙蒙的毒气织出了一张虚虚实实的网，连里边的声响动静也给完全遮盖。

磕了一百次头后，东方劫已经血流满面，但他哼也不哼一声，只是虚弱地腾出一只手来用袖子抹去了满脸的鲜血冷声戏谑道：“师父，我习的是阳功。”——以毒为招的环铊一身阴气难以遮掩，天下武功阴阳自古不可混习——“我若是不巧走火入魔、失了心智，便记不住为您老人家报仇雪恨的大事儿了。”

“好办。”环铊阴森一笑，“全废了便可。”

不等东方劫理解他的意思，猛然间，他感到紧缚自己的蛇身好似坚硬的钢铁手掌，一左一右狠力往中间挤揉搓捏着他，使他体内经脉骨骼旋即被压碎又重组，撕心裂肺的剧痛让咬紧牙关的东方劫再忍受不了地发出“啊——啊——啊——”的痛苦惨叫。

环铊静心待到东方劫气息奄奄，白花花的热气从他身体蒸腾而出，蟒王蛇身如手般箍着他甩了甩，像是甩一个散了架的人偶，完全没有反应，他假惺惺地皱眉叹气：“死了？”

半晌后，东方劫才只有出气没有进气地啐了一口，低声喘道：“让……你……失望了。”

“你果然不会叫我失望。”随着环铊满意颔首，蟒王将倒转的东方劫身体正过来，提着他靠近他，使俩人面对面后，环铊以额顶着他额道，“开始传功。”

在肉眼可辨的在蓝、绿、黑色之间变幻莫测的光球将俩人包裹时，东方劫感到无数狂奔咆哮的野兽在自己体内横冲直撞，搅烂了他的五脏六腑，将要从内部撑破他的皮肤。他疼得浑身不住痉挛抽搐，再叫不出声。

“十年、二十年、三十年、五十年、七十年——拿去吧！都拿去！好徒儿！”在隆隆如雷鸣的传功噪音中，环铊发了疯般地冲东方劫狂叫，他也正承受着与他同样的剥肤之痛，所以浑身是汗，俩人的身体被浓烈而滚滚的毒风气流给托了起来浮在空中。他笑得口沫横飞地尖叫，“一百年！一百二十年！哈哈哈哈！能成！能成——好徒儿，你定要为为师报仇！杀了环影后，你就是欢狱谷的新谷主——亦是取代我一统天下武林的绝世至尊！叫天下人尝尝本座幽蟒神功的厉害！二百年！二百三十年！成了，成——”

他话语一顿，见东方劫已失去意识，七窍流血，面部皮肤因为不堪承受而裂出一道道血口。

“还是……失败了么？”环铊感到传递出去的功力开始绵延不断地逆流回自己体内，他不无可惜地咂嘴道，“啧，即使如此百年难遇的上好容器，竟也盛不下本座三百年的功力……”

【五】

阻碍秦慕遥的锁门毒雾终于散去，她不知道这意味着东方劫是死是活，随着她紧张迈出的每一步，脑海里就回闪着一个又一个在环铊授功时，化作血水白骨的男人们扭曲恐怖的面孔。

烟雾缭绕的大殿内，只站着一个披头散发的男人，还未走到跟前确认就叫秦慕遥胆战心惊，旋即抽出匕首防身，因为他看来就像是重生了四肢的环铊！

等他回身，她才惊魂未定地看明白他是东方劫。

东方劫面上全是血迹，蒸腾舞动的黑烟由他皮肤上吱吱作响地冒出来，他原本就凉寒的眼神如今更似冰封了数百年的雪粒子，里面没了一丝人性热度。

“环铊教主呢？”秦慕遥又惊又喜，却仍下意识地以刀比着他，因为东方劫此刻散发着与环铊无异的危险气息。见他的头微微地动了动，眼神也恢复了一些活力，她才松了口气地垂下手，顺着他的视线望去，本来端坐着环铊的地方什么也没了，由于毒液的腐蚀，地面上留下了一个如被火焰滚过的焦黑大洞。“这是……成功了？”她定定地看着他，有些难以置信，“你继承了他的神功？”

在环铊授功的过程中，东方劫一度濒死。直到他心脏终于停止搏动那一刻——在他不再有任何色彩的漆黑意识中却有一抹鲜红影子倔强地划过——

在环铊正为东方劫的死亡遗憾之时，他却猛地睁开眼凭着求生意志，开始无意识地反噬！源源不断地吸走了他三百年的功力。

在命数将尽时总算不负苦心地等来了绝世无双的徒儿——他自信东方劫这般野心勃勃之人，终有一日将使他苦心专研的幽蟒神功名啸天下——不留遗憾的环铊狂笑不止，终于含笑而终。

见到东方劫转身步伐稳健地朝外走去，秦慕遥追上问：“你真要去替他报仇？”

他不理她，径直朝前走，俩人一前一后直到出了破庙，进入密林，她仍亦步亦趋地追在他身后。东方劫这才停下脚步，转身无言地回望，她以理所当然的眼神迎上他的视线。

她这理直气壮的神情，叫他想起了琴无琴，覆盖在心脏上的坚冰便剥落了一些。

“别跟着了，我不是要去欢狱谷。”东方劫想叫她对自己死心，便直言道，“我这是要去找一个姑娘。”

见他说话时流露的是她不曾见过的柔软神色，就知道自己无须多嘴追问他与口中的姑娘是什么关系了。她低声问：“什么样的姑娘？”

若是以前，东方劫哪里会与她过多废话。但此刻，他看着她以那张与琴无琴别无二致的脸尽全力掩藏心中低落，难免有些不忍，便缓和了语气答道："和你长得很像。"

"和我很像？"秦慕遥似乎将他这一句话在心中掂量了许久，犹豫又有些惶恐地追问，"有多像？"

"实话说……就像一个肚子里生出来的双胞胎。"

她激动道："她的母亲可是叫闻人有琴？"

东方劫震惊地盯着她，一时无言。他不知道她这一句话后藏着什么东西，沉默的森林中有着分辨不明的声音在远处此起彼伏，可能是鸟，亦可能是野兽，或是蛰伏了许多年的怪物，等着有人靠近时，从地面下破土而出，摄魂夺魄。

他不说话便是默认了。秦慕遥平静的脸上颤动的双眼出卖了她内心的惊涛骇浪，她双手无意识地端在胸口捏成一团，露出勉强的微笑说："我和她确实是双胞胎。她叫什么名字？"

"琴无琴。"只不过是以舌头发出音来，东方劫都觉得口腔里有暖意涌现，他真的好想她，脚下所行之路若不是朝着她的方向而去，他随时都可能疯掉。

"我是她的姐姐。"秦慕遥握在一起的双手抖得厉害，她坚定而艰难地盯着东方劫道，"而你……你是我们的哥哥。"

东方劫感到脚底下的泥土中有怪物正轰轰穿行，导致地动山摇。

【六】

当年泉泾城第一花魁闻人有琴深爱的人，就是家世非凡的东方辰。

由于东方辰顾及家族名望不愿抛头露面与一名青楼女子来往过密，所以俩人之间的事一直不被外人所知，待她怀上了他的孩子后，他便狠心与她断绝关系。

常受东方辰之邀同去花天酒地，其实是做他挡箭牌的秦许功在无意间察觉此事，便暗地里也向闻人有琴示好，表示愿意为她赎身，做孩子的父亲。

考虑到嫁入秦府便能与同样坐落于烨津镇的东方本家为邻，闻人有琴不多考虑就答应下来。

直到闻人有琴得知了秦许功当年与东方辰和怀思筠三人之间为爱纠葛的往事，她才明白为何秦许功要收留她并认养其子，他定是想要利用她来报复他。

“母亲没有猜错，我父亲……秦许功与你父亲东方辰在孩子未出生前就订下了娃娃亲，是为了在我们成亲后将真相揭露，报复他的好兄弟当年那一出横刀夺爱。如他所愿，闻人有琴生下了一对双胞胎女儿，只是此时她已察觉到他阴暗用心，带着一个孩子消失无影。”秦慕遥换了一口气后，平静语气下隐藏着微波涌动沉声道，“她当时只能抱走一个孩子，她选了妹妹，琴无琴。”

东方劫面无表情，没有出声。

“爹他，不知是否心中有愧，有一日喝得多了，将我错当娘、当他夫人顾喜善，把藏了这十几年的心事都一股脑倒了出来。我一时震惊，又不知如何是好，匆匆忙忙收拾了行装离家，只想理清头绪。”秦慕遥泪眼朦胧地凝视东方劫，苦笑着如过去般伸手欲抚摸他的面颊，却被他偏头闪开。她眼眶里泛滥的泪终于落下来，颤声说，“那之后我常常想，假如我娘抱走的不是妹妹而是我，是不是就避免了我苦苦却空空爱你这一场的悲剧。”

他背过身去，不再看她。

她道：“结果……呵……却是你与她相爱……都是命。”

俩人在林中沉默伫立，远处有野兽惊动了鸟群，成百上千只通体乌黑的鸟发出雷雨般哗哗震响的羽翼扑腾声，从树林深处成群结队、振翅高飞，黑压压地穿过他们头顶上方，遮挡了已被茂叶分解而稀零落下的可怜日光，使得东方劫和秦慕遥在刹那间陷入了密不透光的漆黑海底。

待光线重新蜂拥而来，远去的鸟群发出的长鸣，好像悲泣。

不知过了多久，东方劫终于有了动作。他抬起右臂直直地一掌按在身边的参天大树上，转眼间，粗壮的树身好像宣纸般脆弱，被着了一滴墨而已却无尽扩散开去，最终由根侵蚀到叶，整棵树化作焦黑烂泥，纷纷扬扬地坍塌下来。

坠落在地的每一片“碎泥”都冒着咕噜作响的黑烟，砸出一个个洞眼来，其中蕴涵的毒性接连成片相互传染，直到侵染得东方劫与秦慕遥脚下土地寸草不留，周边一圈树木纷纷腐烂才肯罢休。

东方劫站在空旷的焦土上，没了遮拦的阳光终于尽情落下来，却不能照亮他似深渊的双瞳。

他对她道：“带我去欢狱谷。”

【七】

欢狱谷隐藏在世人难觅的浓雾中，即使侥幸寻得所在，穿过了对凡人无害只为避人耳目的层层重雾后，迎面而来的便是将谷内弟子与外人区分的毒雾。

在迷雾中行走的东方劫与秦慕遥时不时能见到一具具白骨干尸，穿着猎户农家的服饰，那都是迷路至此不幸丧命的寻常人。

与许多在高山上创立的门派不同，欢狱谷地处盆地，从高处看陷入花海中错落有序的建筑群像是一片被合拢的双手捧在掌心里的村落。

漫山遍野的是胡乱繁衍或人为种植的花草全都含毒，所以呈现出缤纷各异的紫色，浅凤仙紫、青莲紫、木槿紫、丁香紫、茄皮紫、葡萄灰等，衬得顶上天空也如变幻莫测的紫水晶，天上地下破碎又波澜地融为一体。

生活其中的欢狱谷弟子们也穿着与花色大同小异的紫色长袍服装，远远看去，像是一株株不甘寂寞的高傲花束从花海中高昂起头来，因为寿命比凡人长出许多，所以他们行事说话缓慢优雅，全是一副挥霍时光的高贵姿态。

当东方劫俩人来到并没有明显标志的入口处时，有两名与环铊一样在体内毒性作用下保持着青年外表，而使实际年龄无从得知的紫衣男子远远迎上来。

不待他们开口质询，东方劫一手一个像抓着球般按压其面部，将俩人的脑袋以掌中分泌的毒液活生生地消融了一半。弃下两具无头尸身后，他继续若无其事迈步前行，又见一人，依旧不等对方张口说话，他以脚尖轻触身前地面，并未与他接触的那人就捂着心口颓然倒地。

这可怜人到死也不清楚在自己身上发生了什么，只感到脚下土地中有什么在轻微震动，那是受东方劫操控的蛇群，它们如索命使者般携带着他的剧毒好像暗流中潜行的闪电，直达目标人物脚底侵入其身体，无声无息地夺取其性命。

面对接二连三已意识到来者是敌而端着奇形兵器迎上来的欢狱谷弟子，东方劫并不近身就将他们一一隔空夺命，如入无人之境般的他面对周身愈来愈浓重的毒雾深吸了口气，容光焕发地叹道："神清气爽。"

"不要再靠近了，你们根本不是他的对手！"戴着面具、披着紫藤灰色披风的秦慕遥，其气质言行看来像极了当年被从谷中驱逐的女弟子。她试图减少无谓的牺牲，劝阻正慌乱无措的其他人不要再冒险攻上来，"他是第二代谷主大人的闭门弟子——是继承了环铊教主百年神功——由大人亲定的正统欢狱谷谷主！你们的新主人：离劫大人！"

情急中，她沿用了东方劫在南雕军营中使用的化名。这一举动，使得东方劫转过脸来对她嘉许地扬起一边眉毛。

此言一出，众人果然犯难，因为他们早已察觉到东方劫身上散发出与第二代谷主极为相似的气息，更不用说他的绝世神功的确是本门武学的登峰造极之表现，即便他们所有人齐心合力攻上去也不见得有多少胜算，恐怕纯粹送死。

没了挑战者，东方劫径直走向环影谷主所在之处，那是一座在低矮地势中最为惹眼的高耸山峰，周边被无数呈圆锥形的尖锐岩石环绕，像是插入刀刃之冢中的一柄还沉睡在青玉刀鞘里的宝剑。

东方劫飞身上崖，秦慕遥紧跟其后，虽然拥有环铊三十年功力的她要飞跃这一座座顶端锋利如刀尖的岩石并不为难，但却远不及东方劫轻松，他看来好像腾云驾雾般轻飘飘地就去到了山顶。

这平整的崖上有一棵高大而扭曲的松，它长成了弯腰驼背被劲风刮过的姿态，松下站的身形瘦削的人就是环影谷主。一袭凤仙紫长袍搭龙胆紫外褂，过腰银发与宽袍大袖随风扬起，明明专研的是至阴至毒的邪功，该人气质却似清风，颇有仙风道骨的神采。

虽是谷主，但环影与谷中其他人一样也是青年形貌。

他见了东方劫并不慌忙，抬手捋了捋自己半掌长的胡须微眯起眼，彬彬有礼道："敢问客人从何方来？为何而来？"

"从远方来，为杀你而来。"东方劫面无表情一抖袖，数十条蛇便沿着他手腕蠕动而出，舞动着散发黑烟的细长身体。

"再请问少侠师从何人？"环影虽如此发问，心中其实已有了答案。

"环铊已将你从他处夺走的一切都赠予我。"

东方劫迈步朝环影走去，他脚下黑影比他本人更快漫延向他，化作了无数条含有剧毒的黑雾藤蔓缠住了环影的双脚，形成摸不着却也摆脱不了的牢笼。

"呵呵，真是阴魂不散……"环影低头苦笑，再一抬头却是狞笑表情，"都是他的错！我原是想好好辅佐他的，可他却全然不将与他携手并肩、荣辱与共的我放在眼里，甚至将谷中大小事务都交给那两个入门不足三十年，只会倚门卖笑的女人！叫我这师弟——我这座前御法空有其名！他无视我，鄙弃我——他、活、该。本座便是要叫他尝尝被无视、被鄙弃的滋味。"

秦慕遥终于也上了山顶，她见到环影双手交握在身后并不动作，缚住他小腿的"藤蔓"却发出"嗞嗞啪啪"之声断裂粉碎，虽然仍有无数条毒藤前仆后继来缠绕，也不过是纷纷碎断而已，可见此人功力高深莫测，难以对付。

东方劫见此情景倒是不慌不忙，他并未再上前，而是与环影隔着一段距离停驻道："你废话这么多作甚？你对你师兄再'情深意重'，同我又没关系，别像个见人就诉苦的弃妇这般难看。"

"你！"环影被东方劫的讥讽惹恼，他暗自发力与他较劲，使得发丝飘浮起来如蛇乱舞，衬得他阴沉脸色更为狰狞。他指着他咆哮，"你与他太像，都这么叫人生厌。"

俩人就这么面对面却并不近身地以气劲较量，无数道携着毒液的风刃如流星般砸向对方，终于在环影的身上并不均匀地爆出一处处血柱，他的双手不再悠闲地背在身后，而是张开双臂挥袖出招。

与额上冒出许多汗水的环影不同，东方劫一副清爽模样，悠然自得地眺望远方赏景观花，全然不把对方放在眼里，事实上他也仿佛身在一个牢固坚硬的无形罩中，环影的招式一丝一毫也伤他不着。

不一会儿后，他收回远去的视线懒洋洋地斜睨环影，轻蔑道："你怎么还没死？"

"小畜生！我要将你大卸八块！"环影被彻底激怒，"吃我这一招'暗月移魂'！"随着他一声怒吼，双掌间挥出一面如轮旋转的暗影，逐渐化作硕大如从天坠落的圆月，疾速飞向东方劫时激起尘土飞溅，雷鸣般轰隆巨响，直震得远远旁观的秦慕遥捂住了双耳。

东方劫冷笑道："虚张声势。"他右脚原地只轻微一横，顿时不计其数的蛇群破土而出，化作了一面獠牙肉墙硬生生将环影的杀招给吞噬入肚。

见到他轻易化解自己的绝招，环影知道自己大限已至，但仍不放弃地接连出招，毫无保留地释放自己已土崩瓦解的杀气，直到他见到东方劫身后腾起的巨大幻影——他不确定那是否真实，他已难以相信自己的双眼和目前面对的绝境：面对一个名不见经传的后生，他竟像个毫无招架之力的孩童般弱小——

在东方劫身后腾空而起，由高处俯瞰幻影的是一条高昂着头，比千年老树还要体积磅礴高大的金黄色巨蟒，在它寒冷彻骨的瞳仁凝视下，他魇住了，呆若木鸡，没了动作，犹如失去了操控的提线木偶般无力地垂下了双手。

不多久后，谷中所有弟子都仰首见到他们的环影谷主像是一面残破不堪的风筝般，从高耸入云的山崖上飘了下来，被穿透地面如尖刀的锥状石群中的一座贯穿了胸膛，摇摇摆摆地挂在那里。

欢狱谷有了新主人。

在教众的山呼膜拜声中，东方劫仰天狂笑不止，浓烈毒雾如跃动的银蓝火焰般将他身体笼罩。轻而易举地就将环影这样的高手凌虐至死，是以前的他就算死去千百次再复生也无论如何办不到的——

“现在的我，就是要把山河湖海夷为平地，把日月星辰移形换位，也完全不在话下！”他狂妄地抬手朝天张开五指又紧握成拳道，“已经没有什么是我做不到，没有任何人能阻碍我！”——经此一战，他了解了幽蟒神功的厉害，知晓了自己掌握了怎样一种可怕的力量，从此这俗世凡尘之中的一切岂不是任他东方劫随取随夺！

他却只想要一个人。

东方劫止住了笑，转身对秦慕遥猛地抬手凭空一抓，她的面具立刻四分五裂。他瞪着她那张与琴无琴一模一样的面容，凶狠而又深情道：“我管她是谁，我管她是什么人，她是我亲妹妹又怎样？她就是皇帝的女人，天上的神仙，地下的鬼魂，或是会吸血吃人的野兽变的妖怪——”

他混重如雷的嗓音捶打得地面震颤。

“我要她！我要她今后的每一天每一个时辰，她的每一寸肌肤每一缕发丝，她的每一丝血肉每一次喘息，都是我的。天若不允、地若不应，我毁天灭地；神若不容、魔若不许，我屠神宰魔！琴无琴是我的女人，是我的东西，这是生生世世，注定的事。”

终曲

【一】

无琴岛在这一日迎来了一位任谁也意想不到的客人。

来者自称是当朝皇子，有要事求见岛主琴无琴。得到报信后，冰雀也将信将疑。她谨慎地领着琴无琴前往入岛处的木桥，才到半路，就见到姑娘们还未获她准许，就已经面色绯红地簇拥这名身份尊贵的客人上了岛。

“哇，你就是琴无琴？或是你？”被姑娘们包围的少年有一头浓密卷发，他穿着比身边任何一个女孩儿都要花俏华丽的衣裳，却因为身形极为高挑并不显得阴柔，而是配合着他深邃轮廓呈现出一种慵懒的阳刚之美，他眉飞色舞地一会儿凝视冰雀，一会儿又贪恋地盯着琴无琴，大呼小叫地说，“这岛上的姐姐们都美得闭月羞花，直叫人头晕目眩，我的魂儿已完全迷失在这里回不了皇城了。”

只是见了这少年的样貌气质与穿着举止，冰雀便无须再见他出示象征皇子身份的神器，也大致认出了他就是东莲五皇子莲皇洪苑，与民间传闻的一模一样，是个养尊处优，不知人间疾苦，喜好珠宝与女人的美少年。

“我就是。”当冰雀还在估摸对方来意时，全没有心眼的琴无琴已经大方地走上前去对皇子道，“你眼光不错呀，这世上最好看的姑娘都在这座岛上了，不过——”她一扬长袖“啪啪”抽开他左搂右抱着少女们的双手，灿烂地笑起来，“你还小，可别这么随便就迷失了，当心被成了精的美丽花儿们给吃干抹净。”

她话音才落，洪苑见身边的姐姐们嬉笑着掩嘴散去，他一摸腰间，自己的配饰全不见了，一愣之后爽朗地笑起来，指着琴无琴一见如故般双眼发亮地兴奋道：“不愧是东方劫的女人，确实超凡脱俗，很有意思，叫人喜欢。”

听见这个久违的名字，琴无琴感到体内一条在海面飘摇了许久的船被一条大鱼猛地用后背托了起来。

“我今日算是为他来见你。”洪苑冲身后一众华服下人打个响指，他们便井然有序地开始从马车上卸货，将一个个沉重的上好红木箱十列十行地排好，在一一打开箱盖来的过程中，周遭围观的姑娘们如见了发光物的小鸟般发出叽叽喳喳的轻呼声，里面全是价值连城的珠宝首饰、绸缎裙装、古董瓷器、珍惜药材和女孩子喜爱的稀奇玩意儿。

“这些是他送你的。”洪苑遥指玉湖道，“还有一件礼物太大了。”

众人循他手指方向望去，只见雾茫茫的湖中一座庞然大物的影子若隐若现，当它穿透天地间的雾幕而来时像是漂在湖面上的一座高塔建筑，那是一艘硕大无朋的红漆巨船，其上有着能容纳千人的错落塔楼。

还未来得及将惊羡视线从宝箱中拔出来的姑娘们尖叫着涌向岸边张望，终于清楚见到绣满百花的船帆上三个金丝勾勒的大字：无琴岛。以及船身上数不尽的拥挤堆叠着的艳丽牡丹，而桅杆上则扎满了喜庆的巨大花束，整艘船被装点得像是一座迎亲的巨大花桥——

“他正在赶来的路上，来娶你。”洪苑对琴无琴说。

【二】

统领了欢狱谷的东方劫做的第一件事，就是血洗当初叫他狼狈逃离的南雕军营。他以残忍手段虐杀了江冽后仍不满足，竟不顾路途遥远潜入皇宫，如寄生于夜与影中的幽灵般出现在老皇帝的床前，他倒并未急于夺去又惊又怕的老人性命，而是对他施以蛊毒使他生不如死，只能成日躺在床上受尽折磨，在外人眼中缓慢病亡。

大仇得报后，东方劫在东莲皇族专享的狩猎场中与莲皇洪苑初识。

当时在寻常人难以涉足的封闭猎场中，东方劫只身一人忽如鬼魅般出现在众人的马身前，他身上浓重的死亡气息叫敏感的马儿们纷纷扬蹄昂首长鸣，许多受过专门训练的良驹竟吓得甩落骑者掉头逃跑。

“你是——东方劫？”因为东方劫的气质与曾经大相径庭，所以东莲王竟楞了许久才认出来。在他身边落马的护卫们已慌张爬了起来，嘴中喊着“护驾！”同时拔剑扑向东方劫，却根本还未近身，连叫也没能叫出一声来，就一个个面容痛苦地栽倒在地。

当东莲王大惊失色时，与他同样骑着装饰有华丽马鞍的雪白骏马上的皇子洪苑最先察觉到，众人是随着从东方劫脚底延伸而来的黑影挨个猝死。

他眼见这死亡暗影正迅猛如潮地漫延向自己，他忙一跃下马冲身后的父王急道：“快下马！”

东莲王听了也来不及猜度便翻身下马飞出去老远，站定后再看，无数毒蛇从地下涌出，龙卷风般袭裹了两匹壮马，只听马儿只匆匆地发出一声低促的恐惧嘶鸣便轰然倒地，等蛇群散去后，只余下两具腐烂的肉架。

转眼间失去装备精良的三十六名战士，即使是身经百战的东莲王面对眼前怪力乱神的一幕也不禁有些恐慌，他拔出宝剑喝道：“东方劫！你要做什么？”

立于林中浑身沐光的东方劫，脸上分明只微微一笑，却似将周身阳光眨眼冻结，他道：“并不打算对殿下做什么，而是千里迢迢来送你一份礼物。”

虽被尊称“殿下”，但东莲王从他口吻里却只嗅出藐视不屑的挑衅味道，自尊受挫的他挥剑相向道：“放肆！”

只一刹那，三人的周遭浓雾弥漫，一棵棵大树由根部迅速发黑腐败化作焦烂木屑纷扬倒塌。

洪苑忙按下父王充满杀意的利剑，对东方劫语调故作轻松地笑问：“哦？是怎样的礼物？”

由于洪苑的示好举动，还未被波及的无辜树木们终于免遭东方劫的毒手，东方劫含笑颔首：“一份……哦，不，几份薄礼而已，还望两位喜欢。”

昏黄混杂毛灰色的浓雾散去后，东莲王与洪苑见到脚边散落着南雕将领们的脑袋，其中竟有大将军江冽。

猛地见到昔日强敌的人头，东莲王却并不欣慰，只觉触目惊心，他更不难琢磨东方劫心里盘算了，此时此刻的他显然已经无所不能，完全可以随手夺他性命，改朝换代。

了解了自己的无能为力，东莲王陷入沉默。洪苑替他开门见山地问东方劫：“你想要什么？”

“要的真不多。”他笑答。

东方劫要的确实说多不多，说少也真真不少。他要了国库中最价值连城的一百大箱宝贝不算，还要了一艘需倾注巨大财力人力才能造出的七层楼高的巨船，这些通通都送到无琴岛给一位名叫琴无琴的姑娘。除此以外，他还要求东莲王并不明示地承认小小的无琴岛享有国中国的自治权，守诺永远不干涉岛内的人、事，这一纸由皇帝签字画押的契约也将由皇子洪苑亲自递交岛主琴无琴。

想东方劫明明拥有足以挽手天下的莫大神力，却只顾着为一个姑娘要这要那的，洪苑觉着这人真有意思，问他："这小妮子是你的什么人？"

他说："你告诉她——我这就要来娶你了——"

【三】

洪苑因为不讨冰雀喜欢，在代东方劫送过了大礼后在岛上并未过多逗留就匆匆离去，却在平和的岛屿上引发纷乱波澜。

得知此事的花昭锦，从此更是寸步不离琴无琴，仿佛在心底已认定了她会跟那男人走般，每句话都带着灼人的火、扎人的刺，与她不断唇枪舌战："难道你是记吃不记打的猪吗？他伤你至深，说走就走，这么回头冲你笑一笑，你就跟狗一样摇着尾巴追上去？"

"你有病吗？你哪只眼睛看见老娘跟他走了？"琴无琴转过身，双手"啪啪"轻拍他的脸，认真生气地说，"话这么难听。你睁大眼看清楚，见过这么瘦的猪这么美的狗吗？"说罢，她又被自己逗笑般捧着他的脸"扑哧"一声笑出来，像是穿过暴雨的彩虹。

花昭锦一时看得恍惚。他愈来愈关注她的一颦一笑，也不知是她愈来愈美的关系，或是他愈来愈沉迷。

一想到她如烈酒般浓醇芬芳的美，恐怕并非为自己而酿，花昭锦就更火大，更口无遮拦："猪和狗，天下所有的动物，都比你聪明。你忘了你是怎么死的？若不是他没有依约来带你走，你会落得那样的下场？"明知会惹恼琴无琴，他还是提起了她曾经是巫女时因为爱上了离劫而惨死的厄运，"你才该睁大眼看清楚，过了这么久都学不乖，但凡与他沾上了关系，你就没有安心日子。"

"倒不见得他当真没有遵守约定。"琴无琴难得在他提及前世时没有动怒，而是轻描淡写道，"当初那皇帝老子遭遇谋反，而他是太子，自然也会遭遇不测，要么死了要么被关起来，才会没来接——"她顿了一下，硬生生把舌尖上的"我"字拐成了"慕遥"。

"那你怎么解释从'杀人漠'回来后，他没来找你？"

"那是因为我失忆了——他现在不是来找我了吗？"

“你还为他辩解！”

“不！”因为花昭锦紧迫相逼，琴无琴终于也拔高了嗓音。等她察觉到自己竟真是有心无意地在为东方劫说话时，她双眼中原本灵巧流转的波光一瞬凝固，苦笑道：“我……只是不想再多一条恨他的理由了。”

她这一副欲哭表情狠狠在花昭锦的心脏上拧了一把，他双手捧着她的脸凶巴巴道：“这脑子里果然全是草！”继而突然以额头恶狠狠地撞她的额头，叫正在忧郁的琴无琴呲牙咧嘴地又换上了怒容，他才以初融暖雪般的声音轻叹，“你这个傻子……”

“不会再傻了。”琴无琴回击花昭锦额头一巴掌后推开他，揉着自己的额头说，“我不喜欢不痛快的事，不愿做不痛快的人。他再不好又怎样，他好上天又怎样，我都不要了。”

“好，既如此，你便同我去藏花殿躲上一段时日，叫他找不到你。”

因为藏花殿远在四季覆雪、渺无人烟的极冷边境，要习惯了丰衣足食的琴无琴放弃眼下正百花盛开的无琴岛跑去那鸟不拉屎的地方吃苦，她有些犹豫。

见她面露难色，花昭锦俯身将她笼在自己的阴影中，恶声恶气地笑说：“你不愿意也好，我也挺想见他。本大少爷曾经陪他玩儿的那场小娃娃戏耍式的打闹实在太不爽快。”他伸出指尖锋利如刀的手来，在她眼前扭曲着五指发出“咯咯咔咔”的关节声，“这一次，便叫我与他将新仇旧恨一律清算，使他这自大凡人尝尝被千年狐妖玩弄虐杀的滋味。”

“你犯不着拿这事儿威胁我。你若真与他决斗，谁死谁生又怎么说得准？生生死死的多烦人，为了避免如此无谓又愚蠢的牺牲，我跟你走，躲着他就是了。”琴无琴说罢，竟转身去麻溜儿地收拾起行装来，嘴中小声嘀咕着，“也不是什么大事。”——似是说给自己听。

“我也跟你们去。”

随着“嘎啦”推门声响起，冰雀大方地走了进来，她手中还端着盛有点心的托盘，脸上毫不掩饰她方才本是要来琴无琴房里送吃的，却一直在门外偷听的事实。

琴无琴跳到她身前，接过她手里的托盘放到一边后说："冰雀，你没必要陪我去吃苦，别给'藏花殿'这大气的名儿给骗了，那就是个又冷又满是狐狸毛的破洞穴，你待在岛上等我回来就好。"

"不，你去哪儿我就去哪儿。"冰雀坚持。

"要不了多久，我就会回来的。"

"不……"冰雀张了张口，却又将话语咽回喉咙，她怕一语成谶。

她想说：你不会回来的。

虽然现在，琴无琴就站在她面前，虽然每一日，她都站在她触手可及的视野里，但是冰雀却一刻也不曾安心。她总是提心吊胆地认为，她会在她任何一次眨眼之后，如一缕乘风起舞的火焰般消失不见。

她见不得她因为任何短暂的分别与她挥手道别，所以琴无琴也不再同她说"走了"，而是改以"马上回来"哄着她。

这一次，她也是信誓旦旦地叫她等她回来，她却被前所未有的巨大恐惧形成的狭长夹缝所锢，眼睁睁见分明就在跟前的她与自己之间拉出一道千山万水的距离，她真的觉得，琴无琴要消失不见了。

【四】

细雨飘扬的原野中，一支由东方劫率领的队伍正浩荡驰骋。

近百人统一穿着与胯下黑马几乎融为一体的暗紫袍服，虽然群马扬蹄纷乱急踏，远远看去却像是一道在碧绿地面上缓慢推移的暗影风卷，在这黑压压的风筒中有一朵明媚刺眼的鲜红花团，像是刺入夜河中的一枚宝石，那是一座由八匹披金戴银的骏马拉动的华美花轿。

东方劫并不回头地对如影相随的秦慕遥道："你还要跟着我到几时？"

戴着面具的秦慕遥虽以沉默回应，却像是有千言万语，只是化在了风里——

“罢了。”他的不耐言语随着风从前方送来她耳边，“随你。”——比夹着雨珠的风更凉意袭人。

在头顶鸟鸣声响起之前，东方劫已察觉到一只体型超出一般的仙鹤正由后方追赶他们的队伍，当它来到自己视野内的上空时，他一挥手从袖袍中甩出暗器直飞向正振翅的巨鸟，同时抬手示意身后人停止前进。

当黑头白身的仙鹤感受到受杀气影响的气流变化，优雅地侧身躲闪时，东方劫见到它后背上坐的人有些眼熟，对方似乎也正在辨识他，驱使仙鹤在空中盘旋，最后降落在他马前。

来者清新俊逸，着一袭素雅白袍，端着一把油纸伞，容姿高洁谦逊地坐在与马齐高的鹤身上犹似画中仙。

东方劫想起来了，这人不正是当初自己和花昭锦斗武时，领着秦雪筝等人突然出现的除妖师吗？他眯起眼来慢悠悠道：“我认识你……”

百里玄荆微笑道：“在下也认得你，虽然阁下似乎变成了另一个人。”

“我见那狐妖活着，还以为你死了。”

“当时确是粉身碎骨、灵魂出窍，但在下运气不错，在一息尚存顺流漂浮时，撞上了游走四方的岚师兄所乘的木舟，他是被我们尊称为‘仙上仙’的神医，有着能将死人医活的至高医术。”那是一段身心皆痛的回忆，但玄荆却微笑讲述，浑身仙气的他很有种凤凰涅槃后的淡定安然，似乎人世间的纷扰一切在他眼里也不比一花一草更复杂了。他说：“岚师兄将我送回天山，因为伤势实在严重，时至今日我才完全康复——”

“所以你这是要去找那狐妖复仇？”东方劫打断他。

“复仇谈不上。但是该了的事终究该了。”

“他在哪里？”

“北。”玄荆侧脸看向被雨水洗刷得清晰幽绿的远方山脉。他见到东方劫马队中那架在阴霾天色下鲜艳欲滴的花轿就洞悉了一切，所以并不道别就乘鹤远去，而东方劫果然毫不迟疑地追了上来。

花昭锦对琴无琴执念颇深，决不会让她离开他身边。

因为了解这一点，东方劫选择随玄荆方向而行，找到他，便可夺回她。

见到教主改变了前进方向，众人正困惑时，秦慕遥叫他们返回欢狱谷，自己也尾随东方劫而去，对于他的心事，她已猜出大概，这世上还有谁能左右他的行动？他眼下所为一切，全是为了那个她——她素未谋面的妹妹——琴无琴。

雨势渐大，迎面扑在东方劫的脸上，淌进他眨也不眨的双眸里，像是汇入幽暗的深潭。

越来越细密有力的雨珠敲打在他周身——噼噼！啪啪！啪啪！咚咚！——

宣告命运终点将至的鼓点，响彻云霄。

【五】

骑鹤的玄荆先一步找到正带着琴无琴与冰雀骑乘着花载花在空中翱翔的花昭锦，虽然他是冲着他来，最先映入他眼帘的却是冰雀。好些年没见了，她却仍是他最后一眼中的那样子，好似沾了水雾的蓝花，在清冷的溪流中静悄悄地孤零零地漂摇。

远远的，他却能清楚见到她望向自己时睫毛因为惊讶而微颤，轻轻开合的粉唇里吐出他日思夜想的那熟悉声音：“百里公子……”

“百里玄荆！”花昭锦站起来，话音出口时已经向对方出招，“你还活着——”

“不能先你一步。”玄荆回转手中纸伞如钢盾，轻松化解他的妖风之剑，收了伞后乘鹤逼近时，双目紧盯花昭锦，比画着手势念起了缚妖咒。

被花昭锦赋予妖气而凛冽如剑的风化作了柔软的绳鞭，发出“呜呜”悲悯之音抽向他，直打得他切齿发狠道：“不管一次还是两次三次，无数次，我都可以杀了你！”

眼见花昭锦又要出招，琴无琴扑来抱住他道：“你要杀了他？不行！玄荆是个好人。”

“不是他死就是我死！”花昭锦气急败坏地红了眼，却又无奈地压低声音说，“他现在的实力已凌驾于半仙之上……要克制我比过去更轻而易举，若不全力以搏，恐怕今天要死的真是我。”

琴无琴急道：“这世上并不是每件事都一定要做出抉择，并不是这样！为什么不是你就是他，为什么一定要相互残杀？我们可以躲开东方劫，也可以躲开玄荆，没有任何人必须死，你们要想杀人，该死的是那些罪恶滔天的恶棍。我不要任何一个我在乎的人去死——”

花昭锦深深看她一眼，咬牙道：“好！本大少爷今日便放他一马。”

虽然花昭锦已顾全大局愿意撤逃，玄荆却穷追不舍。

冰雀见琴无琴神色焦灼，她自告奋勇道：“那我去绊住百里公子。”

“冰雀……”琴无琴面露犹豫，她知道冰雀曾依她所托阻拦过一次玄荆的追捕，所以这一次想必也能成功，但她脸上生离死别般的悲怆表情，却叫她心中忐忑不安。

她冰凉双手捧着她一只手贴上自己的脸颊，微微一笑道：“只要你答应我——”

琴无琴抢话，坚定地发誓：“我一定回来。”

冰雀满意地合上眼，一滴泪在她睁眼时缓缓顺着眼角滑下来：“不要死，记得我，要回来。”她说完，放开琴无琴的手，仰面朝下倒去，坠落于风中。

“冰雀——”

“冰雀——”

琴无琴与玄荆同时惊呼。

如冰雀所料，玄荆放弃了追逐花载花，一跃而下朝她扑来。

见了此景的琴无琴才松了口气，在冰雀被玄荆抱在怀中时冲她喊：“有朝一日，我定回来找你，等着我！”说完，花载花已载着琴无琴与花昭锦趁机飞远。

玄荆抱紧了冰雀，虽然俩人还在风中直线下坠，他却感觉自己拥抱了整个无边天际般内心充盈平静。只是想到她如此犯险举动，他苦笑：“你这是何苦……”

“不要再去追他们了。”

“颠世狐妖不收，我愧对天山上下的期待……”

“百里……”冰雀不再多话，她纤细柔嫩的手臂圈住他的脖子，如桃花芬芳的唇吻上他还未合上的嘴。

于此同时，仙鹤俯冲而下，以宽厚的后背稳稳地托起了紧紧相拥的两人。

像是洪水冲塌了铜墙铁壁，冰雀柔软的吻使玄荆再也压抑不住他对她的情感，他压在她身上，像是一块千百年后也不舍挪移的岩石，他吻她，似是在荒漠里将渴死的旅者失足跌入一汪无底碧泉，疯狂沉溺、含笑求死。

缠绵过后，他伏在她身上凝视她柔弱而坚毅的脸庞，涌出了眼泪来却强颜欢笑道：“看来我这一生都得不到你了。”

冰雀仿佛置身事外般怜悯地伸出手去为他抹泪，半真半假说笑道：“真巧，我也有得不到的人。”

“这算同病相怜么？”他的眼泪濡湿了她的指尖，没有停歇的迹象。

“我更可怜。”她双手环上他的脖颈，将他的头抱进自己胸口，柔声叹息，“你已经得到我了。”

【六】

躲过了绵绵冷雨和玄荆后，进入茫茫大雪之中的花昭锦还是与宿敌东方劫不可避免地相遇。

骑在毛毛身上的东方劫仰脸见到琴无琴时，竟情难自禁地绽放出与他阴郁气质截然相反的明亮笑颜，他理所当然地冲天空张开双臂。

她在高空见了他，竟身子一颤——若不是花昭锦拦着——差点理所当然地栽倒下去，摔向他。

“东方劫！”花昭锦居高临下地冲他喝道，“你若是为了琴无琴而来，劝你打消主意快滚！她不会跟你走的。你若强求，本少爷叫你死无全尸！”

“呵。”东方劫一声冷笑，显然不屑他的说辞。他向琴无琴遥遥地摊开手掌道：“琴儿，过来。”自信满满的他岂料总是笑眯眯朝自己奔来的琴无琴，阔别数年后，竟别过了脸去不再看他。

花昭锦见东方劫脸色一沉，禁不住得意狂笑：“还不快滚！”

“你这妖孽，是不是对我的女人下了迷魂咒？”东方劫狂喝一声，一只漆黑旋转而上的“利剑”从地底蹿出直射向花昭锦胸膛。

“雕虫小技！”花昭锦无所畏惧地挥手一甩，却从手臂上传来一阵剧痛钻心，他定睛一看，“利剑”却是蛇群。数不清的毒蛇缠紧了他的手臂，将来不及反应的他拖向地面，“轰”的一声砸出碗状腾起的尘扬土飞。

琴无琴见了忙拍花载花的脖子，示意它快飞下去帮助主人。当巨雕还未着地时，她已跳下来欲奔向正激斗的那两个男人，却见一位与她身形几乎一模一样的女子突然拦在眼前。

不等琴无琴为对方这种似曾相识的感觉诧异，秦慕遥摘下面具与她对视。

“你、你是——”琴无琴以为眼前是一面带有一道裂痕的镜子，好半天才意识过来对方是她的双胞姐姐：秦慕遥。她惊呼：“姐姐？”

“我不会杀你。”秦慕遥冰冷神色说明她对姐妹相逢并无激情，她摸出腰后的一双月牙形武器指着琴无琴道，“既然我选择的他选了你，我成全他，为了使你今后日日夜夜陪着他，哪儿也去不了，我要废你双手双脚。”

“你疯了……”琴无琴绷紧身体，见秦慕遥当真朝自己杀来。因急于脱身也不再多费口舌，她嘶叫一声，双目全黑地化作半妖迎战。

在她们不远处，东方劫与花昭锦正斗得难分难解，他们立于金色巨蟒与巨雕两座神兽身上不断出招，正在咆哮的狂风暴雪也被他们的招式切割粉碎。

浑身被兽尾狐形的影之盾成旋风状包裹的花昭锦竟浑身是伤，不过短短数次过招，他已开始喘大气，而对面的东方劫也不过是衣服破了些口子，依然沉着脸，一副昂首挺胸全不放在眼里的样子。

不知这些年东方劫都经历了什么，花昭锦已意识到对手不再是当初与自己对决时处于下风的东方劫，他不敢再轻敌，解放了体内全部妖力，银白的长发在风中散开，皮肤上裂口的伤口正急速愈合。

“现在才当真吗？”东方劫阴笑时，两笼焦黑毒雾从他双手中分泌出来，逐渐扩散之后形如两株摇摇晃晃的粗壮树干般巨大，他道，“小心一些，只一招，哪怕只让我碰到你的头发，你也完了。”

“该小心的是你。”花昭锦也笑，他的右手指端生出了如匕首长的刀刃般血红指甲，暗红色的跃动火影如藤蔓般环绕着他的手臂，搅动着周遭的风雪，在他右侧身体形成嗜血的狂躁龙卷风。

只一击！

东方劫和花昭锦都是烈性子，他和他都已失去耐心，不愿再多纠缠——足够久了——他们之间千丝万缕的恩怨情仇，前尘往事，烦！烦！烦！只一击！斩！斩！斩！

将这一切断、断、断——

杀！昏天暗地的轰鸣之后——

在漫天飞雪中，久久地伫立着三个纠缠人影。

东方劫和花昭锦都不愿承认这一幕，他饱含难解剧毒的手贯穿了琴无琴的右肩，他比刀锋更利的爪穿透了她的腹部，而她左手臂下的手掌早已不见了踪影。

是正躺倒在雪地中的秦慕遥夺走了琴无琴的左手，但是妹妹却只是将姐姐击昏，并没有取她性命。

千钧一发之际，琴无琴只顾着阻止东方劫与花昭锦之间相互夺命的至死一击，此时她如释重负地松了口气，竟不觉得疼。

她抬眼看向已经由于震惊而双目失神的东方劫，竟有些分不清楚他是当初那个太子离劫，还是御王爷东方劫，或是曾陪她骑马喝酒逍遥快活的黯银倏——

恍如隔世。

啊，此时此刻，是哪一世呢？急剧失血的她眼前一时清晰一时模糊，以至于东方劫的脸一时可及一时遥远，就像他这一天与她相拥而眠，下一天却选择与她天各一方——

无论哪一世，他都不曾真正属于她。

他是最厚重辽阔的云，随性又执拗、柔情又冷酷，为她遮挡过暴虐烈日却也给过她刺骨寒雨，他并不全是好的，她却只记得他的好。只为他那偶尔为之的温柔，她日夜不休地追逐这朵恣意妄为的云。既然他贪恋风景、御风漂泊，她便生死相随、流离失所——她想抓住他——

她抬手抚摸他的脸，手中触感终于真切，她却累了。

他毕竟是一片虚无缥缈的云，她已不想再为他那一时半刻的笑与停留去赌命，这对她不公平，亦对她身边所有人不公平，原本她也多想御风飞行、笑傲高歌，却为了追他落在地面的云影，错失了多少美景，辜负了多少真心——

这轮回不休的纠缠——真的够了。

这了断或许来得太迟，却好过不来。她笑道："离劫，你或许不知道，我爱了你好几辈子，自打我有记忆开始，好几辈子了，我只爱过你一个人，别的什么我都不要。这辈子，我也把我能拿出来的，拿不出来强拿出来的爱，全都给了你，真的够了，到此为止吧。"

两道泪从他眼眶中涌出来，布满他木然的脸，流进她的手心。

琴无琴的手从他脸上垂落后搭在他手腕上握紧，用力将它从身体中拔了出来，旋即咳出一口浓血。花昭锦见了才反应过来，赶紧抽出自己的手，叫她又猛咳了好几口后，倒向了他怀里。

她紧盯着东方劫已全然不知在看着什么的双眼，决绝地说："下辈子，你不要再来招惹我。"

最后，她转而对花昭锦说："带我走。"

她的脸在花昭锦眼中与着巫女红衣的慕遥重叠了，在他还是一只雪白幼狐时，她曾摸着他的头说："花花，你若是人该有多好……与我远离纷纷扰扰，同赴世外快活逍遥。"

——下辈子你若是投胎成了人，你要记得我，来找我。

带我走——

花昭锦抱起琴无琴远去。

东方劫独留雪中岿然不动，不久就被冰封雪盖，他这一生的泪已流尽，最后竟流出血来，血泪一颗颗溅在白皑皑的雪地中化作了一朵朵夺目牡丹。

弦外

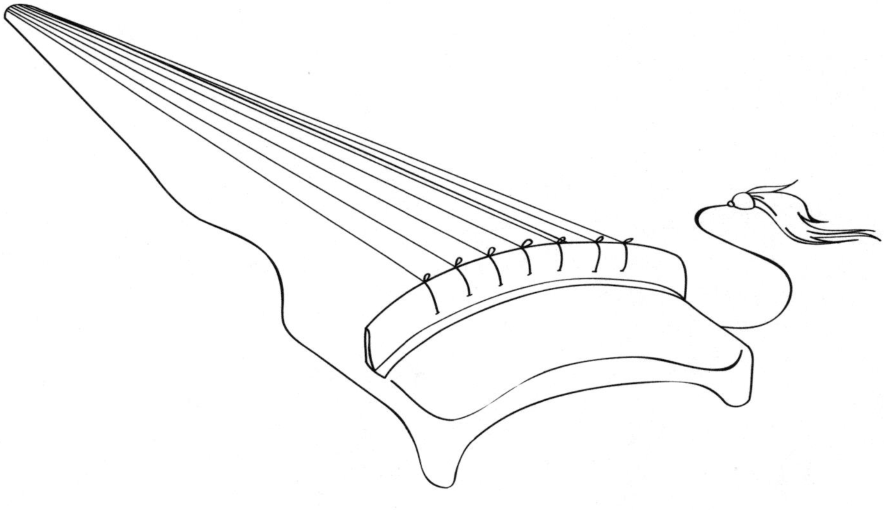

【二十年后】

欢狱谷外——

穿僧袍披袈裟的百里玄荆来到秘谷入口，久久凝视着一袭红衣前来迎接他的秦慕遥说：“你的脸，真让人怀念。”

两鬓斑白的秦慕遥还是那张年轻面容，她冷冷地说：“怀念谁？总不会是我，小女子与大师并无交情。”

玄荆垂眼颌首，十分歉意道：“贫僧话错，还望女施主海涵。”

她斜睨他一眼后，转身在前方带路。

俩人轻飘飘地飞上了谷中的至高峰顶，满头白发如雪铺在地面的东方劫正坐在孤松下拨弄着琴弦，他的容貌也没有变化，只是眼中全是沧桑过尽后的灰沉雾霾。

“好久不见。”玄荆在他身前盘腿坐下。

“你怎么成了和尚？”东方劫并不抬眼，漫不经心地问。

玄荆娓娓道来：“犬子像极了他母亲，十分倔强好强，在他娘病逝后，还未成年便去独闯江湖。没了他在身边，又没了冰雀，再无牵挂的我便出家了。”

“哦。”东方劫淡淡地应了一声，也不知听进了多少。

“最后一次有你消息，是听说你助洪苑皇子平定了北元。正因为你这一出手，才使得他有余力前去援助太子琛轩，使得他夺回了被莲皇安源和莲皇其修夺走的皇位……东莲史书该为你记上一笔。”

“哦。”

“这许多年，发生了太多事了。”玄荆道，“万事万物都像变了，却又没变。”

一阵似要将光阴往事暂缓的沉默过后。

“将这个，拿去给琴无琴。”东方劫向玄荆递上一个细颈瓷瓶，“可使她起死回生，从此以后百毒不侵。”

玄荆接过来放在手心中竟感到瓶身在微微颤动，幽幽的粉紫色光芒从封口处发散出来。他问：“为何你坚信她的肉身还完好存在于世？”

他笃定地说：“因为那个狐妖一定不会放弃她。”

玄荆听罢，也笃定地笑了。他站起来鞠躬道：“那好。告辞。”走出数步后，他知道这一次是永别，便转过身来更郑重地又说一次，“告辞了。”

“真的就这么给他拿走了？”秦慕遥走上前来道，“那是你以你的魂元耗费二十年精炼而成的转生丹，一旦离开身边，你马上就要死了。”

“我知道。”

“你做这一切没有任何意义，她即使活过来也记不起一丝一毫关于你的事来。”

“又怎样？”

秦慕遥流下泪来，闷声闷气地怨道：“你其实是这天下最傻的人。”

东方劫疲惫地垂下头，脸上露出了他曾经年少时意气风发的笑容，桀骜不驯道：“我乐意。”

许久后，东方劫依旧如一座雕塑般维持着垂首含胸的姿势，凝望着他的秦慕遥亦依旧泪流不止，她走上前去轻声问：“我能抱你吗？”

得不到回应，哪怕是细微的呼吸声也不再有。

她抹去满脸的泪，笑道：“东方哥哥，你不说话，我便当你应承了。”

她钻进他怀里，满足地合上眼。

在梦里，她的东方哥哥还是颀长纤瘦的少年模样，他穿着一身有些宽大的新郎官儿衣服正挑眉冲她笑，懒懒地叫一声“遥儿”。他伸手来牵着她道，“夫君带你玩好玩儿的去。”

一轮月升日落后，从他皮肤上渗出的毒液终于侵蚀了她的心脏，秦慕遥满面笑意地枕着他胸膛坠入无限轮回的甜美梦境。

藏花殿中——

脱下身上覆满厚厚白雪的披风，玄荆拍了拍袖管上粘着的雪花，顺着妖气朝洞内走去，越往里竟感受到比洞外那冰天雪地更彻寒入骨的冷。

没多久，他感到脚底湿滑，低头一看地面竟覆盖着一层薄冰，再抬头一看，在摇曳未熄的壁烛映照下，原来整个洞穴都被冰霜爬满，犹似亮晶晶的镜面。

当他找到花昭锦时，见他整个人像死去般紧闭双眼，浑身被冰晶凝结的网裹了起来，白发白肤的他怀中抱着一个还在浅浅呼吸的婴儿，这孩子没有左手。

“你还要杀我吗？”

花昭锦开口说话时，凝固了他嘴唇的薄冰纷纷碎落，他虚弱地睁开因白色冰晶覆盖而格外沉重的浓长睫毛，镏金眼珠子缓缓转动过来看向玄荆。

“不。”玄荆蹲下来，用手轻抚婴孩的脸颊，竟是温热的。他说：“在下已不再是天山子弟。”

“为保她性命。我妖力已经耗尽，老子不怕死。”花昭锦流的泪也是冰花，他说话时，无数碎冰从头上、脸上坠下来，“可是她……再幼化下去，就要消失了。”

“你何苦？颠世狐妖长生不死，你大可再去寻她的下一世。”

“不……不是她就不行，我只要她。”

“那试试看……”玄荆掏出东方劫给他的药瓶，打开来在手心中倒出一颗光芒耀眼的浑圆光珠，“不知是否真能延她性命。”说罢，他使女婴服下。

不一会儿，她的心脏强而有力地搏动起来，睁开了眼冲花昭锦笑。

他也笑了，却百般滋味在心头地呢喃：“我还是败给那个男人了吗？”

“不见得。”玄荆从他怀里接过孩子，郑重承诺道，“贫僧会倾尽所有照顾好她。”

“感激不尽。”

花昭锦身子一歪，如遭推翻的雪人般倒向地面，最后化作一摊晶莹雪水。

玄荆抱着孩子站起来却不急于离去，直等到一只幼小雪狐从地上的衣服里钻出来。

他对用一双纯金兽眼迷茫地望着自己的白色小狐狸笑道：“跟我走吗？”

【十四年后】

怀悲寺内——

一个小和尚跌跌撞撞地跑进玄荆的房间，跺着脚急道："住持！住持！无琴说她今天要下山——"

"慌什么？"玄荆放下手中的经书，微笑道，"她已与我道别过了。"

"她说她要去找那个传说中的天山！"

"她早与我说过了。"

"可是、可是她才十四岁！"少年和尚着急地双手拍打着他的光头，"那天山之路充满艰难险阻！住持怎能不管呢，为何不阻止她呢？"

"是她去，又不是你去。那条路是她注定要去的——"玄荆重新端起经书，"呵呵"笑道，"再说，她有个那么可靠的伙伴。"

怀悲寺外——

打扮成少年模样的琴无琴正在下山，她以右手颠来倒去地看着地图，嘴中不耐道："哎哟这么复杂，叫我怎么看得懂啊！罢了——"她随手往路边一扔，转而从背上的包袱里掏出个滑溜溜的大青枣来咬一口，心满意足地咽下去后咧嘴叹口气，"嘻嘻，走到哪儿算哪儿好了！总会给我找到的。只要有吃的，饿不死，我能走到天涯海角——哇！"

她被突然出现在脚边的一团毛绒物绊倒，滚落了好几级青石台阶，"哎——哟！喂呀！"地尖叫着停下来后，她揉着腰坐起来怒道："花！昭！锦！"

小狐狸无辜地叼着刚才被她丢掉的地图，歪着头看她。

"你又给捡回来干吗？"她夺过地图，揉一揉塞回包袱里。

等花昭锦顺着琴无琴的手臂一路蹿上她的脖子，趴在她肩上，她才站起来掸了掸膝上的灰尘，继续边走边说："要这玩意儿根本没用，上面又不会给你标注天山在哪儿！玄荆师父说最后只有有缘人才能上山修仙——"她握紧拳头，"我一定要找到！因为他说，有个人在千年之后等我。为了见到他，我一定要活到千年之后才行！”

似乎对她说的话没有兴趣，睡眼惺忪的花昭锦打了一个大大的哈欠。

“又要睡？你这个死懒狐狸！”她大笑着揉它毛茸茸的脑袋和一双大耳朵，“你也得活够千年才好陪我，知道吗？你一定会成为最厉害的大妖怪。”

没多久，花昭锦就在琴无琴的肩头睡着了，她无所事事地朝绵延起伏的青山白云唱起歌来，是没有任何人教她，却生来就会的《啸世》——

苍孤寒烟风成曲，暮萧清寡云作席。
尘露湿花雨中欢，霾曀泠泠雪诵吟。

闲看傲骨玉碎落，漠闻素魄淡霜凝。
对饮流霆峥嵘血，飞沙弄弦剑断笛。

黛墨酩酊道真意，多情只惜无人语。
胭脂浅醉伴无心，坐对青冥笑焚琴。

（下部 / 完）

2013年10-11月上海最世文化发展有限公司畅销书排行榜
| TOP25 |

排名	书名	作者
1	小时代1.0折纸时代（修订本）	郭敬明
2	17	落落 主编
3	纯禽史：爱不作会死	叶阐
4	无边世界	hansey
5	巨灵系列	乔纳森·史特劳
6	躁动的，沉寂的	玻璃洋葱
7	幻城（2008年修订版）	郭敬明
8	小时代3.0刺金时代	郭敬明
9	悲伤逆流成河（新版）	郭敬明
10	夏至未至（2010年修订版）	郭敬明
11	小时代2.0虚铜时代	郭敬明
12	这些 都是你给我的爱	安东尼 echo
13	临界·爵迹Ⅱ	郭敬明
14	临界·爵迹Ⅰ	郭敬明
15	爵迹·燃魂书	郭敬明 等
16	西决	笛安
17	告别天堂	笛安
18	下一站·法国南部	郭敬明 等
19	东霓	笛安
20	下一站·伦敦	郭敬明 等
21	南音（上）	笛安
22	剑桥简明金庸武侠史	新垣平
23	天鹅·永夜	恒殊
24	下一站·台北	郭敬明 等
25	下一站·神奈川	郭敬明 等

妄劫歌·灵机

ZUI Book
CAST

作者／琉玄

出 品 人／郭敬明
选题出品／金丽红　黎波
项目统筹／阿亮　痕痕
责任编辑／赵萌
助理编辑／周子琦
特约编辑／小风
责任印制／张志杰

装帧设计／ZUI Factor　www.zuifactor.com
设 计 师／曹欣
封面插画／蜉蝣
内页设计／曹欣

出版社／长江文艺出版社
出品／上海最世文化发展有限公司
官方网站／www.zuibook.com
平台支持／最小说　ZUI Factor

图书在版编目（CIP）数据

妄劫歌 . 灵机 / 琉玄著 . -- 武汉 ：长江文艺出版社，2014.1
ISBN 978-7-5354-6713-3

Ⅰ . ①妄… Ⅱ . ①琉… Ⅲ . ①长篇小说—中国—当代 Ⅳ . ① I247.5

中国版本图书馆 CIP 数据核字（2013）第 105071 号

妄劫歌 . 灵机

琉玄 著

出 品 人 | 郭敬明
选题出品 | 金丽红　黎　波
项目统筹 | 阿　亮　痕　痕
媒体运营 | 张银铃
责任印制 | 张志杰
责任编辑 | 赵　萌
助理编辑 | 周子琦
特约编辑 | 小　风
装帧设计 | ZUI Factor
设 计 师 | 曹　欣
内页设计 | 曹　欣
封面插图 | 蜉　蝣

出版 | 长江出版传媒 | 长江文艺出版社
电话 | 027-87679310　传真 | 027-87679300
地址 | 湖北省武汉市雄楚大街 268 号湖北出版文化城 B 座 9-11 楼　邮编 | 430070
发行 | 北京长江新世纪文化传媒有限公司
电话 | 010-58678881　传真 | 010-58677346
地址 | 北京市朝阳区曙光西里甲 6 号时间国际大厦 A 座 1905 室　邮编 | 100028
印刷 | 三河市鑫利来印装有限公司
开本 | 710×1000 毫米　1/16　印张 | 15.75
版次 | 2014 年 1 月第 1 版　印次 | 2014 年 1 月第 1 次印刷
字数 | 160 千字
定价 | 24.80 元

sina 新浪读书
book.sina.com.cn